西方传统 经典与解释
Classici et commentarii
HERMES

HERMES

在古希腊神话中，赫耳墨斯是宙斯和迈亚的儿子，奥林波斯神们的信使，道路与边界之神，睡眠与梦想之神，亡灵的引导者，演说者、商人、小偷、旅者和牧人的保护神……

西方传统 经典与解释
Classici et commentarii
HERMES
施米特集
刘小枫●主编

施米特与破碎时代的诗人
Carl Schmitt und Dichter in der zerrissenen Zeit

刘小枫 温玉伟 ● 编
安尼 温玉伟 等 ● 译

华东师范大学出版社

华东师范大学出版社六点分社　策划

古典教育基金·"传德"资助项目

出 版 说 明

1985年,卡尔·施米特以96岁高龄逝于慕尼黑,盖棺被定论为"20世纪最重要的政治思想家"。施米特的写作生涯长达60余年(第一篇文章发表于1912年,最后一篇文章发表于1978年),在20世纪诸多重大政治事件中扮演了引人注目的角色。虽然有"20世纪的霍布斯"之称,实际上,施米特代表的是欧洲古典文明的一个重要传统:源于罗马法和基督教会法的欧洲公法传统。古希腊孕育了西方的哲学传统,古罗马和中世纪孕育了西方的法学传统。晚年施米特曾这样自况:"我是欧洲公法最后一个自觉的代表,是它最后一个生存意义上的教师和学者,我经历着它的终结,就像蔡伦诺经历海盗船航行。"西方学界承认,施米特堪称"最后一位欧洲公法学家"。

施米特还是一位极富现实斗争精神的公法(宪法和国际法)学家。本着欧洲近代法学传统,施米特从公法法理和法理思想史两个层面对现代的代议民主制及其理论做了令人印象深刻的批判性探讨。即便自由主义政治思想大家也承认,施米特乃"宪法和公法领域最重要的人物"(阿伦特语),其论著"最具学识且最富洞见力"(哈耶克语)。自上世纪90年代以来,施米特的研究文献已经远远超过韦伯,以至于西方学界业内人士断言,施米特的思想分量已经盖过韦伯。

"施米特文集"以编译施米特论著为主（由世纪文景出版公司出版），也选译有代表性的研究文献（由华夏出版社和华东师范大学出版社出版）。文集自2004年面世以来很快受到我国学界广泛关注（已经面世的四种在2006年重印），由于受当时的出版规划限制，其中三种论著的编排过于局促。这次重印，我们对已经刊行的四种做了重新校订，调整了其中三种论著的编排，并增加了若干新选题，以期文集更为整全地囊括施米特一生的要著。

古典文明研究工作坊
西方典籍编译部乙组
2013年5月

目　录

编者说明（刘小枫）/ 1

第一编

施米特　**多伯勒的《北极光》**/ 3
致多伯勒的信 / 42

施米特　**文萃（温玉伟辑/译）**
　　选编说明 / 47
　　一　随笔 / 51
　　二　对话 / 109
　　三　杂诗 / 137
　　四　日记 / 175
九十老翁断断续续的声音 / 188

第二编

什克尔　施米特谈巴尔 / 195
什克尔　施米特谈朋友与敌人 / 303
金泽尔　迪斯雷利与施米特的政治神学 / 327

编者说明

施米特不仅是公法学家、政治思想史家,也是文学家。施米特年轻时就常在报刊上发表文学随笔、对话和书评,还写短诗。文学爱好也使得施米特的法学和政治学论著独具修辞风格,而他的文学作品则与其政治法学思想交融在一起,不仅风格独特,也是其法学思想的重要面向。施米特早年的诗歌评论《多伯勒的〈北极光〉》(1916),迄今被业界人士视为其政治法学思想的最初表达。

本稿除收录《多伯勒的〈北极光〉》之外,还收录了温玉伟博士选译的"施米特文萃"(分随笔、对话、杂诗和日记四个部分),涵盖施米特一生在报纸和杂志上发表的大多数随笔、对话和诗歌,而日记部分则选自《语汇》中涉及作家、戏剧家、诗人评论的段落。

施米特与同时代的一些著名诗人也有交谊,达达派代表人物巴尔就是例子。什克尔采访晚年施米特谈巴尔的文录,[①]不仅具有很高的文史价值,也具有思想史价值,有助于我们认识欧洲精神

---

① 什克尔(Joachim Schickel)是作家、汉学家、电台编辑,德国的著名毛泽东主义者,撰写过《在毛泽东的身影下》(*Im Schatten Mao Tse-tungs*, Frankfurt am Main, 1982),选编过中国"文革"资料集《毛泽东:伟大的战略计划》(*Mao Zedong: Der große Strategische Plan. Dokumente zur Kulturrevolution*, Hamburg, 1995)。我国"文革"期间,他在德国出版了资料集《游击队:理论与实践》(*Guerrilleros, Partisanen: Theorie und Praxis*, München, 1970),显然受施米特的《游击队理论》(1963)一书影响。

自宗教改革以来的深刻变化。

本编除收录什克尔与施米特关于巴尔的谈话,还收录了他写的一篇采访施米特印象记。施米特研究专家金泽尔的《迪斯雷利与施米特的政治神学》一文,有助于我们理解施米特的文学视野与大政治问题的关联。

施米特在结束关于巴尔的谈话时说,他度过的那个时代"如此分裂、充满悖论、如此支离破碎",而巴尔"怀着天赋的良知经历着这个时代"。言下之意,他自己同样如此,因为,巴尔也这么评价他。

这部文集会让我们思考这样一个问题:如今的欧洲显得富足和幸福,但欧洲的内心在经历过那个分裂、充满悖论、支离破碎的时代之后也同样幸福吗?① 用多伯勒的一句让施米特刻骨铭心的诗句来说,欧洲非常幸福,"因为其中饱含痛苦。"我们应该知道,这是欧洲成为现代发达国家时留下的永远无法抹去的痛苦。

施米特晚年在一首"无题诗"中写道:"世界静悄悄地破碎。"我们很难设想,这样的饱含痛苦的诗句能出自 20 世纪伟大的法学思想家之口。这部文集能让我们看到,施米特的伦理德性远高于诸多诗人。

刘小枫
2018 年 5 月于沐猴而冠斋

---

① 比较哈贝马斯/德里达等,《旧欧洲·新欧洲·核心欧洲》,邓伯宸译,北京:中央编译出版社,2010。

第一编

多伯勒的《北极光》

施米特 著

安 尼 译

纪念艾斯勒(Fritz Eisler)

一、历史的和审美的要素

下面要研究的这本书,把北极光这个自然奇观视作一种象征。话虽如此,它是独一无二还是司空见惯,其实并不重要。假如你采用最寻常的想法,按照康德-拉普拉斯的行星体系,认为地球是太阳辐散出去的一部分,那么这冷却的地球在它的内部就拥有一颗潮湿的核。这个核想要穿过地壳返回太阳,如此一来便产生了动植物的生命;树木、动物、人,一切都是从地球出发、返照向太阳的微光。这种自然哲学令熟悉 18 世纪上半叶的历史学家联想到谢林的《思辨物理学新刊》以及后来的浪漫主义者们,而 1912 年的一元论者却想到了奥斯瓦尔德(Wilhelm Oswald)的普通太阳能。二者皆有道理。那时的人还没有形成今天气象学中的统治观点。他们把北极光本身想象成太阳光,想象它在极点、也就是地壳最厚之处,从地球内部喷薄而出。于是它成了过滤之后的阳光,是地球的自光。月亮被地球从自身抛向太阳,扮演起太阳和地球的中间人。但是,月亮已然作古,是具死尸;而地球则不然,它收获了北极光——那轮崭新的明月,那道自光。就这样,地球在一个宇宙伦理的布道坛前得救了。北极光是地球撒向宇宙空间的精子。

根据著名的开普勒原理,行星的轨道为椭圆形。万物既皆源于宇宙秩序,遂随处可见椭圆形状。让我们来听听浪漫派学者对此怎么说吧!浪漫派学者对这个世界以及世间万物的看法直到今天依然引人入胜。他们感兴趣的是动植物的心理问题、性别与性格、有机生命的循环性以及节律性——德国的浪漫派(最近有说法称,必须克服之)成为一种无法估量的宝库,孕育了今天一切不精确的思维,成为其思想源泉:"创造性发展"、"抽象化与通感",这一切都已被浪漫派轻而易举地预见到了。

马尔法提(D. Johann Malfatti von Monteregio)在1845年出版的《对知识的无政府性与等级性的研究》(献给他的恩主冯·梅特涅-魏宁堡伯爵)一书中,把椭圆称作"造物的基础象形文"。圆,这个昔日的神秩中心,如今已经遁形;圆形变成了椭圆,圆心被一分为二,化作椭圆的两个焦点。蕴含其中的、遍布感官世界的二元性,体现在大量的对立之中:男人和女人,时间和空间,垂直与水平,算数与几何,电场跟磁场。椭圆的两个焦点都在努力重回到圆心位置。这种解释适用于一切生命体。

  Home est duplex et si duplex non esst non sentiret [人具有双重性,若非如此,他就不会有感知](希波克拉底)。

于是,在生命的角斗场上,椭圆这一形态不断登台亮相。日与夜,摇篮与坟墓,生命起起落落,周而复始,一切都可以被解释成椭圆。即便具体到每个人的生命,这些关联依然清晰可见。

  Numquam bonus medicus nisi astronomus [好医生必须是一个星象家](希波克拉底)。

生命是一个"燃烧的过程",它发生在三个层域:星辰层、大气层、日地层。人类生活并呼吸于其中的大气层,是个中间阶段;在星辰层,各个星球呈现为燃烧的球体;而地下的发酵过程,则发生在日地层。这三个层级分别对应灵性的、动物的和植物的世界。地球努力冲向大气层,从地心深处把整个植物界向外驱赶。树木从黑暗的泥土里向上生长,通过它们的枝杈呈现出火焰的形态;它们紧紧追随日光,它们的果实是鸡蛋形(椭圆),所以恩培多克勒才会说"下蛋的树"。这三个阶段相呼应,人体也被分为三个鸡蛋形的综合体:头,是星辰焦点的化身;胸腔(心脏跳动其中),是大气层的洞穴;内脏,是日地层的那部分。

光,是活的时间。夜与光,黑暗与明亮,是基本的自然过程。有了暗与明之别,创世才会发生。此处,马尔法提也谈到了北极光:

> 在地球的极点,尤其在北极,这个巨大而震撼的过程(创世)发出的奇特回声特别响亮。在那里,在那个黑暗与寒冷主宰之所,光线突然喷射而出;从磁场极点中,大量电子流瞬间释放出电荷。迄今为止尚无法解释的北极光现象,就此诞生了。(页 83/84)

马尔法提的阐释依赖的是自然观测法,这个方法在他所处的时代稀松平常,在浪漫派看来近乎理所当然。于是,像格雷斯(Görres)这样一位政治作家,就把天主教同新教的对立,推至男与女乃至日与地的对立。北极光这个名字似乎为浪漫派的本质烙上特别深刻的印记。福楼拜的两位主人公,都在研究北极光;而国民经济学中的浪漫派傅立叶(Charles Fourier),则借用北极光的产生来解释他的新世界。[①] 如果取笑诸如马尔法提所建立的浪漫式关联是炒冷饭,那未免操之过急了。种族理论中的整个浪漫主义都

---

① 我以他对莱特·阿什(Räte Asch, Jena 1914)理论的介绍为例。我要感谢他的介绍。针对德国浪漫文学家普遍的自然视角,胡赫(Ricarda Huch)那本《浪漫派的蔓延与衰落》(Leipzig, 1902)提供了有非常有趣的例子。

基于相似的、拘泥词法的冥想。那些自称为现实政治家的人,尽管奉行(据自然科学所说的)精确的种族划分法,但本质上讲的只是道德含义,甚至不忘圆形跟椭圆的对立,并将其延伸到长头与圆头、长头与短头的对比之中。

整部《北极光》弥漫着浪漫式的阐释冲动。这种冲动无所不在,无拘无束。尤其是椭圆,成了无数反思和宣示的对象。这种形式甚至还频繁见于这部作品的通体建构。在第一部分,"地中海","我"的路通向南方,从威尼斯到那不勒斯。然而,从罗马开始,这场梦又回到佛罗伦萨和威尼斯,从而将思考与梦境的线路编织成一个美丽的蝴蝶结,威尼斯再现于这个蝴蝶结的结心。威尼斯的深夜,是它的女王;"威尼斯珍珠",是一个由十四行诗组成的花环,装扮亚得里亚女王。

影响最大的是第二部,介于"撒哈拉"与"阿勒山"之间那道意味深长的拱形,带来了喜悦。在去往北方的道路——那是地球及人类迁徙的地方——上,这条线沿着地图上有迹可循的巨大螺旋形伸向目的地。从撒哈拉和埃及去往印度,再从那里经由伊朗回到亚历山大港,经西班牙、法国抵达德国,一直到整个世界史沉入冥王塔耳塔罗斯之夜以及永恒之光里。

从其思考和观察的方式上看,这样一部为德国精神生活史而作的诗篇,同后古典主义时代存在着极为密切的联系。诚然,《北极光》里的艺术塑造充斥着离经叛道和标新立异;不过从内容上看,这部作品却植根于浪漫派。这条脉络一直溯至伟大的施瓦本人黑格尔和谢林。尽管马尔法提这类思想家名气稍逊,但仍能在某些细节处显示出与思想巨擘的诸多相似。

从文体上看,占上风的——也叫做"古希腊幕间曲"——是哲学性纲领的恢弘姿态,它曾令当初尚未学会反思的青年席勒大放异彩。这个谱系还可以延伸至历史更深处。"我知道,我的思想源自古代贵族。"中世纪神秘学的最伟大时代,带着它泛神论的深刻与美丽,在这部作品中,在这壮丽的诗行中永垂不朽,就像《破晓》

多伯勒的《北极光》

这首：

> 我放眼寂静之物，
> 于是不再是大地上的一个情愫，
> 而是精灵，我是一个贯穿我们的精灵。
>
> 于是我就是一切将来之物！
> 深渊之中的诗人与被诗化的人：
> 于是我就是潘神，也是万众恐惧之所在，
> 维吉尔和一切呼唤他的草场。（II，页520）

可是这位德国人，这些诗句的缔造者，接受了全部地中海文化。多伯勒是一个生在的里雅斯特的施瓦本人。在数十年的漫游中，他见到了意大利和法国，饮下它们的美酒所酿就的"炽烈情感"，吸纳了其造型艺术的瑰宝——而不像德国浪漫派那样诉诸文学。这个人的灵魂装满地中海国家的全部精华。他不仅是欧洲人的史诗作者——1912年，史拉夫就这样评价过他，[①]而且可能还是通过渴念达到西方精神统一的第一人。

那个椭圆，在德国浪漫派看来是一种重要的象形文字，在他这里则变成了美丽的拱形，能够赋予深度冥想以艺术性的建筑原理。于是，凭借一种特殊的造型艺术的形式感，他谱写出了《北极光》。以文学的视角观察，他最根本的贡献也许恰恰在于，一位艺术家对欧洲最伟大的绘画、雕塑、建筑中所有艺术美的核心标准进行重新认识，并且借助原始本能将之付诸文学创作。

当然，这些维度通常都很庞大，无法一眼看穿——这是一个优势，是一个乡土诗人相对于一个地球诗人所具有的优势，即在有限

[①] Berliner Tageblatt, Zeitgeist, Juni 1912.

范围之内的杰出,都是显而易见的。《北极光》第二部分尤其如此。① 这一部分包含了作品本身的历史哲学,即地球向北方的运动。不过,在这个哲学冥想的迷宫里,还能看见从严格的形式诉求中壮大起来的各种规模与关系。纷繁的图像与线条,烘托出两个庞大的构造:"金字塔"和"阿勒山"。在作品中,它们对于多伯勒式艺术创造风格具有十分典型的意义。

地球在大洪水之后的巨大颤抖中现出原形,逐渐苏醒。这场灾难过后,太阳的力量首先透过撒哈拉和近埃及地区释放。在那里,拉神现身。这是埃及人的太阳神,也是太阳首次以完全狂放的姿态宣示自己的力量。他是残暴力量之神,是男性的、暴力的统治者。通过凶残的力量建立他的王国,并最终玩火自焚。(他的仆人、国王、祭司、伊赫那吞,②蔑视一切女性之物,对拉神有着暴风骤雨式的狂热崇拜,把底比斯送入火海,被阿蒙神甫撕开了肺腑)太阳神在撒哈拉显形的标志是金字塔,一个"灵魂震颤的水晶","原始力量的残余","不可遏止的愚钝之僵硬象征"(II,页102)。第一部以纪念碑式终结。

人类继续迁移,经历印度的巨大序曲、"印度交响乐",从伊朗走向西北欧,必然在建筑学层面对应另一个同样庞大的建筑。"阿勒山"就是这样一个构造,是另一尊世界之墓。在"阿勒山",人性在其发展的每个阶段最终跌落,那是在"伊朗叙事诗"的终末,在那"三个事件之后";这种向艺术性和外在性的俯冲,总是伴随巨大的

---

① 关于第一部分,诺伊格鲍尔(Neugebauer)和阿德勒(Paul Adler)给出了令人信服的解释,以便人们能大致了解这个本来就不难理解的部分。参见 Der Brenner I.,1910,页 597;Literarischs Echo,1912 年 9 月,页 1683;Pan,1912 年 3 月 21 日,页 636。

② [译按]伊赫那吞(Chuenaten 即 Khuenaten,也被转写为 Akhenaten,Ikhnaton),第十八王朝时期著名法老(新王国时期),法老阿蒙赫特普三世(Amenhotep III)之子,即位之初以父名 Amenhotep(意为"令阿蒙[Amun]惬心")行世,史称阿蒙赫特普四世(Amenhotep IV),后实施有名的反传统的宗教改革,打压南埃及底比斯主神阿蒙崇拜,独尊阿吞(Aten,亦即太阳神 Ra),本人名字也改为 Khuenaten[效命阿吞]。

冲击和进步而来。整个国家都陷入这个童话般神奇构造的火山口。大量神秘的联想，刺激这个可怕的庞然大物堆积成山。

阿勒山是北方的神秘山脉，在印度和伊朗传说里，它就像《圣经》里朝地中海蔓延的山脉（Jes. 14，14；赞美诗 48，3）。透过"阿勒山"一词可见，整个印地日耳曼对前缀 Ar 的偏爱表现得淋漓尽致。这个"种族的杰作"，自然与艺术的产物，一个世界坟墓的奇幻构造，与金字塔相应而生，同时又超越了金字塔：它不是金字塔般的死人墓穴，它包含了复活重生的萌芽。

第二部中还有一个构造，因果敢而引人注目。地中海，即古希腊-罗马文化，位于人类向北迁徙的道路上。基督教时期为继续发展迈出的关键一步，在于赋予女性一个灵魂。地中海成了一条龙，神圣的格奥尔格用他的神剑、他的"光之剑"杀死了这条龙。这条龙"盘踞在人类的道路上"，被以但丁式的直观描绘成了"踏着火轮的水龙"。不过，它也有自己的对应物。东方，还卧着另一条龙。

在印度，蜂巢地的这对孪生子（Erdwabezwillingspaar）的道路发生了分岔，高止山脉（Gatsberg）的前印度山系为两路迁徙者指明方向。① 其中第一条朝西北方向走，而第二条则朝东北走，想届时留在中国，"苟且偷生"。直到另一条龙战胜地中海、人类抵达北方，那个向它伸手的兄弟，也要把它拽到北方（II，页 208）。这时候，第一部里预言的时机方才成熟。

> 你预感到种族内核的分崩离析，
> 金色与白色的民族得到宽恕
> 把他们神秘的本质交付星辰。（I，页 208）

---

① ［译按］Erdwabezwillingspaar 直译为"蜂巢地双胞胎"：Erdwabe 或许指南印度地貌，那里因常年少雨水，岩石风化多缝隙，呈蜂巢状；双胞胎当指高止山脉（Ghats/Ghauts，德文转写为 Gatsberg）的东和西两脉。

东方的黄龙只是被顺带提起。关键的是,它作为抗衡地中海龙的力量,为整部作品中地中海突出的形象作铺垫和平衡。

"亚历山大体的幻想"(II,页 327—377)歌颂逾越地中海的壮举,被刻画在三联式圣坛画像之上。左翼的圣坛在星空飞翔,它创造出"我";这个"我"紧随伊朗狂想曲,驰骋在马背上,飞向星空(最后跌入阿勒山),头上是星空图。英仙座(柏修斯)遥望仙女座(安德洛墨达),后者被巨大的水怪捉住不放。左翼这 61 个三行诗节,用一种隐蔽的过渡,从直观的星球世界推测出地球;用这谜样的过程中引发的神秘战栗描绘新生,描绘一个灵魂在"物质体系中"的肉身化:

> 我听见远方人类城市的喧嚣:
> 那好似呼喊声混进了歌唱
> 而我坐骑的羽翼再也无力奏出交响。
> 那声音如同暗夜蛙虫的尖声嘶叫。
> 现在我被感知到——被不知廉耻的
> 地球生物再次驱进一个肉体:
> 似乎喊叫可以润饰我的感官。
> 再一次我感到自己周围许多东西被推搡:
> 如同四周充斥着出生的啼哭。
> 现在我看见幻影,它们四处游荡,面目模糊。
> 我站在物质体系内部,清醒而坚定。(II,页 333)

中间那幅巨大的圣坛画像,内容是大地;从文化史角度看,它属于一世纪的亚历山大体。这座城市汇聚了所有时代最虔诚的宗教。在这里,灵知派教徒,基督徒,异教哲人,可以把跨越国界的饕餮变成每种宗教狂热的暴怒。街上充斥着异教女性的美味大餐、异端分子以及哲人的高谈阔论。直到七个基督教女献祭者唱起圣诞歌,神圣的奥古斯都为"我"这匹变作了人形的马,以格奥尔格的名字洗礼。——右侧画中的舞台（同样是61个三行诗）也在星空里面，以"庄严的梦的距离"，神圣的格奥尔格杀死了巨龙，解救了安德洛墨达，也就是基督教中的安格利卡。

采用这种方式把圣坛三联画写成诗，在其他任何人手里都会沦为一场游戏。但是，多伯勒却恰恰一反星空与地球的气氛，好似用一场梦就解决了这个艺术任务：因为这幅画同样成就于最深刻的宗教性的内涵。宗教性一度为基督教画家注入三联画思想，并且发明了三分式圣坛这一象征：从苍穹之中，从永恒里面，神降临尘世，又再度消失于永恒。

艺术气质的力量极力追求内在形式，完全本能地表现成单个诗节的形态。诗人们往往为一首诗注入罕见的形式。17世纪的神秘诗人偏爱把诗歌写成十字架、圣杯或者一个象征性标志的形式。此间催生了有趣的产品。然而，再也找不到像在"三圣事"（II，页442）中——从夏夜的殉道情绪中诞生一段诗——那样，内涵丰富的线性形式可以无意识地、真正"自发"于密集的体验：在两个制高点（通过开端与结尾完全元音韵所标示出的两点）之间，诗行下沉，包含着祭盘的横断面，这行诗是这样写的：

　　谷中升起烟雾，如同从祭盘中来。

令人惊异的是，诗人如此注重形式感，却并未折损他的原创性。因为在一种精神的形式感之外（拉丁文化在这种形式感中已经活跃了几百年），想象力具有的塑造神话的力量在铁打不动地发挥效用。大自然进程中一些完全不受束缚的造型艺术，提醒我们想起前苏格拉底哲人，一些道德阐释几乎令人想到生理学或教会神父的天真故事。

但是，起决定作用的是塑造图像的力量。万事万物若与之相遇，必臣服其下，必舍弃具体的日常天性，从而作为神秘图像重新进入到另一个世界。这些人类在原始时代的困境与险境中发出恐

怖吼声,变成了鸟;这叫声用翎毛装饰自己,海鸥一直背负着哀鸣(II,页 54)。连印度语中的美妙元音也有着鸟鸣般的起源:

> 这时忽然不停摇摆,
> 印度人的语言,华丽地一分为二:
> 动物的羽毛是韵律,发出响铃声。(II,页 238)

男人们向一丝不挂的美人投去贪婪目光;那目光变成珍珠,覆盖在女人身上。漂浮的冰山是被北极光迷惑的动物(II,页 546);人类灵魂中的丑陋与卑鄙,像两栖动物、龟、蛇、恶心的怪兽鱼一样蔓延(II,页 143),所有奴颜婢膝、低俗的求知欲,贪婪到要在每个幕布后面窥探,愤怒到要咒骂一切尘世欢愉;一切突然俯身变成侏儒和小丑,在一个未来主义式的诗节后面发出狞笑:

> 人每小时都在变荒芜
> 残缺,麻木。
> 粗鄙之物在混世者身上
> 被揉皱的灵魂 胸膈膜
> 无耻之辈 在咒骂肉体者中
> 一直充满恶意和荒唐
> 帮会的压力 在历史记录者中
> 弄臣之乐,职业的吱嘎
> 勇气,在愚蠢的情场高手中
> 俯身变成侏儒和小丑。(II,页 139)

整个世界转变成图像和象征,图像变得直观,获得坚实的外表:光与夜,太阳,月亮,星辰,一个人所拥有的一切基本感觉——对人而言,大自然充满奇迹。当夜晚如同一位"容光焕发的摩尔女郎,一个女英雄,"带着一弯镰刀莅临威尼斯(I,页 307),这幅图像被发明被演绎得如此美妙,总是罕有与之比肩之物。但是,能把月亮变成什么呢?这个被平庸所扭曲变形的道具,被优雅诗歌小心吟诵的主题!月亮成为"一切生物的死神",是对阳光与生命的拒绝;而佛以月亮的形象出现在地球面前,呼唤着:"我即月亮……"(II,页235)。它苍白,像一具开始腐烂的尸体,它死了。

> 地球拖着它 就像拖着一具尸体 穿行而过。(II,页527)

它银白色的尸体,是一盏灯的迷离之光;这盏灯想要比拟生生不息的阳光,好比濒死时的回光返照想要模拟太阳生命的灿烂。

> 随月光而来的还有拱形巨浪:
> 洪水带着荡妇的笑声退去,
> 波浪咯咯笑,蹦跳如孩童,顽皮粗鲁,
> 那是月亮的死亡与海洋的胸膛。

> 扎根于你所在之地,在你的北方。
> 满月将至,带着美 装扮着你。
> 它越来越近,来到你身边,杀死日光下的景致:
> 在欢乐的深渊,在你身上,你必沉没。(II,页529)

"北极光"特殊的神秘性,来自它同太阳的对立关系。"北极光"里还存在着一种现象,南方并没有影子,直到"罗兰"之歌,到了西班牙,影子才开始生长(II,页382),而且越往北越大,直到最后,它终于把整个地球掩盖在自己的黑暗里。它像一个黑黢黢的幽灵,紧紧追随每个人。就连伟大的查理大帝也难逃影子的追逐。影子畏畏缩缩,让英雄的姿态变得滑稽可笑,变成魔王、鬼魂、林中妖怪,像一个长着可怕驼背和青蛙肚子的矮个儿胖精灵(II,页404)。

"三圣事"的英雄本身就是跛子、侏儒,他跟着这位罗兰英雄大开杀戒,这场谋杀早已在"印度交响乐"(II,页 246)中得到暗示。于是,这个"太阳开的玩笑"蹒跚在每个人身后;这个畸形的小侏儒,"追逐一切的家伙",最终还具有凹凸的触感,微笑站在那里,像个"敦实的西班牙宫廷小丑",把人们拉到阿勒山的深渊之中(II,页 422)。现在,它的象征性也凸显出来:

  它疯狂的笑声荡彻山岩,
  它在那儿!我的影子!它紧紧围绕我。
  此刻它站在我面前:形容枯槁,可怜兮兮:
  这个北方的小丑,这个紧跟我不放的家伙,
  就是它!德意志气质里天生的祸害!
  这个处心积虑的剑子手,这个砍掉自己头颅的人。
  它就像丑陋的噬尸者。
  毫无疑问:它就是这副模样!(II,页 469)

  一个由图像构成的世界。在图像中认识现实,再扬弃现实。金字塔与神奇的阿勒山遥遥相望,组成一个神秘的构造;阿勒山的神奇结构,通过与金字塔的关系而具有现实性。世上的一切都有一个巨大的意义,并且通过一个直观的过程再现这种意义。对哲学思想的扼要表述,通常来自无所不在的阐释冲动造成的艺术影响。就像附着在作品大厦上的装饰物一般。一种令人惊讶的哲学和历史直觉,为庞大的建筑物提供素材。最深奥的法学及国家法哲学问题,均得到清晰的表述:

  一种元素,而非一种命令,创造了法学要素。(II,页 558)

  以及,

首先是有戒律。后来才有了人类。(II,页 542)①

然而,本质却保存了下来,即用于在巨大历史进程中解答关于国家、法律、金钱(多伯勒在这种语境下称其为最值得重视的直觉)等问题,展示出一幅图像:"伊朗狂想曲"中波斯堡的建造。对这一事件的塑造,提供了一则思考与观看的范例。

这一事件始于田间的农民。伊朗的农民,无论天气如何恶劣都坚持耕耘,他们充满犹疑地看着祭司和术士;仅仅因为祭司不是波斯人(在伊朗,祭司叫做 Meder),②以及他想赚钱、为自己打算、不像一个真正的拜火教徒那样处理自己的尸体——不是让鸟啄食,而是埋于地下。这些农民对等级的含义有着十分透彻的理解,他们并不想因失去彼此的信任杀个你死我活,而是出于他们的仇恨"瓦解光天化日下的暴力"。

> 我的妻子当从现在起佩戴金手镯:
> 美达可用锤子锻造首饰
> 我们所有人都敢于建立一个国家
> 不怕砸碎旧的事物。
> 被我们蚕食的这片土地饱含善意,
> 无论人类如何胡作非为
> 每个春天依旧花团锦簇——
> 这一次春天甚至来得更早。
> 大地释放最神秘的天赋:

---

① [德文版编者按] 1914 年 1 月,施米特在图宾根出版的博士论文《国家的价值与个人的意义》(*Der Wert des Staates und die Bedeuung des Einzelnen*)中用了这行诗句作为题辞。

② [译按] Meder:古波斯语里的"祭司"是 magush(中古:mowbed),在希罗多德(1.132)那里是 magos(magus, magi),《圣经》中提到这类人(Magi, Magier),古史学家们说这类人实际就是米底(米底亚)人(Medien/Meder)族群的祖先。

>它一定想要我们挖掘它的宝藏
>当我们老时享用积攒的果实,
>儿子比父亲当更加受用。(II,页258)

于是他们屈服于邻国的民族,建立了第一个国家,因为埃及人伊赫那吞的国家只是一个没什么价值可言的权力集合体。二元论进入了世界历史的进程:波斯人是真英雄,他们的行动力、正义感、国家意识和种族意识都特别具有男性的阳刚之气。他们给女性设定的位置就只有后院。

在"伊朗狂想曲"中,女人不见了,被出卖了——从"我"身上寻找女人(并且会在北极光照耀下的"塔耳塔罗斯"之夜中找到她)的想法,是这部作品思想方阵的基本框架之一。——通过把男人与女人截然分开,伊朗人实现了同样的二元论,他们还把它带进哲学思考的世界:通过善神 Ahoura Mazda(即奥玛兹特[Ormuzd])与恶神 Angro-Mainyos(即阿赫里曼[Ahriman]),①以及光明与黑暗的角逐。(灵知-摩尼教派扩充了这一点,尤其从造物主——他创造了这个活生生的、却恶到无可救药的世界——那里,把正义之神变成了爱之神。)

国家也同样只是二元论的表现形式,因为它建立在上下阶层对峙的基础上,即基于统治与被统治阶层。在成立国家以前,在建立波斯堡这一根本事件开始之前,需要用一种自然的视角看待二元论的含义:在那场突如其来的大雨里,伊朗人面前出现了一幅令人作呕的雌雄同体的画面。一只可怜而饥饿的布谷鸟,一条"看得见鲸鱼肚子的小河沟"。

>它几乎无法呼吸,因为水
>从海象的嘴里朝他喷薄而来;

---

① [译按] Angromainyos 是古波斯语 angra mainiiu 的希腊语拼读法,也就是祆教里的谎言、谬误(Lie)神、恶灵,又名阿赫里曼(Ahriman)。

> 这个游水的庞然大物的利爪，被他一把抱住，
> 用双臂夹紧，快要夹成一团。
> 他的头上寸草不生，麻风病
> 从蓝色的皱巴巴的脖颈 爬上平滑的头顶……
> 我走近他，我看见
> 他脚趾上的垃圾壳 是皱裂肮脏的指甲……(II, 页263)

这个恶心的动物忽然裂成两半，原先的丑陋遁形于铃蝉和水兽的形体之中；从鞭痕和肿块中生出多彩的池塘植物，睡莲，罕见的池塘花朵，它的美尽显于韵律丰富的诗行间：

> 麻风病从腹部已开始侵占头部，
> 它是苏醒的睡莲的藤蔓。
> 接下来的白天里 缓慢镀上玫红色，
> 当夜晚来临，变蓝，略显苍白。
> 花朵盛放之际 它疲倦地死去，
> 因那沉重的爱 将它压进了池底。

在同一位独居者的对话中，就讨论了把男人和女人分离开来的深刻含义。那位在溶洞中的老者，那个"贝壳"，为"神的耳朵"而生，思忖着，救世主乃处女所生，于是女性得以被神圣化。然而"我"想要挣脱"一切尘世束缚"，信马由缰，我行我素，想在对抗自然和人类的斗争中为缔造国家出一份力。

眼下"兄弟"又出场了。人们对这个"兄弟"充满神秘的信任，相信他会鞠躬尽瘁；这个勇敢的战士，男性的正义与能力的化身，他的阳刚之力和理智赢得了公正与国家。他在一条山泉另一侧的火焰中现身时，就像一颗星辰。巴比伦的祭司们给他带来了礼物和女人，首先是妓女 Zirbanit[巴比伦王妃]，①她的美足令他忘却

---

① ［译按］Zirbanit: 巴比伦主神 Marduk 的妃子/内宠, 亦称女神 Sarpanit 或 Sarpanitu。

宇宙之谜。一个希伯来人喊叫着,警告他当心这条小母蛇;那是"冥界喷向人间之物",被赋予了"造物般的神力"。一位来自米列都的智者讲述着他聪明却令人烦恼的哲理。

这时天光渐渐暗沉。从天幕升起来七个王侯,像七颗星在空中闪耀:红色的火王,一个黄色英雄,一颗绿色星球,然后

> 我穿着蓝色的葬礼礼服做着舒适的梦(II,页 284)

第五颗星散发出淡紫色。旁边是太阳神本人和一个小王侯。① 这一切都是伊朗人式的奇思妙想和奇特观察:星星幻化成人,国王从天而降;伊朗人只有一位领袖,王侯自然是"神的恩赐"。因为,就像伊朗人所认为的:牧群即使再强大,也不能成为放牧人,牧人总是有善神(Ahoura Mazda)的庇护。现在,只有当一切如此浸润过情绪和思想之后,"伊朗的暴力日"才能出现。民众蜂拥而至,他们有种本能,受人奴役、挨人鞭笞的本能。占据头脑的并不是那种粗鄙的信念,不是为了避免一个人出人头地而不给任何人恩宠。在这里,所有人都想把一切善堆叠在一个人身上。这些"尽职的小人物"簇拥在一起,群情激昂,要去前线服役。奴隶们叹

---

① 对七这个数字的乐趣虽集中展示在"伊朗狂想曲"中,不过在《北极光》全书也屡见不鲜。最重要的例子就是,"我"经历了七次肉身化,方才复活成为人(II,页 486—487)。这七次肉身化是:第一部中("我"从威尼斯漫游到那不勒斯),接下来,在第二部中,"撒哈拉"和"拉神剧"、"印度交响曲"、"伊朗狂想曲"、"亚历山大幻想曲"、"罗兰"、"三圣事"——前面文中提到的颜色序列,从红到蓝,之前不久通过变蓝的睡莲的颜色变幻暗示出来,在内容上包含一个完全浪漫派的看法,而在浪漫派中,蓝色是最高的、高于尘世的颜色。浪漫派自然科学家莱辛巴赫男爵(Karl Freiherr von Reichenbach)——他关于"奥德"(Od)的理论,只是为"敏感"的人建立可见的形体光芒——说:"蓝色旗是一切敏感的部队标志"(敏感的人及其对奥德的行为,斯图加特-图宾根,1854 年版,页 1313)。颜色对他而言就是一个"奥德式的物体",他们对敏锐的感觉产生影响。质量是它对太阳光谱的作用方式;蓝色的那一半为奥德-正,黄色为奥德-负。——莱辛巴赫一心要凭借精准的自然科学而名垂千古,却因此受到了惩罚,因为后者先是拒绝他,后来又漠视他。

息道：

> 世界之主的巨大眼睛 用魔法
> 令亚洲人的军队 陷入可怕的奴役命运。(II,页 287)

这场建设就这样告终。然而，历史的进程又一次坠落到神秘和象征里面；突然间，半人半神取代人类工作，善神与恶灵，德瓦斯(Dewas)和费尔弗(Ferver)，还有天上的苍鹰，与地上的蛇莽一决高下。这一切野性狂欢中的喧嚣，都在童话般的史诗中娓娓道来。最终，城堡盖好了，"矗立在伊朗最险峻的山坡上"。宫殿里在举行庆祝大会，Zirbanit[巴比伦王妃]，希伯来人，米莱特人（他们已经成了 Sybarit ①[城里人]）又彼此磋商，这场盛会的高潮诞生出狄奥尼索斯。

但是，当恶灵(Angromainyos)出现时，整个欢腾气氛开始降温。他是撒旦，是魔鬼，是高层愉悦中那致命的基层（七颗友好的星已经变成七轮无可救药的月亮）。在这只狂想曲的最后部分简短提到一句：巴别尔的头将波斯堡推向一边，讥讽耶和华。狂想曲的尾声："我"向群星的方向攀升，世界开启一个崭新时代。

这幅幻想中的图像与思想如此丰富，令人眼花缭乱。这信马由缰的幻想只是表面上无拘无束，实际上一切都是精思熟虑之后小心搭建而成。将内容和盘托出的难度，并不在于文学创作的无序组合，而在于，思想完全变成了情绪，变成了图像；它们与其说是按照文本系统规则被叠放在一个关联之中，莫不如说是根据一幅油画或一首交响曲的非理性韵律节奏糅合而成。以艺术的手法克服巨幅的哲学和文化历史学材料，似乎是一种由最密集的观察注视参与的过程，在体验的瞬间被改造并塑造成绘画。

一种图像的进化以这样的方式得以产生，一种全新的、史无前

---

① [译按] Sybarit：Sybaris(希腊文)[城里人]，极讲究吃喝享用的人。

例的诗画(pictura poesis)。视觉图像已经作为绘画的第一心理意识表达出来,对视图的诗意化描写,于是成了对一个业已被艺术转化的过程进行重塑,也就是所谓的艺术表达的二次方。这不仅是说,它是造型艺术的杰作、对《北极光》中的幻想起到了决定作用——第二部中的美丽诗篇,对狄奥尼索斯队列的描述,死亡之舞以及末日骑士,只是无数事件中的几桩而已,——不只是在具体事件经过中的愉悦,就好比被拍下照片的一瞬间,好比市场上"拉神剧"里的猴子们(II,页164),它们正襟危坐,有板有眼("一只朝一位老妇人挤眉弄眼"),也不是以下几幕中描摹的美妙姿态。

在这几幕中,紧随一幅美妙的想象,如巴比伦祭司 Zirbanit 所示,或者在"罗兰",阿卜杜勒·拉赫曼(Abd-Er Rahman)称赞美丽的法提玛,特别是那两个有趣的宦官和审美家,利普和提普(Rip und Tip),他们乐此不疲地取悦奥利弗(Oliver),不遗余力地讲述他们眼之所见。这些都不算最重要的。

> 提普说:"光透过一棵葱照向它的浴室,一件温柔交错的
> 影子化成的精致衬衫缠绕柔软的身体,直到小腿肚子,而脚却
> 几乎从光盘子里玩火。"
> 利普接着说:"温暖的天空望向水面。它滴落在身体上,
> 像凉凉的葡萄。
> 然而接下来,接下来它成了一个乳光般笑声的挥霍者,
> 它能剥夺所有幸福尘埃的盆地。"
> 提普补充道:"我想再度提起苔藓
> 它们蜂蜜般地绕着那根苍白的脖颈飞舞,
> 摩尔女人们非得用玳瑁梳子梳理它们,
> 琥珀饰物装扮着所有如丝的头发。"

最最重要的东西,彻底融化在颜色和线条之中。[38]图像一幅接着一幅,和谐对称。对人物形象进行风格化,完全不是心理分

析的，也绝不是自然主义的，尽管其中作了许多切中要害的观察。那些人像说起话来，就像是化身成人的思想，用一种高度图像化的语言，总是自说自话。比如伊赫那吞、罗兰、俄耳甫斯、"我"等等所有歌里的人物，从根本意义上说都是说话者、是思想，都在努力实现语言的道成肉身，并且恣意徜徉在人类的语言之中。于是也就谈不上个体意义的性格发展。

有意思的是人类的思想，星辰的命运，这个星球承载着人类。并非某个个体、某个艺术家、哲学学者或工程师的问题，不是某个找到"自己"或实现个性的人的问题，而是两性对立中的宇宙灵魂的问题。

就算现实生活中已婚与单身汉之间这类重大的对立能得到解决，那么也是以诙谐和奇怪的方式，就像拉神剧中那样，两帮杀人纵火犯在燃烧的底比斯陷入集体对骂（II，页179—181）。在这样的过程中，他高高在上，就好比莫扎特高踞在他剧中的农民和仆人场景之上。他不在日常琐事的层面寻求问题，他的悲剧遍及他的作品素材当中，而对图像进行风格化符合图像的维度。

这一点上再次出现了一个自相矛盾的情况，与拉丁-德意志这对冤家并驾齐驱。经过了向绘画和文学形像的双重加工，似乎包含了艺术创造中被升华的婉约；越是如此，驾驭整个作品的那种直白力反倒越强大。它对塑像的认识就像对树一样，对教堂的了解就像对森林一般；反思比邻直观，抽象的一般性比邻完全具体的细节。

图画般的平面比邻这样一个奇特的事实：文学创作整体以及每一部分自身都有其特别的时代旋律以及完全特殊的节奏。诗节跟美妙的旋律一样，有内在的节奏；如果节奏不对，那么许多东西都无法理解。学院式的误解就是这样自我了断的，似乎此处探讨的画-诗问题是在一个静止过程中对细节的吹毛求疵；就像莱辛认为的那样，目的是战胜细节。而现在我们看到，《北极光》里的图像冲动制造出了最终极的东西：把语言转换成一种纯粹的艺术手段。

　　这部作品的高超性体现在它同语言的关系上。对此,还有一个至今罕有人听闻的阐释。也许当你打开《北极光》的时候,你以为听到的只是庸谈俗论;纵然偶尔冒出美妙与智慧,也被遮蔽在层层叠叠的词汇丛林里。无论如何,庸俗的确是有的,但并不是为了在几百行诗句后面加上那个感叹号——这个符号保护你不被怀疑居然没文化到看不出言语上的"坚硬"与"缺乏品味"。庸俗就在那里,如同维克多·雨果和威尔第的作品一样自然而然,而且《北极光》庸俗的程度,与艺术家多伯勒超越艺术家雨果或威尔第的程度不相上下。

　　然而,多伯勒因此也彻底避开了"庸俗"的范畴,这类范畴的构成元素总是通过植入一个特定读者群的当下习俗而构成。那些无可指摘的、众所公认的优秀作家们小心翼翼地迎合高修养读者的想象力,并且懂得精确估算出自己的语言作为同时代竞跑者所造成的影响。而多伯勒则根本不跟他的读者拉关系。

　　不妨来看看理查德·瓦格纳的办法。不管你如何评价瓦格纳,这位天才的歌剧导演都不负众望地拥有一种嗅觉,能嗅出成为天才艺术家应具备的一切。凭借这样一种本能,瓦格纳感受到语言需要被重塑,并且从理念上永远把文学放在音乐之上。显而易见的是,由于用头韵法帮不了语言,于是他用一种陌生的手段,用音乐来协助语言,让糟糕的诗行被唱出来。他再次证明自己是个魔术师、总体艺术作品的伟大缔造者:他的工具是一种独特的、机械式的工具;他采取输液法,用音乐的血液为语言缔造新生。这样做在美学上究竟有多么成功,倒是无所谓的,倒是能够证明方法可行。

　　卸下伟大的艺术实干家身份,多伯勒就像个小孩。然而,正是通过他,而不是通过那些声势显赫的装模作样者,真理才得以广而告之。其实,多伯勒的语言风格可谓暴力粗犷;不过,他以自己的方式驾驭语言的本质,并且忠实于这个本质。瓦格纳的暴力性原本并不针对语言,而是指向音乐;音乐,作为思想程序的基座被拖拽进来。而多伯勒则反其道而行之,他完全钻入语言内部,目的是去开发语言的美。瓦格纳的音乐史理论,也就是他打算为他的总体艺术作品奠基之物;鉴于一切音乐都是高级的、欢颂的语言,于是这理论大概也根本不会得出下面的结论:作为一门早已独立并自治之物,音乐将会奉历史之命再次变成语言。因为音乐的(美学)本质与其心理-历史渊源并无干系。

在这里,瓦格纳遭遇了典型的错位——永恒与石器时代的倒置。而多伯勒,这位非凡的历史学家,则不会犯这样的错误。相反,他把一切——包括色彩、声音、内在联系——都从语言丰富的内涵中提取出来。他常常将语言消融在音值(Klangwerte)之中,与此同时,内容成了次要的东西。语言的绝对音乐,元音和辅音的色彩,造就了文学之美的华丽衣裳。

统治日常生活语言的目标是:让别人理解自己,与他人形成一个共同体,这个共同体因其功利性质而获得存在的意义。语言的社会性、与他者的关系、实用性的目标,就是把语言丑化的东西。而音乐轻易不会面临这样的风险。在日常生活语言里,不容得创造神话,就连美丽的诗篇都没有;要么是一种庸俗性,要么是一个工艺美术品。

《北极光》有意克服了语言的自然主义。语言完全成为美学手段,作者并不介意同样的词在日常生活中会引发怎样的联想。如此一番事业,即创立艺术语言自己的王国,在任何一段艺术史上也许都是最果敢、最令人大开眼界的。

《北极光》语言的基本范例在于,不再把 Ra 当作元音。Ra 意味着埃及的太阳神,然而 Ra 是恐怖的、神秘的喊叫,是人类在经历大洪水最危急关头爆发出的喊声:

> 庞大的山喉
> 我看见整个海洋在喷射。

> 一切都将爆裂,
> 我听见人类的喊叫:
> > Ra[神]
> 当回声无休无止
> 呼喊一声急过一声。
> 当整个世界消失
> 这呼喊就成了全世界!(II,页 28)

在诸如"撒哈拉"(Sahara)、"伊朗"(Iran)、"阿勒山"(Ararat)、"塔耳塔罗斯"(Tartarus)等词语中仍可听出 ra 音。这是对思想和音值的保存:一个炉灶,它熊熊的火焰很快就照进每一个诗行,带来温暖,骄傲地发光、发热。此火焰总是会把所有言语化为灰烬。当埃及人伊赫那吞向"阳刚的拉"神祈祷时,在颂歌的结尾说到了生活的残暴,他想要"夺取所有朝拜拉神的圣坛"(II,页 155)。

说得更直白些,就不该有不供奉拉神的圣坛存在。但是,在其酒神颂歌的结尾,那个祈祷的野蛮人陶醉于他对拉神的狂热迷恋之中,乃至整个诗行都成了词音(Wortklang)。与此同时,交互的含义仅仅被淹没,而非遭到扼杀。尤其值得注意的是,即便在如此全情投入词音之际,也丝毫没有损伤思想的正确性,而且恰恰是在那里产生了最深刻的思想。哪里?就是语言不仅在自唱自画、而且还自行思考之地。

拉神剧的最后,阳光下的生活没有任何精神目标的引导,这种无意义的生命力量在"阉人节"可怕的阉割盛宴上(II,页 162)被消耗殆尽,疯狂的国王伊赫那吞把他的都城底比斯变成一片火海。之后,在这场非洲疯狂的最最后,这个野蛮人把愤怒发泄到自己头上,任由太阳神的祭司把他杀死。当祭司们翻搅他的内脏时,他的哀嚎令人生畏:

> 拉神!拉神!天命,可怕的煽风点火!

我自己就是火。有人抓住了我的肠子。
啊,身体仅剩下抽搐的伤痕,
痛苦的火焰冉冉升起,
蔓延到各个国家!
啊,帕皮斯和我,两人在令人作呕的节庆活动上,
像狂热分子和奸污犯
逼迫大地交出太阳神,
我们心中充满恐惧
我们是阉人和经年恶习之友!
Ra,Ra[神],你能够唤醒疯狂的痛苦!
你胜利了;苦人,捕快!
被挥霍的火把的残渣越来越多,
现在,石子路也摇摇欲坠。
那边,火炬浓烟滚滚;这里,蜡烛嘶嘶作响。
负重的壁柱倾颓。
有人把我从下面抓进了心里。(II,页 188—189)

此处的节奏同那可怕的进程合拍,狂板;决定整个叙事的,是耳朵和内心(内心能看出色彩与事物之间的联系),而非阅读拼写的眼睛。画面与词语汇总——由于思想过于丰富而在理解过程中受损——数量庞大,通过艺术的作用在最高程度上得到证实。用疾风骤雨般的话"被 Ra[神]光芒席卷的(raglast-erfassten)壁柱",以迅雷不及掩耳之势描绘火焰如何吞噬庙宇的立柱,导致其轰然崩塌。"纵火者"与"火把"是火景中辉煌的一幕。然而重要的是,在这里,词语毫无保留地成为触摸艺术的辅助工具。作为纯粹的声与色的 Ra 贯穿《北极光》第二部,并不断制造出新的效果。如其在"伊朗狂想曲"中彰显出的力量:

千真万确,撒旦在光天化日之下拔地而起!(II,页 313)

而在地中海被描绘成巨龙之时,又有所不同:

> 水龙在火海里爆炸的声音太可怕。(II,页 331)

作者对诸如 gar［太］、trachten［奋力］等词的偏爱,可以解释为他全身心投入词语的音韵与色彩之中。关于某些元音,当进行更加广泛的讲解。可是它们太丰富了,无法穷尽啊!

针对这种语言,你当然不能说准押韵与头韵法被过分夸大。这里要说的也不再是擦拭一个诗节(似乎它无须雕琢也能成立),而是关乎语言的本质。对于一个想要严肃地从语言中抽取出所有艺术效果的人来说,准押韵、韵脚、头韵就是全部,是语言本质之美的表达,是对日常理解工具中的自然主义的愉快否定。

对诗人而言,除了语言再无其他工具。多伯勒凭借艺术家——这个艺术家要么为一个由视觉图像构成的冲动世界带来艺术形式,要么走向毁灭——的狠劲抓住了那个工具。然而,他的狠劲仅仅是全身心的投入。最高级的自我肯定变成了最深刻的自我否定;自我否定成了自我肯定,为了获得生,而放弃生。

> 自我永不会在行动中迷失,
> 因此优美的韵脚自成一格,
> 从而独一无二地用自己装饰自己。(II,页 519)

二、欧洲的精神问题

德国神秘主义者的直言不讳与罗马艺术家对一切造型形式层面的吹毛求疵,哲人的反思与文学家的不羁,笃信现世的欢愉与承认世界的相对性,对语言施以最强烈的暴力与完全沉迷于语言与生俱来的美丽……所有这些矛盾对立,将如何终结?艺术家如何能不再探讨如此哲学化的问题,哲人怎样才能对一切不严格遵守形式规范的事物不再不屑一顾呢?

语言是他创造的会发声的建筑,它登峰造极于"北极光",也就是精神。人类在长期漫游之后,"亚当的种子成熟了",肉身复活的末世论场面过后,终于抵达了北方。"阿勒山喷发","灵魂之光里的歌"高唱起来,一条"燃烧的岩浆流"把它的炽焰浇到无边无际的地方,无与伦比的诗歌神秘之美,如同繁星和纹饰,令作品中的教堂蓬荜生辉。于是你收获了"精神",大地的种子,人类的种子:

> 大地神奇的炽焰之花在燃烧,
> 在极点,怀着神圣的骄傲。
> 它是每一颗痛苦的碎片化成的血。

> 它是复活了的精神合唱,
> 它打开了自己天使的羽翼,
> 金色的花萼,来自荒原与阳光下的花簇!

> 这金色的彗星,一隅的花粉,
> 获得释放的雄性力量,如今容光焕发,
> 流入我们比目鱼的银莲花中。(II,页595)

历经战栗与痉挛,方得圆满。不过却收获了一个崭新的地球。结局既非死亡之舞,亦非法庭审判。改变发生在精神层面。地球已经完满,因为它变成一个发光的星球;人类也得以完满,因为他们终于获得了精神。二者融为一体,这伟大的诗篇魂归大地,忠于大地。

历史上与作品中发生的一切,在北极光幻妙的气氛中再度展现。尼罗河,金字塔,蛇,俄尔甫斯,欧律狄刻,奥古斯丁,童贞女用十四行诗圣诞幻想曲吟唱的羔羊,还有"三圣事"中的基督伯爵。就连一段被多次探讨的表述也出现了,不过不是由那些可怜的、寻找真理的人所引发的激烈讨论,而是地上的"火焰"和天上的"光焰"在就刚刚发生的危险、以公正代替爱、以尘世的幸福和金子取代精神等话题进行神秘交谈。

在最后一刻,南方与北方的斗争、尘世与精神之火的战争,把黄色的光再次投进被北极光照亮的黑夜;该隐跟随着基督徒亚伯,地球战士同这个圣人、这个温恭之人作战;在圣奥古斯丁看来,后者乃上帝之城的第一公民。但是"该隐之蛇"将会被制服,"将会克服对夜间行星的恐惧",北极金色的希望不会欺骗我们。眼前的既不是终结,也不是一次"死亡的蔓延",而是永恒。

> 怀疑是幽灵,被牢牢制服,
> 世界被原谅,精神被吞没。

一片崭新的天空,一个崭新的地球。"我"在塔耳塔罗斯之夜(Tartarusnacht)的风暴中找到自己的肉身,那时,纯洁的女性毫发未伤。尘世一切苦难都被战胜。众天体在浩瀚中和谐唱响,群星高歌,灵魂自行显现,日光与星辰之子合唱。语言深藏的乐感,最后一缕思想,美得令人窒息,美到令地球上曾经出现过的诗歌都无法匹敌。词语变得有了生气。最先发现它的是一位盲人:

> 北极光之景,令所有崇高的梦黯淡无光,
> 万物开始唱诵。
> 物性已死。词语填满空间。
> 在我的身体里,我听见世界之光的声音。
> 星辰那耀眼的泡沫在闪烁,飞翔,歌唱,
> 词语可以从满满的根部发声。
> 它歌唱着,歌唱着。它为自己唱。它生出了诗人。
> 精神将再度适应词语。(II,页 549)

世界与灵魂的深度借助这些词语、借助一种语言得到彰显；这种语言摆脱了任何形式的拐弯抹角，就只是壮美画面与思想的容器。它美得超越凡尘，如此神秘而清晰，就像被北极光照亮的黑夜。道理表现为词语，词语揭示出道理中蕴涵的知识。尽管这些哲学的表述看似包含一种唯逻辑论，这与神秘的画面之间存在不可调和的矛盾；但是，这属于精神之本质，并不像个儿子一样只知道爱，而且还有认识，像多伯勒那样，近似黑格尔式的思考。

这意味着更高更远的阶段。对立瞬间消失：因为施瓦本的黑格尔所提出的泛逻各斯主义，从根本上说只是个信仰，对人类思考的信仰，对一切存在物皆有理之信仰，对自然之内在善的信仰，对人性、人类历史及其发展的信仰。

普遍性（Universalität）正是黑格尔和多伯勒这类思想家的出类拔萃之处，同时，它又不等同于百科全书的风格。它产生于一种无边无际的可信性（Gläubigkeit）。黑格尔那惊世骇俗的否定学说，为自己及其原本的思考方式提供了最佳诠释。这一位泛逻各斯主义者的出发点是信仰，那一位历史哲人则囊括人类上千年历史，发端于对细微和具体瞬间的惊异。

再没什么比这些瞬间更加神秘莫测了。恰恰就在此刻，这一切发生了；恰在此时，威尼斯的月亮升至哥特式宫殿的一角，一个女人出现在窗边，"威尼斯珍珠"中的一首十四行诗（I，页，341）就从这种情绪一直到充满恐怖，终结于突然在惊骇中认识到难以避免的谜团：

> 在那哥特式宫殿里
> 常青藤缠绕着大理石阳台，
> 它的影子好比一个密探，
> 身怀不可告人的复仇之心。
>
> 似乎它正在摸索中攀升，

> 为探查何人住在宫殿，
> 是否真的值得告密：
> 它正挥动着一根恣意生长的丫！
>
> 现在，月光照进一个高高的转角：
> 看，一个女人出现在窗边，
> 是什么让她在这光斑下如此苍白，一动不动？
>
> 常青藤务必弹出许多枝丫，
> 以便舒展它的圆形轨道。
> 万物终有一死，谜底从未揭开。

耶稣恰好在这一年、在那个地方化身成人。这是怎样一个神秘的深谷！恰恰通过这些孩子，惊讶到不能自拔的孩子，产生了巨大的力量，它通过强大的抽象将自己从个体的绝望境地解放出来，在上百万秒中找出那个在任何单独一秒钟里都找不到的意义，尽管在时间片段上毫无意义，却仍旧相信时间的充实完满。

这就是北极光之普遍性的意义所在。它从外表看始于地球的重塑，而实际上却只与信仰有关。信仰万物皆为善、都有存在的意义。非康德主义、后康德主义与前苏格拉底主义都抱着这样一个信仰：相信自然为善，人类"性本善"。他信誓旦旦提出的问题，针对的是一切可见之物，他相信会得到一个可信的回答；这是一种信仰，不依赖于他人，不属于社会学现象，也不指向他者；它是某种令人孤单的东西，可是为此却献上了世界。

总有人到处问：这是什么意思？而且总是因惊讶而发问。而这位道德家却带着一个完备的回答走来，他要教导事物，教授它们各自的含义。他俯身屈就于已在之物，拜倒于路德教的神的意志存在于事实本身（voluntas Dei in ipso facto）。给出解释的同时，也会从中产生曲解。于是，在《北极光》里产生出许多问题、各种阐释以及彼此间的重要关系。因为这里再没有单独、孤立之物，一切皆融为一体，展现出包罗万象的共通性。当人类痛苦达到顶点、当印度诞生慈悲的佛祖，整个自然界处处都看得到佛；"鸽子开始振动脆弱的翅膀"，"这时人们忽然惊讶地看见，一只兔子正催促猎人取出它的内脏！"

在那一刻，耶稣死在十字架上的那一刻，那恐怖的一刻，在已被传说演绎到泛滥的那一刻，不知何方来的异教船只驶过希腊岛屿，听见呼唤："巨大的潘神已死！"——他描绘了所有的恐惧：

> 夜幕终于降临，
> 此时救世主在十字架上死去
> 山岩诉说着这场罪行
> 人们看见，树木打着寒战
> 人们看见，树木突然失去生气
> 好像十字架一般瘦骨嶙峋地凸现于黑暗之中。（II，页347）

但不止在这一时一刻！耶稣无处不在：

> 一直以来，耶稣基督都在地球的夜晚闪闪发光
> 从每一朵因爱而逝去的花朵之美中，
> 在晚风中，从树的每一个感激的姿态里，
> 每个白天披上晚礼裙的树木；
> 从令猎人犹豫不前的每只小鹿的目光里，
> 在每个孩童的笑声中，耶稣醒了过来！
> 救世主是闪烁在每个人身上的那个人。（II，页448）

人们通过相信恐惧来认识世界。在一位靠直觉生存的艺术家身上，别无他法。从美的形式内涵以及对之自觉的探索来看，万物

之本为宣示、馈赠、恩宠。诗人只是一杆他者之笔,他书写,他是一个"鹰隼之羽",如《约翰启示录》,苍鹰,aguglia Christi［基督的苍鹰］,如但丁所称。罗兰对他的叔父卡尔皇帝说:

> 所有人都在争斗
> 用心用头脑,充斥着雄性的鲜活的力量;
> 他们做好了准备,在人生的所有阶段
> 坚持主张,矢志不渝,
> 作为战斗伙伴,笃信他们的存在和能力。
> 而我,我的叔父啊,只是一个鹰隼之羽。
> 我不能也不愿夺取命运的气息
> 也永不会做伟大思想的叛逆者。
> 弑龙人(Sankt Georg)自行爆发,在我的身体里摇晃。
> 他为他的臂膀和重剑选择了我。(II,页385—386)

他是一枚工具。他完成命令。正如圣奥古斯丁而言:给予你所要求之物,要求你所想之物(Da quod jubes, jube quod vis)。一切事物的终端俱是思想、认识、灵知、直面上帝(Visio Dei)。时间与世界历史停下脚步,尘世之物经历了飞跃,遁入形而上的领域。地球依然在,甚至变得更美了;不过,无关紧要的重大事件和国家行为却走向终结。世界一旦被识透,就不再有世界历史的存在。

人类为获得认识所走的道路,从来就不能刻意通过暴力实现。无论是俄利根(Origen)自我阉割的狂热,还是中世纪机械论的狡猾技艺,都无法走上那条道路。塔耳塔罗斯之夜不是被英雄征服,不是像神圣的格奥尔格刺穿地中海的龙那样用他的利剑刺穿那个巨大的怪兽。并不是"干掉它"就一劳永逸。人类想要尝试一下,用一个文化帝国来对付自然;在这个帝国里,想用审慎的计划取代上帝及天命。自然不容坑蒙拐骗,上帝不容讨价还价。于是,北极光也不会凭借自己的力量被获取。若没有神秘的解放,太阳就无

法"挣脱那束缚之地",

> 逻辑的数列(logischer Zahlenanreihung)永垂不朽
> 愿只留下巨大的光尺(Lichtellenlängen)。(II,页317)

地球与人类在抵达各自的目标之前,必将经受住巨大的战斗、灾难、恐惧。尽管如此,最后只剩下馈赠、丰盈、恩宠。思想之国并非未来之国,而是优雅的国度。

> 恩宠在原始的混沌中翻腾
> 从丰盈进入尘世法庭。

此处提出了最难以解决也最无法回避的问题:人应该身体力行,但是,若要抵达最重要的事物,则只能通过恩宠。自然充满恩宠且得到美化。一切,万事万物,都跟上帝之善与尘世之苦一样不可解释。不过,这是西方世界的问题。东方人在认识到地球之恶的时候,用其抽象的因果性来咒骂地球。他们无法爱地球,而是惧怕或蔑视它;如果他们无法逃离地球,那么就要去奴役它。

伟大的欧洲人却热爱地球,纵然遍地恐怖仍觉得它好;他们既不想只动动嘴皮去否定,也不想要彼拉鸠式(Pelagianisch)的妄想[对自己的力量和自身的善功有着理性式的信仰];因此他们理解罪责的问题并非从道德角度,而是从宗教角度;他们的乐观主义不可与东方人的悲观厌世、伤春悲秋同日而语,而是一个更高的层次。他们拒绝那种深度的、东方式的厌世。这是奥古斯丁、路德、帕斯卡尔等崇高灵魂共同关注的问题。多伯勒的《北极光》却终结于思想问题的西方特质;经过一番狂奔和伟大旅程,北极光,这股安静而强大的光束,汇入了欧洲的思想海洋。涵盖这片海洋的是两个词:自然与恩宠。

三、现　实

《北极光》是西方世界的诗。这首诗的命运远比书籍宏大。在欧洲世界自相残杀的岁月里,这部诗歌声名远播。它诞生于物质与精神双重匮乏的年代。

同一切有良知者一样,这个时代为自身的问题殚精竭虑,一直到良心不再焦灼、感觉舒服自在的那一刻。因为这个过程无论如何是有趣的。这个时代可以被称作资本主义时代、机械主义时代、相对主义时代,也可以叫作交通的时代、技术的时代、组织的时代。实际上,"企业"一词似乎给这个时代标出一个记号。对于某个可怜没用的目的,企业成了了不起的工具;这种工具在目的面前无往而不摧,这个企业摧毁了个体,乃至个体竟感受不到已被废除;它不遵循一个理念,而顶多依赖一簇平庸,并且总是确保一切务必顺利展开,所向披靡。

物质极大丰富的成功——来自于普遍的"工具/间接"(Mittel)性与可计算性——十分奇怪。人们变成了可怜的魔鬼,"他们无所不知却无所信赖"。他们对一切感兴趣,却对一切都不感到激动。他们理解一切,他们的学识载入史册、自然界乃至他们自己的灵魂。他们是人类的洞察者,是心理学家、社会学家,他们最终书写一部关于社会学的社会学;一旦遇到进展不顺利,一个犀利巧妙的分析或者一个有针对性的组织会知道如何摆平。

这个时代的穷人,大量贫苦的人,一文不名者,像"一个阴影,跌跌撞撞地干活",几百万渴望自由的人,证明自己是这种思想之子——什么思想?就是按意识中的公式来操办一切,不给秘密和灵魂的燃烧以机会。他们想在地球上拥有天空,作为贸易与工业之成果的天空,可天空就在地球头上呢!在柏林、巴黎或纽约,一块拥有洗浴设施的天空,有汽车、俱乐部沙发,时刻表就是那里的圣经。他们不想要爱神与恩宠之神,他们做过这么多令人称奇之事,为什么不应该"造"一个尘世天空下的巴别塔呢?

最重要也是最终极之事已然被世俗化了。权利变成了权力,忠贞变成了算计,真理变成了普适的正确性,美变成了好的品味,基督教变成了一个和平主义的组织。取代善恶之别的,是对有用还是有害的精致区分。

这种颠倒令人战栗。对于那些认识到它所具毁灭力量的人而言,地球似乎变成嘎吱作响的机器。一幅图像——若在其他时代,会诞生于对无法躲避的恶之霸权所怀有的难以名状的恐惧——出现了,像一个应验的预言,那就是敌基督。

敌基督有什么可怕的呢?为什么敌基督竟然比一个强大的暴君、比跛子帖木儿或拿破仑更令人生畏呢?因为敌基督会摹仿基督,把自己打扮得同他如此相像,从而骗取所有人的灵魂。敌基督将以友善、正确、刚直不阿、理智的面孔示人。一切事物都赞美它给人类带来福气,并且说:一个伟大而公正的人!

> 他对所有的人都会狡诈地表现得温文尔雅,不接受官位,不会特别偏爱某个人,人人都喜爱他。他平静地对待一切事情,不希求别人送他礼物,对周围的人亲切备至,因此,人人都赞美他,齐声高呼:"这是一个正直的人!"①

托名厄斐拉姆(Pseudo Ephraem)在《论世界的终结、世代的完满和万民的骚乱》(de fine mundi et consummatio saeculi et contrubatio gentium)中用圣厄斐拉姆的说法(dictis santi Effrem)如此描绘敌基督。敌基督的神秘力量就在于摹仿上帝。上帝创造了世界,敌基督则依葫芦画瓢。基督以处女之子的身份降生,古老的作者们也这样形容敌基督——这位阴森可怖的魔术师改造世界,改变地球的面貌,让自然听命于自己。自然为它服务。目的无所谓,

---

① [译按]这段引文原文为拉丁文(承蒙刘锋教授翻译)。

管他是为了满足某种造作的需要，还是为了舒适安心。人们自甘受其迷惑，眼中只有神奇的效果。

自然似乎已被制服，安全无忧的时代露出端倪；一切都已安排妥当，聪明的先见与计划取代了天命；天命由它"制定"，就像营造某个组织机构。它擅长在围绕金钱经济的旋转中创造无法言说的价值，当然也会考虑更高的文化需求，同时不忘自己的目标。因为它先让一个令人反感的人喋喋不休地道出真理，再来论证其荒谬之处，从而获取真理；另一方面，它又抓住自己的布道者——这些人就宗教、艺术、哲学进行优美的讲道训诫，巧妙的分析中不漏掉任何圣者和英雄，以及十字架上的基督……没有一种信仰会驳斥他们；他们碾碎了一个人口中的语言，因为他们不想看到逻辑；他们觉得自己高高在上，因为他们是怀疑主义者。人们相信他们说过的话：世间一切统统都是人的事，人面对伟大与庄严不应感到恐慌。

混乱之态愈发难以形容：猴子证明自己来自人类，并引证说，人像猴子的地方多于猴子像人的地方。这无可否认。神话般的成功同样不容辩驳：大城市、豪华邮轮、保健卫生，从灵魂的地牢里演变出一个舒服的避暑胜地。最后，伟大的技术产品得以加冕了：人可以飞，用身体飞。

谁若预感到时代的道德含义，同时又自视为时代之子，那么他只能成为二元论者。聪明的时代批评家发现了机械力学同灵魂之间的对立。但他太了解人类生活的诸多现实，乃至可怜的灵魂彻底无助地杵在那儿。只能有一样东西保留下来：用灵知派教徒马克安的话，世界就是魔鬼的作品，丧失精神（Geistlosigkeit）在这里将永远胜于思想。

这里有恐惧的根，若要争取善与义，恐怕会"永远腐蚀宇宙"，而且毫无意义；上帝将束手无策，失去力量；整个世界史将变成一首流行歌曲，任何一个调皮鬼都能在走调的乐器上演奏；世界将败坏得无可救药；对一幅精美图画的仓促模仿，一个滑头抄袭者的创作,窃取伟大作品的计划,再从中弄出一张假面具。

一个猴子上帝的造物!将没什么能帮得了我们,我们必须指望从监狱逃脱,至少为了拯救我们的灵魂。在世界大战的现实版恐怖到来之前,许多人就已经深陷一种对末世的恐惧之中。不过,那些远离任何末世论调的怀疑主义者们——他们的思想还没有狭隘到忙碌跟风——会抱怨这个时代缺乏灵魂。

瞧这个世纪(Ecce saeculum)!① 多伯勒的《北极光》从这里诞生。它如此深刻,而时代如此肤浅;它多么伟大,而时代多么渺小;它神性的思想何其饱满,而时代又何其空乏;这个时代缺乏思想,它对这一状况进行补充;它不止于一本关于时代的书,它还是一本宇宙之书。

它为这个机械化的时代赋予了平衡。它不是时代的果实,而是时代的表达,像但丁的《神曲》一般,尽管不是同等价值,却也可与其他作品相匹敌,堪比托马斯·阿奎那的全集或者西部、南部德国神学家的中世纪神秘学。它也不是作为有意识的对立面,比如德尔图良式突围或卢梭式返归自然的劝导;它亦不是拉特瑙式的"时代批评"。它是对一部作品所包含的一个失去思想和艺术的世界的极致体现。它蕴含了一个被思想遗弃的世界在精神层面所能弥补的全部重量。

这其中还包含作品同世界的关系,也就是它的现实攸关性。无须赘言的是,它并不是什么写实诗或哀咏诗。那类东西是应时而生。还有一种庄严的现实性,令人激动的口号标语(所具有的现实性),唤醒人们并使之聚拢在其周围。尽管《北极光》里有强烈的末世论腔调,但它并非要像中世纪黑死病之际那首"生活的中心(是死亡)"一样引发一场宗教瘟疫。

相反,这种现实性基于同时代最内在本质之间的关系,是该作品对这种本质的伟大抗拒。在相对主义和分析论如此呼风唤雨之

---

① [译按]戏仿尼采的"瞧这个人"。

后，乃至怀疑先是自动退场、后又重出江湖：怀疑是否足够彻底。在这一点上，连怀疑论者也开始变得可笑，并且怀疑自己的怀疑是否是终极的、最深刻的，因为否则他就算不得是最深刻的了——《北极光》似乎成了对所有否定论的最终极、也是最广泛的否定。

这种情况在当下如此流行，精神世界里每一桩闻所未闻的行动大抵如此。思想精神之中是否存在明确的现实批判意识，将变得不太重要，也不大可能出现类似的意识，因为富有批判精神的时代将不会被超越。就连感知当下的密度，也不必一定同当下的客观意义相结合。

这是精神层次不高的人所犯的典型错误。他们从冲动的激烈程度中推断出情绪冲动的表达具有美学以及历史含义，从他们的野心中推断出他们的力量，从性欲中推断出生殖能力。尽管在《北极光》里找不到一个针对当下的批判性的历史观点，其对当下的关注似乎也并不明显，不多于对其他时代——埃及、印度、罗马——的兴趣，然而，它对现世的描绘却比一位批判历史学家更加扣人心弦；它洞穿当下，清晰的视野中带有一种与生俱来的透彻。

机械时代的精神出现在《北极光》中的一幅画像里，那幅画富有史诗般的生动（II，页 477—481）：理智令自己摆脱一切束缚，义无反顾地紧随理性主义脚步；它的目标是，认识地球，从而主宰之。金子变成了钱，钱变成资本——如今理性开始泛滥成灾，一切都被扯进相对主义，用玩笑和标准嘲弄镇压穷苦农民的起义，最终像一位末世骑士驰骋在地球上，冲在血肉复活之前。他让巨大的铁蜘蛛、"机械智能的铁翅昆虫"，在受苦的人类身上肆虐，铁制的嘴

> 刺入一些心脏，呼出的毒气令绝望者头昏脑胀，那些被上帝遗弃的人！①

---

① ［中译编者按］随后一段阐释，原文为脚注。现以小五号字分段排为正文。

这一幕(II,页477)要结合作品来看、来进一步阐释:在人类从埋葬他们的阿勒山复活重生之前,在北极光闪耀的那个塔尔塔罗斯之夜到来之前,三位骑士以世界末日使者的身份出现。三幅画每次都以一系列神秘事件为内容,这三位骑士被塑造成扭曲过的思想和形态,在《北极光》里仍然发挥着作用。

第一幅,性病,赋予尘世的欢愉、感官性(太阳的成就之一)以畸态,就像在拉神剧(II,页155)中那样天翻地覆,在"三圣事"(II,页449-451,458)中再次爆发,那是女巫安息日的时候。

第二个出场的是理性主义。智力不再关心理智和灵魂,它蔑视一切持怀疑精神的思想,那上千个美梦和上千种世界体系,传说和庙宇,并且把一切解释为"人们的七嘴八舌"(这就意味着:它在分析和从事一种语言批评)。它用令人信服的合目的性,把地球变成了一个有用的东西。

起初它只是和理智结盟,它是"哥哥",是强大的助手。这个"哥哥"拥有在伊朗建立国家政体的雄性的行动力,并且能够挫败下等民族的叛乱(II,页277、296)。它不依赖于"我",独立于理智之外,它就好比理智的摆锤,跟所有某个绝对性中的相对性一样。它要求必要的资产,以获得智者的石头——金钱。它从侯爵的财宝库里取得了婚戒、十字架、上千枚杜卡特,这些东西是"我"出让给它的,尽管它们统统是私吞盗用来的。它还没什么钱时,上千个侏儒就都来帮它。它征收税款,对"我"解释自然法并宣称,地球如何控制了一切、自然法下的所有个体如何被毁灭。

于是它变得越来越狡诈。被它窃取家财的那位侯爵出现了,但是理智却不允许自己犯错,它骄傲地指向它的成就,最终亲自从侯爵手上取下戒指,好把它变卖成钱。"我"只不过是为了帮助他"制造整体"。被剥削殆尽的农民来到侯爵面前表达不满,但是他们的骚乱很快就被镇压;就连他们的婚戒和节日盛装也被拿走。现在,它占据了力量的制高点,它高坐在一匹白色大马上,向人群投掷巨大的铁器。——第三幅画中,被凌辱的自然实施报复了。暴乱开始了,就像每次革命一样,打着"返回自然"的口号,要求一个"自然法"。

就这样,他住得比蚊虫还要恶劣,他破坏良知,毁灭基督,把世界当作一条珊瑚虫,他在其中攀爬、吮吸。

他是围猎者、流毒、开处方的人(Rezeptverschreiber):他把地球的命运全部交给了金钱。实用主义的骇人力量及不可抗拒的恐惧在这里横行肆虐。然而,当塔耳塔罗斯之夜即将破晓,恐惧开始消失,幻觉被识破。内心的谎言公然流窜,好像

> 章鱼,被谎言粘贴在一起,
> 因为谎言必定取代它的骨与肉。(II,页 500)

混乱沦陷,"谬误已经表现成上千个头",时代"如此错误,乃至无法认清自己"(II,页 541);

> 群蛇迎面嘶嘶爬过来,
> 一条总在否定另一条。(II,页 598)

现在,到了最后,当北极光已然形成,这个无神的疯狂时代中可怜之人又一次像被隔空看见:

> 人是一颗干瘪的牛蒡果!
> 高加索人气喘吁吁
> 孜孜不倦地建造黄紫色的城池。(II,页 601)

此类表达虽可与现实关联,却也贯穿全书主线。当下现实,也就是其艺术创造的整体印象,在地狱之夜那幅画依然是结构和气氛元素。它并不急着向前冲。没有什么特别的东西刺激我在当下刚刚亲身经历的事,那个缺乏距离与视野的具体时刻并未引发轰动。机械时代是如此客观贴切,好比 Ra 剧中尼罗河谷的气氛或那个文化史综合体伊朗。对于二元性、我们当下自我撕裂的后果,几乎没有谁能比他更深有感触,或者能像这位诗人那样为现实的丑陋所震撼。这位诗人预言了那个冰夜,北极光出现的前一夜。然而他并未止于二元论,要让尘世之光与地球上的阳光变成精神,

必须有令人战栗的夜。精神战胜了怀疑,最后的否定产生出对一切相对性的超越、超验。

由此可知,在这部作品里看不到主宰当今许多一流作品的那种情绪——对世界与人类的不信任,因永远被骗而不安,最后还有对基督与敌基督之间是否有别的怀疑。由于没有这种情绪,《北极光》比它的时代要更加意味深远。但对于关心时代自身疾患者而言,这不是一本受欢迎的书。他们想看到自己成为写作的对象,听到别人把他们的怀疑作为话题,然后继续怀疑;因为他们从根本上热爱他们的状态,甘心听天由命,也就不必有义务去行动了。他们不想动用暴力,而那是夺取天国之必须。

在他们心中,北极光像一尊奇怪的建筑。一个伟大的精神功绩在他们眼里早就成了"纯粹形而上学的结果"。现在,由于精神舞动,他们以为世界飓风就是野蛮。精神"触动了法律"。然而,人们遵循他们自己理解的东西,并且把精神的表达视为迂腐,只比园丁略高一等,把高加索阐释为一个善良却没品位的绿地。那些在艺术上有"干净的节约意识的"作家,会把这种在力与美上的大费周章叫作不够高贵。它不合小资产阶级知识分子的小格调,在有着普遍教养和良好品味的观赏花园里,在为保护精神财产而修建的各种协会、团体的屋檐下,这部作品显得令人难以置信,闻所未闻,怪物一个!

除非出现了这种在每个哲人看来不言自明的情况:人们对一切都可以理解,对艺术实践的宽容没有界限;每个接近艺术实践的人,都会更有把握拿到一笔奖学金或完成一篇结课论文。对于下面这种情况,即一旦天才遭到了误读,就会出现他们自己的活动,直到人们自以为已经"完成"启示。今天,大概没有哪个重要艺术家会游离在人们的目光之外。人们已经完全合理地驾驭他们聪明的组织。直到那个自行决定一切的时刻来临。

致多伯勒的信

施米特 著
温玉伟 译

[译按] 译自 *Schmittiana* Bd. VII, 2001, 页 360—361。据编者 Piet Tommissen 称，施米特遗产中仍有施米特致多伯勒书信复印件 3 封（1915—1923），多伯勒致施米特书信原件 14 封（1920—1926）。

1925 年 11 月 18 日，波恩
恩登尼希大道 20 号

亲爱的多伯勒，

我刚刚收到您 11 月 11 日从奥西纳寄来的书信，我想立即作出回复，否则的话备受工作烦扰的我不知道会把它推迟到什么时候。收到您的讯息使我非常愉快。也衷心感谢您从君士坦丁堡寄来的明信片。收到您的信后，我立即把关于您《北极光》的书①与书信寄给了维也纳的施鹏达（Franz Spunda）博士。②

几周后《高地》杂志会发表几则关于我的南斯拉夫之行的简讯，③

---

① Carl Schmitt, *Theodor Däublers 'Nordlicht'. Drei Studien über die Elemente, den Geist und die Aktualität des Werkes*, Duncker & Humblot 1916.
② Franz Spunda(1890—1963)，奥地利诗人、翻译家。
③ Carl Schmitt, "Illyrien. Notizen von einer dalmatinischen Reise", 载 *Hochland* (München), 23. Jahrg. Nr. 3, Dez. 1925, 页 293—298, 重印于 Carl Schmitt, *Staat, Großraum, Nomos. Arbeiten aus den Jahren* 1916—1969, Günter Maschke 编, Duncker & Humblot 1995, 页 483—468。

作为对您询问这次旅行的答复,我会把它们寄给您。该杂志的主编——当然,是以令人舒服的方式——曾向我竭力索取简讯,而这与我本来的精神是相违背的,因为我并不想发表简讯。文章名为 Illyrien[伊利里亚]。您知道,我将您视为一位伊利里亚人,并且在我看来,我将您置于一个美妙的关联中。但我不知道会不会延续这些简讯。在工作的环境下一切都会窒息。

关于潘维茨(Pannwitz)[①]我只能说,个人的印象特别深刻。他的诗歌、戏剧等等,在我看来完全难以进入。他的尼采崇拜给我的感觉就像是僧侣,我称之为"私下的教士"。他的政治小册子则光彩夺目,是德语语言的杰作。为了他,我会尽我所能。不过能做什么呢? 我无法供给他金钱,因为我贫穷。他的一位友人要求我写个类似于学术鉴定的东西,据说这能为他在某个部门谋得"职位",以便获得国家的资助。我自己不能开出这样的鉴定性意见,以我的大学教授身份来看,我是法学家。此外,我至多只了解潘维茨百分之五的作品。似乎他的情况很糟糕。但是就我能所观察到的而言,他的友人为他所作努力的方式,并不适合唤起同情心,尽管我毫不怀疑它们是出于最善良的意图。

我并不能规律地获取您的作品,因此我很期待您的所有邮寄。我偶尔在报章上看到您的文章,而且在我的达尔马提亚之行中,有几次奇怪的偶然情况下,我一直在挂念着您,原因是,我手头罕见的德文报纸上总有一篇您的小文章。

再会,亲爱的多伯勒先生! 衷心的谢忱! 并致以美好的祝福!

您永远的 S.

---

① Rudolf Pannwitz(1881—1969),德语作家、哲学家。

文 萃

温玉伟 辑/译

选 编 说 明

"谁是施米特?"——这个问题之所以棘手,不仅因为施米特接受史上让人眼花缭乱的批评、攻讦、赞许、修正以及反修正,而且因为施米特作品涉及范围既广且深,极其讲究修辞——使人很容易联想到古罗马政治哲人西塞罗,以至于有着深厚古典修养的施米特的诸多著述看起来易读,实际上十分令人费解。有论者以赞赏但略带无奈的口吻称:

> 施米特极具修辞风格的作品是一场说服艺术的焰火,华美耀眼又令人眼花缭乱。读者一旦受其不容辩驳的精辟开篇语句的迷惑,便心甘情愿成为这位大师级风格学家的俘虏。

这里所选的作品包括书评、序言、对话、诗歌、随笔,篇幅长短不一,时间跨度约 70 年,分随笔(含书评)、对话、诗歌和日记四类编排。1911 年至 1913 年的文章明显受德国哲学家费英格(Hans Vaihinger,1852—1933)的《似乎哲学》(*Die Philosophie des Als Ob*)影响,尤其是该著强调的"虚构"概念。

虚构(Fiktion)堪称荷马传统,在柏拉图和亚里士多德那里成了一个重要的政治哲学概念。在战后出版的小书《哈姆雷特或赫库巴》(1956)中,施米特继续埋头于诗作虚构(象征、神话)同政治现实的关联(另参"我做了什么?"一文),隐讳地表露自己的政治处境。按照施米特自己的说法,与亚里士多德一样(《形而上学》982b 17—19),他在晚年也自称为 philomythos [爱好故事的人]。

由于战后无法获得教职,施米特通过书信和笔谈与欧洲学人建立起紧密联系,并与其一同思考。施米特常随信附有自己重要的思考和作品草稿(如"霍布斯结晶体"草图)。在与"声援施米特小组"成员莫勒(Armin Mohler)的书信往来中,施米特附有多首感怀时事的诗作或其他文学性较强的短文,译者搜索整理出一部分内容,以飨中文读者。

20世纪60年代初,有位德语文学教授求教于施米特,希望借阅施米特"突破流俗的文学空谈",以切入"我们时代的根本性问题"。1968年后期,施米特鼓励这位教授就梅尔维尔的小说《切雷诺》深挖"切雷诺"主题。在施米特看来,"切雷诺"是大众体制下知识界处境的象征——作为没落欧洲传统的代表,施米特也以切雷诺自况。后来,这位教授编出一卷颇显语文学功夫的研究版《切雷诺》(Marianne Kesting 编, *Benito Cereno*, *Vollständiger Text der Erzählung*; *Dokumentation*, 1971)。

与施米特对《切雷诺》的理解不同,属于战后一代的后学可以摒除一切个人性关联,从文学研究者的视角出发,客观分析梅尔维尔的所有作品和二手文献以及历史出处。这位教授由此考证出,这部小说完全无关什么知识界处境,而是在讨论美国内部的问题,如蓄奴、内战等。他还说,小说提及的是"奴隶船",而不是施米特所说的"海盗船"……

施米特私下曾承认,这位学者的作品:

> 作为一部文献辑录十分有用,但在我看来,她的解读深受今日在美国颇为流行的一种潮流影响:将注意力从德拉诺和切雷诺相会的意义上转移开,而引到奴隶问题和黑人问题上来(解放运动)……

政治思想家施米特的眼光毕竟不同于文艺学专家。不过,施米特未再道出习惯引用的一句霍布斯名言:Doceo sed frustra［我教导,却徒劳］。

由于学业繁重,译者未能译出施米特另外两篇旧文:《剪影》(*Schattenrisse*,1913)和《布里邦可人》(*Die Buribunken. Ein geschichtsphilosophischer Versuch*,1918),日后若有机会再促其全璧。

温玉伟
戊戌年四月初五
于德国比勒费尔德

一 随 笔

接受者

（1911）

［原题"Der Adressat"，刊于 *Die Rheinlande*，XXI，1911，页429-430。］

对于受过心理学训练的语文学家而言，研究某位哲学作品的作者或多或少有意识地预先设定的目标读者，一定是个很有吸引力的任务。人们甚至可以以此来为这部作品分类：作为一位意欲穷根究底者的独白，作为在学者群体面前的报告，作为在所谓"后进"这一想象中的理想听众群体前的演讲，作为对一种思想的滔滔不绝，在构思和写作这些思想时，鉴于其与无意识过于明显的关系，而无法设定一位对象。

根据具体情况，作品的意图会在行文和风格中得到表达：一部哲学作品会表达得极为清晰，它可能意在教谕或者说服，也可能在追寻真理或者不可辩驳性。在那些承负直观知识庙堂的大书中，对目标读者的追问似乎是一种玷污，就如对待伟大艺术作品（人们也把它们视为这样的作品）一样。

但是，毫无疑问，一定有这么一位目标读者，并且，人们只需让具备语文学知识和热望的勤勉心理学家注意一下这个问题。这个问题不只是纯粹的历史-心理学问题，或许可以将其构建为一个"目标读者"理想型。此外，值得追问的是，在历史发展中，谁实际上作为目标读者凸显了出来。因此，也有了一个集体-心理学的和社会学主题：即，关于伟大哲学作品的大众影响。

这样一种大众影响是存在的。它在叔本华那里的理由不同于康德，而且，如雷贯耳之大名在哲人和在艺术家那里的影响也各不相同。在这种情况下，一个有趣的事实就是，比起《未来形而上学导论》——它迎合更为轻松的可读性这样的愿望，而且其导言是一篇德语散文杰作——康德的《纯粹理性批判》却更为畅销并被读得更多。

笔者之所以有这样的思考，是因为最近出版的一本新书，题为《似乎的哲学》(Die Philosophie des Als-Ob)。它研究虚构的逻辑意义，也就是说一种有意而为之的虚假观点，借助它却能得出正确的结论（著名的例子就是，视一个圆为由无限多的角组成的多边形），并且通过数学、自然科学、美学、法理学以及实践伦理学，来探究用一切科学构成虚构的技巧。

另外，它还揭示出一个重要事实，即虚构与需要与之相区分的假设（这一点需要得到检验），是如何通过变"似乎"为"因为"而转变为教条的。最后得出的结论是，几乎所有的知识概念都是虚构。我们的思想并非对世界的理解，它只是在追寻一个封闭的无矛盾的观念图像，在实践上意在辅助我们在生活中应对自如。虚构之正当性的理据和局限在于其对于思想的价值，而把它们前提的虚假性或不可能性作为反驳虚构的把柄，就错了。比如，以不存在天使来反驳艺术家对天使的刻画，就是错误的。

该作品以惊人的方式从各个方面探讨了广泛的素材，并以细致的客观性汇聚了大量材料，清晰和有说服力的基本思想使这些材料成为牢固的整体，而未追求表面性的堆砌，甚或常常看得到那样，强求个别章节在形式上保持平衡。不过，这丝毫不影响人们对此书的印象。基础性的设问和洋洋洒洒的材料，会激发起所有实际上从事学术工作的读者的兴趣；对于许多人或许还有特殊的兴趣，因为作者尝试以心理学-生物学的路数解决认识论问题。但是即便作为整体，作为人类理论、实践、宗教虚构的体系，它也是值得注意的。因为，无论如何，它都非同寻常，从细处来看，正如瓦格纳(Richard Wagner)曾说的"有时候妄想倒能起些作用"[①]，思想就属于这样的事物。

---

① 参《工匠歌手》第三幕第一场末尾，前揭，页815。

——谁如果觉得这些无足轻重,那么我们要告诉他,这部作品的主要部分写于三十四年前,如今作者一仍其旧地把它发表出来,因为"一部在三十年后过时的哲学作品,就根本不是哲学意义上的哲学作品"。因此,眼前的这种情况就给了我们独一无二的机会,可以通过预测来审视有关哲学作品的对象和影响的心理学理论。

瓦格纳与一种新的"妄想说"
（1912）

[译自"Richard Wagner und eine neue'Lehre vom Wahn'"，见 *Bayreuther Blätter. Deutsche Zeitschrift im Geiste Richard Wagners*, Bayreuth, XXXV, 页 7—9, Juli-September 1912, 页 239—241；重收在 Wolfgang Storch 编, *Richard Wagner-Der Ring am Rhein. Aus Anlaß der Inszenierung von Der Ring des Nibelungen durch Kurt Horres*, Hentrich, 1991, 页 144—145。]

一部艺术作品所遭受的不计其数的解读，之于其直接的影响而言，都意味着艰难的考验。不过，这些能够通过考验的作品，似乎都不得不接受这样的考验。如果有人不断重新解释、阐释、表态、注释，对它们作出冷嘲热讽，这的确不难，但是，继而忽视如下的做法就有失公正：试图把某部作品、某个艺术形象或者某个单独的场景置于新的关系领域中。原因在于，对艺术作品的任何理解和体验，都是基于对诸种关系的认识：首先是内在于艺术作品本身，因为它是自为的世界，有着自身规则和关联的封闭整体；其次要超脱于作品，因为，没有对哪一部作品的理解是以毫无视野的凝视为前提的。

努力发现上述关联的意义，并不等于最终发现了固定内容的方式，或穷尽了某部作品的意涵。相反，它可能指的是去指出，面对作品形成时或许还是陌生或者未曾表露过的新观念，该作品如何保持自身的活力，并且如何从根本上证明自身具有最高意义上的不朽性。无论要称其为"解释"，抑或无论什么样的称呼，人们无法再怀疑它那不仅仅是说教性的用处以及它的合理性。

在一部新近出版的大部头哲学著作《似乎的哲学》中（从副标题来看，它是一种人类理论、实践以及宗教虚构的体系），提到了瓦格纳的"妄想说",因此,它似乎是一种哲学认知。它广泛的意涵通过这部著作又得到了新的说明。这部作品研究的是虚构,也就是说,某种有意而为之的虚假和任意假设,对于人类思想,尤其是对美学和伦理学所具有的意义。

最后的结论是,几乎所有的认知概念和思考都是"似乎",而且,这些虚构即便在实践哲学中也是必要的。如果认为,证明了它们的非现实性,它们便被驳倒,那就大错特错了。故而,人们就赋予了象征和神话以正当的地位。宗教教义常常从"似乎"中衍发出"因为",这些教义的发展便很好地例证了人们对虚构的误解,后者的意义和合理性寓于思想和行为实践的不可或缺性。

这种虚构理论看上去越是与瓦格纳没什么关联,它就越确定无疑地不只是被瓦格纳暗示,而且是得到其明确表达。人们可以在瓦格纳的文章和作品中找到一种"妄想的学说"。不过,这一表述不能这样来理解:就好像人们可以从瓦格纳的作品中攒出一套伦理的或认识论的体系,这个体系自此便可在哲学史概论中得到新的编码。

要确定瓦格纳作品中"妄想"一词在不同位置的意义,本身属于术语性的探究,对瓦格纳哲学理念的呈现,必须与呈现其在历史和体系上与叔本华具有关联性一同进行。

同样,这样的研究绝不会在总体上导致一种"似乎"的哲学,在那里只探讨妄想的价值和必然。因为,艺术家对纯粹的认识论问题并不感兴趣,这些问题绝不会是塑造形象的素材,至少对于瓦格纳这位首先是道德之人、最为直接和积极的生活的人而言。

瓦格纳所理解的"妄想"之内涵及其意义,主要在于伦理生活领域。对于"似乎"的哲学体系而言,只有在瓦格纳这里也表述了系统性的关联,而这一新哲学会把任何妄想的学说都置于这种关联之中,只有这样,其内涵才具有独特的重要性。正由于这个原因,瓦格纳的妄想说作为具有独特哲学意义的认识,才理所当然地在《似乎的哲学》中被提及。

瓦格纳作品被置入了新的关联,这意味着,整个构造神话的过程在逻辑学、心理学以及伦理学观察中得到了新的重视。此外,一部讨论妄想对于人们精神生活之实践意义的作品的每一句话,在瓦格纳赋予"妄想"巨大意义的地方,都必定要求以瓦格纳的观念为例,与之对比或者与之较量。这样,人们会再次明白,瓦格纳的艺术塑造是以多么深刻的直观认识为基础,这一认识是多么微不足道地阻碍了他的塑造力量;而由于只有至高的力量才能够进行表现,被称作不再可以表现的东西却恰恰被何其多地呈现了出来。

人们最容易想到的便是《纽伦堡的工匠歌手》中的妄想独语。在这里,人们可以再次体验到这一创造于动人魅力的不竭智慧。笔者斗胆用三言两语直观地呈现上述的诸多暗示。引入性的主题是个无与伦比的案例,类似于哲学思辨的印象,它将"领会的理念"表达在四个音程。类似于思想,它有着对其而言必要的艺术形象,并且得到了音乐性的表达。其前提是,这种认知唤起了成年男子汉毅然决然断念的心绪。谁来表达这一切都是妄想,并非无关紧要。

这样一句话在哲学上的真确性当然与之无关,但是对于艺术性的表现而言,谁在言说这句话,则至关重要。(为了这个目的,人们只需暂时把这里的妄想独语与《玫瑰骑士》中女元帅对于时间所做出的推理相对观。)至关重要的是体察到这一洞见的人的道德意义。它所涉及的观念都寓于伦理范畴中。作为洞见到万事万物实质性的关联,作为认知到一切世俗事物是虚无和假相,对妄想的认知在妄想独语中退居其次,处于对人类一切活动的评价和对人类行为非理性的洞见之后。

将萨克斯(Hans Sachs)表现为人类愚蠢行径的观察者,而非与自我以及自我的妄想作斗争的妄想独语,是以悲痛地惊叹妄想何其普遍而展开的。这一声惊叹首先开启了对自我悲痛客观化的过程,并且还没有摆脱剧烈的激情。虚妄是以拟人化的盲目且残暴的权力形象出现的。

不过,随着观察,观察者的姿态愈发得到提升,前一晚的事件似乎在客观性反思之光中得到升华,变得透明般澄澈,并且通过观察性的回想被提升到另外的范畴,而它永远都会是最大的奇迹之一,就如同对先前在舞台上演的诸多现实事件的颠转,能够在心思缜密的沉思者的反思中得到表现一样。

当然,萨克斯的观察并没有就此而结束,他没有止步于自己的静观,"但现在约翰尼斯日到了"。① 不愿止于作为目的本身的反思,他再次下降到积极的生活中来。但是,对生活的重新参与,已然成为不可同日而语的事,它如今承载着最为清晰的洞见的印记(鼓角声声以纯粹的方式表现了瓦尔特[Walter]赞歌终曲的主题),最后结尾的是对于实践行为而言最为美好和高贵的"似乎"的哲学:认识到妄想的益处和实用性及其在实践上的必然性;并且认识到有些作品,"它们很少能用正常的方式作成,有时妄想倒能在这方面起些作用"。

---

① 参《工匠歌手》第三幕第一场结尾,前揭,页815。

镜 鉴
（1912）

["Der Spiegel"，见 Die Rheinlande, XXII, Januar-Dezember 1912，页 61—62；重收在 Carl Schmitt, *Jugendbriefe. Briefschaften an seine Schwester Auguste* 1905 *bis* 1913，页 185—189。]

我坚信不存在任何死的东西或死的事物。花瓶、木棒抑或床边的小地毯，同样是活物、个体性的事物，为何不可以是人呢？没人可以否认这一点。这只是一个术语上的问题。如果有这样的人，人们严肃地把他们定义为木棒或者床边小地毯，那么，为何就不应该有作为人的木棒和床边小地毯呢？否则，岂不意味着自然的不完善？如果笔杆和羽毛都有意识的话，或者如人那样有理智和自由意志的话，那么，它们定会坚信，它们书写的所有内容，都是它们勤奋和天才的结果。对此，所有哲人都不怀疑。没有谁会说笔杆和羽毛没有意识，不是吗？

谁从中看到的是幼稚和人神同形论的泛神灵主义——今天还有些原始民族有此信仰，那么他就无从知晓我在这里的意图。

我并不会强求任何人，让他鉴于这一理论表达而对我表示赞同。碰巧我听过一个故事，在我看来，它很适合来支撑我这有些吊诡的理论。

我不想让任何人因为我为可信性所作出的保障而哈欠连天。我只想让大家稍稍注意一个事实：与我的批评者一样，我也是一位科学思考的人。因此，在有人指出我的故事缺乏内在可然性之前，还是请他和我取得联系，我要强调的是，我本人也是一位批判性的人，而且无论何时何地都尊重批判性的思考，因为它是真知的探路者。故而，我不用惧怕人们对我所说的做进一步检验。不过，如果出现一种情况，它明显指出在某个地方，所谓精神世界和所谓的现实性之间的一致性是表象的,那么,所有哲人就应该警惕起来。比起倾听,批判起来更为容易。用不了多久,人们就会对精确的科学嗤之以鼻。

故事如下:摩菲尼乌斯(Franz Morphenius)在儿童时期便挨了很多打,他很早便坚信这是自己应得的。他的母亲太过心慈手软,而不能亲力亲为,因此,她要求孩子的父亲做执行者。父亲总在一阵嘟囔和牢骚之后执行命令。总之,父亲平淡无奇。父亲唯一被母亲所夸赞的就是他的智力。但是,证明智力的地方不在家中,而是办公室。

摩菲尼乌斯五岁的时候,母亲突然悄悄告诉他如何给四岁的卜绿瑛(Rosalie Blöing)送上一块巧克力。母亲边教边指责,然而就在这个时候,摩菲尼乌斯开始坚信,无论在体力,还是在智力,抑或在言谈和美貌方面,卜绿瑛都无法和母亲相媲美。在这之后,母亲充满爱意地给他读了一本美妙的小书,于是他毅然决然地肯定,以后永远都不违母命。他始终不渝。

16岁的时候,母亲带摩菲尼乌斯看画展。母亲说,"弗朗茨,看这里,多漂亮。"

摩菲尼乌斯仔细地端详。

"这就是……",母亲继续说道。

摩菲尼乌斯满怀希望地做出一副怀疑的表情,"玛利亚的位置有些矫揉造作"。

是的,一点儿也没有,没有丝毫自然而然的痕迹。摩菲尼乌斯乐呵呵地说道,"在自然中完全不存在这样的事物。"

母亲注视着他,"你看,这不正确。这当然并不重要。比如,在自然中并不存在半人马,尽管如此,我仍热爱勃克林(Arnold Böcklin)的画作。"

摩菲尼乌斯意识到,是啊,毫无疑问。虽然自然中没有半人马,但是谁不爱勃克林的画呢。

我还可以讲许多这样的对话,不过我只想提及的是,摩菲尼乌斯是一位拔尖的高中生。在 8 点到 9 点的宗教课上，他笃信着三位一体（或许他还信着四位、五位甚或六位一体哩）；在第二节的数学课上，有些搞怪的老师的宗教笑话逗得摩菲尼乌斯开怀大笑；在历史课上，受爱国主义的激发，他的眼中常含泪水；在阅读贺拉斯的文学课上，他陶醉其中，像一位恬静的世界主义者。总体来看，他自己觉得还过得去。虽然常会有一些心绪上的波动，不过，他很快从中得出结论，自己的灵魂是伟大的。

有一天，摩菲尼乌斯真的恋爱了，然而，那面对同类所表现出的亲切宽容，却似乎令他颇受其害。只要看到上面提及的卜绿瑛，他顿时感到，为她放弃整个世界都不是难事。他也是怀着这样的心思对卜绿瑛倾吐心声的。而另一方面不容否认的是，母亲凭借对于整个关系常常过激的思考，得出了一套不容辩驳的正确观点。很久以来，这种矛盾萦绕在摩菲尼乌斯心头。幸运的是，有一位端着铁饭碗的法学家也向卜绿瑛示爱了。这个情况本该是朝着对有利于母亲的方向发展的。

不过，它对于主要的机关——它保持着灵与肉处于前定和谐和连贯一致——则太过。摩菲尼乌斯的身体得到了保留，但它却被一位见习公务员的灵魂所充盈，这个灵魂在一次车祸中刚刚得到解放。任何人都没有注意到丝毫改变。摩菲尼乌斯被藏在了一面镜子中。

车祸发生于 1922 年 7 月 10 日，下午 3 时许，此时摩菲尼乌斯正在午休。就在这个时候，威廉大街的家具商把一面镜子放在橱窗。见习公务员的灵魂很快便适应了新的环境。在喝咖啡的时候，摩菲尼乌斯的母亲很高兴听到他的小伙子告诉她，要是摊上像卜绿瑛这样的婆娘，那就意味着要当一辈子的囚犯。在另一边，摩菲尼乌斯也很快便在威廉大街的新活计中如鱼得水。

许多人和物在他面前驻足、经过，他把他们囊入怀中、又给他们自由，感叹着自己的多样性和大度。即便在晚上，他内心也亮着一盏小小的灯，这是他孤独思索令人信服的明证。早晨的时候，他熄掉灯火,重新投身于街上的电车、送奶车以及面包房学徒。人们匆匆地上班,中午吃午饭,晚上回家或者去消遣。而镜子,不知疲倦、和蔼可亲、勤奋肯干、无眠无休;他熟悉一切在他面前溜过的事物,并且把任何事物都囊入怀中。

镜子被搬到菲尔格家的客厅,于是,他开启了自己的工作,并且在短暂的休息——这是他在家具运输车中作出的决定——之后再次振奋。他思考着年轻俊俏的商人,他们炫耀着真丝的长筒袜;也思考谋求高位的公务员,他们保持着端庄的仪表,等待着被人热情地问候;还思考一对对情侣和夫妇。

有一天,卜绿瑛大驾光临。镜子有些颤抖,上面有一丝波动。然而,他仍及时地意识到自己崇高的任务,要正确评价、客观地尊重一切事物,因此,他也让自己琢磨着卜绿瑛。她就在自己面前,对着自己回旋。很明显,她在讨好自己。这让摩菲尼乌斯吃了颗定心丸。这时,一位身着黑色燕尾服的年轻人进到房间,好像他也在讨好着镜子想博得宠爱。

镜子得到了巴结讨好。他还十分清楚地记得卜绿瑛——这是他第一次回忆一件事,他很开心卜绿瑛在试着讨好他并在他身上感到快乐。不过,他保持着姿态和尊严,就像一位成为部长的农家青年,早年的老师带着请求前来拜谒时那样。

突然,两个年轻人背对着他。镜子有些措手不及。他的思索第一次联想到未来,即便只是眼下的几秒钟:如果这个年轻人抓住卜绿瑛的脖项亲吻的话,如何是好?镜子当然不会同意,他要坚决地插手。他可以感到自己有这样的能力。

年轻人用手肘紧紧地顶着镜子。镜子绝不容许这样的事情。年轻人要吻卜绿瑛了。镜子把劲憋到了极限,试图大喊,但是,由于激动,他无法动弹。他的感觉消失,心脏跳个不停。刹那间,年轻人用手肘击破了镜子,没有人为碎掉的镜子发出感叹。唯理性主义者似乎也有道理,不过,唯理性主义者知道什么是现实的生活吗?

每一片小镜子都各有其命运。一片镜子长久地躺在出租屋阁楼间的裁缝那里,成为悠闲的苦行僧。它唯独对粉刷的四壁、抑或长着蓬乱头发和尖刺般络腮胡的丑陋老脸感兴趣。另一片被五年级学生捡到的小镜子,则以给小学生划出鬼脸为乐。情绪高涨的它,丝毫不惧与太阳直面对视、将太阳抱入怀中,或纯粹出于恶作剧而将阳光反射到某位知名学者的脸上。第三片镜子则落入一位哲学家之手,它试图厘清它与动物的关系。比如,它紧紧地让小狗们的灵魂直面它们的形象,以至于它们毛骨悚然地从它面前溜过。

这片无论在天赋或思想的原创性上都胜过其他碎片的镜子,并没有得到善终。它沦为自己认知欲望的牺牲品:它劝一只雄山羊要认识自己,而山羊因此而癫狂,将它撞碎为没有生命力的玻璃碴。它死了,确确实实地死了,不再作为一个个体而存在,因为,甚至"大多数天才都只落得如此下场"这类思想,再也无法抚慰它膝下无子的缺憾。

其他的镜子们则免去了使自己的镜格在自然成长的道路上日渐成熟的命运:它们渐渐摆脱了虚幻和肉体的世界。它们认识到世界和万物以及它们自己的虚无性,放弃了"我在"的虚幻冥想。水银涂层渐渐消失,遗留下透明的玻璃。它们的灵魂在世界灵魂中飞升,这也是每个个体消失的地方。

时代批判

（1912）

["Kritik der Zeit"，刊于 *Die Rheinlande*，XXII，Januar-Dezember 1912，页 323—324；原文是对 Walther Rathenau 著 *Kritik der Zeit*（Berlin，1912）的书评。]

今时今日，相当普遍地决定着时代批判者观念的独特类型，并不是来自其演说的类型，而是其批判的内容。在许多人看来，时代批判仍然是布道词，谁要是这么做了，对于流行的观念而言，就会近于先知甚或苦行僧人。人们会想到旧约中的先知，其次是维尔图利安（Vertullian）、萨佛纳罗拉，偶然间也会第一个想起今人卢梭（Rousseau）。

但是，任何书写讽刺文、动员小说或其他文字的作者，任何政治家，任何表露某种理念的人，在最后都必须批判他们的时代，无论出于低的或者高的立场，无论出于恶意或者激愤，无论客观或者阴毒。时代批判的话语一方面受到某种特别的局限，另一方面获得一种落入泛泛而谈的苍白无力，尽管如此，它仍保有了特殊的意味，这来自"时代"中包含的对历史性、社会性的暗示，这些事物都与作为政治动物的人息息相关。

因此，有人谈论"时代的嘲讽和讽刺、机关的傲慢，和证明了默默无闻之无价值的耻辱"。而且，应该从永恒价值的视角来批判这种历史性和易逝性事物。这种时代批判最高超的例子就是老子（Lao-tsze）的《道德经》，这是一本探讨至高事物和至善的作品。它将重点放在其次，即论述纯粹的伦理性，它只是从时代出发而不进入时代，它峻急地进入永恒性，以便在其视角下综观地评判时代。

与之相反，一种时代批判可以针对时代相对性的事物，可以对其进行解释，尤其要是"科学地"，也可以骄傲地拒绝任何评判而不用察觉它因此所犯的内在矛盾。马克思（Karl Marx）的《资本论》就是这类批判的原型。——于是，这件事就成了这样的：在其理解时代本质的追求中表现有待批判的时代，就得依赖于批判。

批判决定着什么是时代的根本和特别之处。如果不想让表现和批判如空中楼阁，那么，对时代的表现就得出自批判，或者得承认它与批判的一致性。如下朴素的思考已经说明了这一点：一篇探讨相对性事物的论文，无法从自身出发去探讨相对性事物，这对于批判而言也同样是必须的。批判必须有其规尺。

拉特瑙（Walther Rathenau）在《论时代批判》一书中，试图从表现的时代中排除任何价值判断，他得出的结论是，我们的时代是个机械论的时代。机械论时代意味着它是机械、分工、积累、交通、组织以及资本主义都取得进步的时代，这个时代可以从上世纪中期算起，由欧洲中部的日耳曼民族所开创。不过，所有这些义项只是一个根本内核的表征，即理念的显现。

如何找到这一理念呢？拉特瑙对机械论时代做了起源学的解释，并得出诸如国民人数的增长这个原因，认为它与曾经创造了机械论的民族的种族特性及其社会学结构有极大关系：他们是分阶层的民族，并且可以发现统治的上层和屈从的下层之间有区分，而下层的对立可以归结到勇气和恐惧的品性学反题。

各有其优势的两个阶层相互渗透，无疑带来下层的侵入，它作为时代实用人（Zweckmensch）的类型赋予了他们的品性。参与其中的民族之幸运的智性天赋，理念、科学的专门研究以及实践的技能等混合，使得现代技术——实用人及其目的性的婢女——取得出乎意料的进展。机械论的时代即是目的性的时代，机械论的概念被这种关系确立为目的。

我们的时代就只有目的，而没有灵魂；只有意识，而没有伦理上的多产。用一位诗人的话来说，它"如此之谬误，以至于它不得不了解自己"。最后，这个没有灵魂的时代便是机械论时代的根本所在。拉特瑙的批判结论是，我们都缺乏灵魂。这样一来，被拉特瑙明确否认的观点,即对时代的表现依赖于时代批判,反而得到了证明。因为,无灵魂的定义是否定性的,只有通过批判的基本观念,即灵魂,它才获得其内涵。这一矛盾的后果在于,他对时代的表现虽然卓越华丽,并且视野相当广阔,但是失去了重心,并且丧失了塔西佗(Tacitus)式的描述给人造成的那种印象。另外,作者关于我们时代的灵魂缺失和欲望所说的许多动人心弦的话,似乎并不是批判,而是抱怨。

唐·吉诃德与受众
（1912）

["Don Quijote und das Publikum"，刊于 *Die Rheinlande*，XXII，Januar-Dezember 1912，页 348—350。]

用谢林（Schelling）的话来说，唐·吉诃德（Don Quijote）已经成为一个"神话形象"。对于西欧文化的所有民族而言，对这样一位有着悲惨形象的骑士的想象，一直是鲜活的，他是这么一位格格不入的笨伯：他骑着自己的老马与风车搏斗，与自己的心魔纠缠，并且和他的杜尔西内亚（Dulzinea）有着不清不楚甚至可笑的关系。

对唐·吉诃德这一流俗的见解，在其历史的兴起和发展中，与不计其数的对塞万提斯（Cervantes）小说的解读没有丝毫关系。它至多只和给人留下深刻印象的情节相关，以便根据自己的规则继续发挥。

尽管如此，在传奇的唐·吉诃德身上有着对小说的解释，这之所以极其重要，是因为面对主人公，构造神话的主体——在这里可以简单地称作受众——极其想当然地基于常人理智，以此为出发点嘲笑可怜的封建骑士和疯癫的异想天开者。

当塞万提斯摇头惋惜笔下主人公时而理性时而癫狂时，他似乎也持此观点，因为，艺术家塞万提斯明显稳妥地立足于常人理智，他没有在任何地方以反讽的客观性舞文弄墨，他由此获得一个牢靠的立场，从这一立场出发他便可以自如地叙事，而不会在虚无缥缈中落入小聪明或者机智的卖弄辞藻。

这样一种立场与塞万提斯对于如下意义上的健康理智的态度毫不相关，即似乎小说只看重直观地呈现范例，来表现读过大量骑士小说而疯疯癫癫的笨伯。当然，塞万提斯也意欲如此。当人们观察作者写下小说的心理动机时,也许(至少在第一部分)对他而言这是重中之重。

不过这里关键的是作品,它需要独特的准绳和观点。贪婪地阅读骑士小说在塞万提斯的小说中,意味着一种必要的心理学解释,这对于唐·吉诃德的文化史观察而言是个重要的背景,作为没落骑士阶层的代表,他塑造了与福斯塔夫(Falstaff;译按,莎翁《亨利四世》和《温莎的风流娘们》中的人物)相对立的极其有意义、并且在最高意义上来说成功的形象。

最后,把唐·吉诃德解读为对西班牙夸张的英雄主义的塑造,是根本性的。对于受众的唐·吉诃德而言,正是骑士小说使得唐·吉诃德疯癫,这并不是根本性的。

从细节上来谈受众对唐·吉诃德主流的看法,当然不是没有问题的。它之所以很难定义,是因为,所有有能力领会小说的人对唐·吉诃德的形象,都是由对他们自身而言最为重要的因素所构成并加以解释的,以至于每个人都把自己的唐·吉诃德与众所周知的加以区分,作为反思性的人,他们不再属于我们的受众。不过,在民众中调查和民意测试,人们不会辨认出他们的唐·吉诃德,而是要通过对特殊性进行直觉地定义。

当并非神话人物的塔塔兰(Tartarin de Tarascon)在做一些与唐·吉诃德的行为有几分类似的事情时,人们却因为他的夸夸其谈而给他一个准确无误的定位,并且知道自己为何发笑。而唐·吉诃德却不容易这样明显地得到定位。撇开"与风车搏斗"这个妇孺皆知的成语不谈,它似乎已在政治生活中惊人地明显获得了如"找对了门"这一表达的相同含义,那么,关键的就是他对之于常人理智而言最颠扑不破的事物漠不关心,即他醉心于一种理念,该理念导致了不可思议地蔑视显而易见的现实。这一迷狂使他成为捣蛋鬼提尔(Till Eulenspiegel)的对立者,而后者也总有数不尽的嘲笑者。

人们并不十分了解,而且也并不关心的是,小说人物唐·吉诃德将他在现实世界冲撞中的糟糕经历解释为魔幻。凭借对古老骑士小说主要手段的运用，他满足于自己对因果解释的人性需要，这一需要可以很快地由证实自己为骑士的明显理由所满足。对他而言，重要的不是洞见到万物实际的关联，而是自己崇高的目标。因而，他在小说中偶尔也获得一种真正哲学性的超越，探讨有趣的"似乎"的哲学，并且解释说，是否存在着杜尔西内亚（卷二第11章；卷九第15章），是完全无关紧要的。倘若他同尼采一样，写了如此精彩的箴言，那么他兴许会说："我之所以信我的杜尔西内亚，是因为，是否存在着这么一位她并不重要。"

人们大可以接受受众对唐·吉诃德的这番解读，并将其视为诸多解释中的一种，其过去几个世纪的阐释者要么聪慧或者见解深刻，要么无聊或者荒谬可笑。对人们做出的解读进行讥讽，是合理的，毕竟每个会心地研究艺术作品的人，都是在解读。每个人都试图弄清对他个人而言极其明显的关系，没有哪个理智的人想被艺术作品轻易搞得不知所措，并满足于含混的解读。作为受众的不同解读者对唐·吉诃德所做出的诸多解释之所以有趣，是因为每个人都在唐·吉诃德身上感受到独属自己的愚蠢，并且以各自的解读暴露了它。

黑格尔在高贵的没落骑士身上看到这样一位年轻人：他唾骂令他感到逼仄的市民机制，而最终使得自己与其他人一样成为市侩。这对于作为人的黑格尔的评论何其重要。或者，当得出令人压抑的结论——我们大家都是唐·吉诃德——的富凯（de la Motte Fouqué）恐惧地追问"正当理性的试金石何在"时，他自问自答道，首先，如果遭到痛击，我们这些没有疯癫的人会很快痊愈，其次，任何幻想在死亡的刹那都会退去！——人们会说，对于一个感到有责任反思的人而言，最普通的常人理智的思考不再具有推动性的力量。不过乍看上去，这样的解读与受众的解读相互区别。

对于受众而言，唐·吉诃德永远都是一个真实的人，即便是个典型的形象，而非"理念"或者其他。另外，受众也不会想到采纳常常在一些幼稚阐释者那里碰到的解读,似乎"灵"将唐·吉诃德(从肉身)领向自由,这里的前提明显是,"灵"或者"灵魂"是被禁锢在如皮囊一样的身体中,因此生命类似于灵魂的袋鼠跳(Sacklaufen)。这种单纯的二元论接近受众的思维方式,但同时,受众在理解唐·吉诃德时,一定也会拒绝这一论调。

如果作为日常市民生活主题的其他主题对于某个人是有意义的,那么他就是被嘲笑的对象。而学识渊博的阐释者本身就是或者不得不冒充这样的人,就不能像受众那样去嘲笑,他自己是"智识人"的一分子,因而被迫寻找另外的解读。以典型的纯粹方式来举个逆转这种关系的例子就是,诗人艾兴多夫(Eichendorff)曾认为,并非唐·吉诃德,而是他的时代疯癫了。因此,最有见地的阐释者会长时间地给出解读,每个新的阐释者都会给出新的东西。

不过,所有这些"解读"在根本上都做出了评价,受众最终找到了正确的解读。受众完全正确地认识到是什么使他们发笑。只不过问题在于,他们笑得是否有道理。面对如塞万提斯小说这样的作品时,永远只有受众(如笔者这里的文章)才能决定什么是正确的解读。至于人们如何评判地对待由自己所规定的形象,则是另外一回事了。意识到这一区分是有必要的,这样不至于陷入虽然富有见地,但却不接地气和没完没了的空谈。正如我们常常听说的那样,即演讲者总是不满足于在故事中找乐子或者在小说中寻找出色的讽喻。

受众的立场即是叙事者塞万提斯的立场。这是这部作品使人印象深刻和伟大的地方,即它眼中的主人公与受众眼中的一样,而它无限超越于受众的评价和嬉笑的地方,恰恰在于这样的描述。小说中的唐·吉诃德是一个彻头彻尾的善良和高贵之人。他对于杜尔西内亚的举动是认真的,尽管可笑但是令人感动。之所以可笑,是因为人们在其中看到一种属人的伟大,而非人们对可怜笨伯的怜悯。而受众并不知晓这一点。尽管艺术家塞万提斯知晓这一点,但是他并未强调其价值。而这便是该作品伟大诙谐之所在。

法学虚构

(1913)

["Juristische Fiktionen",刊于 *Deutsche Juristen-Zeitung*,XVIII,1913/12,栏 804—806。]

现代法学有意识地赋予所谓的辅助科学,尤其是国民经济学、社会学以及心理学,以不断拔高的意义,以至于利用它们的法理学在面对这些辅助学科时,在个别领域几乎像个虚构的点。这可以被视为现代法学的一个特征。目前的解释学手段,如扩展和纵深解释、反向结论和类比,在晚近遭到毁灭性的批评,丧失了说服力。在这场"为法学的斗争"过程中,无论在哪一方,人们都误解和误判了虚构这种人类思想的手段,它曾在法理学中在技术上达到完善。

因此,眼下一部哲学作品的出版可谓正逢其时,它不仅在多方面探讨了虚构之于逻辑学和认识论,而且探讨了其之于实践科学的方法的重要性,另外,作者在几个章节中也专业地论及法理学,因此,对于我们而言,它不仅具有"原则性"(今天的人们会不以为然),也具有了直接的意义。

虚构一词听起来几乎与谎言性的捏造是同一个意思。人们常常用它来骂人,它不仅仅在律师文牍中越来越成为一个颇受欢迎的婉语。无论如何,人们从如下证据本身已经看到一种反驳,即某种想象出的事物是以法学结构为基础的。比如,没有几个法学家不把布林茨(Brinz)的论据视为"完全确凿无疑",他反对萨维尼将法学品质说成是虚构。在所有听众以及我本人看来,这似乎像是赫尔维希(Hellwig)在他的大课上宣讲:有个人想要把自己的礼帽挂在墙上,但是没有挂钩。

萨维尼会怎么做呢?他会虚构捏造出一个然后把帽子挂上去。这个在有关法学品质的学说中以各色形式扮演决定性角色的论据,实际上包含的不过是萨维尼几乎无法避免的东西,即这样一种暗示:虚造的事物是非真的、不可触摸的事物。——这样的论据未能认识到至关重要的东西,即关键是虚构对于科学和法学实践的实践可用性,而非某种想象事物的现实性。虚构是一个诀窍,是人类在诸门科学中千万次踏上的道路,以便通过虚假的假设来达到正确的目的,是一种方法,它尤其在数学和自然科学中早已显示出价值和合理性。

如果人们不假思索地拒绝一切虚构,这绝非"精确性"的标志,相反,人们只会因此而自取其咎。法学生活要归功于无数的虚构之进步。即便比如在英国夸张的使用所表现的弊病,也不能说明它是科学的谬误,它反而说明了,把虚构限制在正确的界限内至关重要。对于法学家而言,这是费英格(Hans Vaihinger)作品的重中之重:它表明,虚构本身并非不好的事物。一则虚构的合理性的理由和界限并不在于它接近现实,而在于它对认知所具有的效用。没有哪门科学能够舍弃虚构,但是法理学和数学(此外,此二者在费英格那里完全没有以非法学者所中意的方式被不加区分地并列起来)以最纯粹的形式构造了虚构。虚构,是一种有意而为之的任意或者虚假观点,尽管如此,它仍能够促进认知并提供有价值的结果。

此外,费英格大著的另一个结论对于法学家也具有现实的兴趣。今时今日,法律的意志一般被视为对于释法而言根本性的准绳,或者对于法学判决的正当性而言是决定性的。于是,人们也在扩展解释中,甚至在类比中,也以法律意志为圭臬,以这样的论述来加强解释的结果:此为法律的真正意志。显然,其中不再关注人们称之为包含在法律中的意志,后者是法学家永远确定无疑所关心的。

要说明援引法律意志意味着某种特别的东西,人们只需回想《民法》第826条在实践中的形成。方法如下:人们眼中得到的释法结论,似乎就是法律的意志。不过,这样会造成一种趋势,即,把构想的事物视为现实。为了计算现实事物,人们做出随意和错误的假设,同时,又得时刻意识到这一随意性,于是,产生了心灵"不适的紧张状态",人们通过赋予构想的事物以现实性来清除这种紧张状态。"于是,虚构径直成为教条,而'似乎'则成为'因为'"(页222),由此,为法学方法论和无数个别的冲突提供了新的见解。

关于其暗示,我们就说这么多。对于说服大家相信费英格的作品对于法史、教义学以及方法论等等都具有诸多的启发,并且可以为整个有关法学和法律实践的讨论提供新的转变,笔者所说的已经足够。法理学之所以要更为热心地接受它,是因为它涉及的并非是引入陌生的元素,更不是关于一门新的辅助科学,而是一种它与其他科学共有的方法,这种方法为理论和实践的结合指明了新的道路。

《虔敬主义者坎纳手记》编者序
(1919)

[Johann Arnold Kanne, *Aus meinem Leben. Aufzeichnungen des deutschen Pietisten*, Carl Schmitt-Dorotic 编, Furche, 1919, 编者前言, 页 3—5; 重收在 *Die Militärzeit 1915 bis 1919. Tagebuch Februar bis Dezember 1915. Aufsätze und Materialien*. Ernst Hüsmert/Gerd Giesler 编, 2005, 页 474—475。]

[德文编者按] 坎纳(Johann Arnold Kanne, 1773—1824)的生活经历极其混乱。早期着迷于拉瓦特的虔敬主义,他先在哥廷根学习神学,接着转向古典语文学,后来先后当过教师和士兵。他写过神话学的著作,让·保罗、格林、谢林等人都对其褒赞有加。在各个生活阶段,他总是得到瓦格纳、让·保罗、雅各比、舒伯特等友人的襄助,在多次转变后,他走进了一个虔敬派圈子,于是焚毁了所有的学术手稿,他曾在其中试图证明存在一种属于整个人类的原始语言。从这个时候起,他潜心于修身文学和神智学研究。坎纳为严格、正统的基督教辩护,他在其中认识到人类唯一的救赎,梦想绝对教会的绝对权威。因为完全失聪,他在生命尽头与整个世界隔绝。

施米特在研究《政治的浪漫派》时曾对坎纳下过工夫。对他来说,坎纳是德意志在拿破仑战争之后,诸多强劲的反理性主义潮流的代表之一,这些潮流既包括天主教徒,也包括新教徒。而在坎纳这里突然转向了虔敬主义。

1773年生于德特摩尔特的坎纳,在自传中讲述了40岁那年所经历的转变,当时,坎纳是纽伦堡工学院的历史教授。1818年,他成为埃尔朗根大学东方语言学教授,1823年12月17日,与世隔绝的他——如友人舒伯特所言——在精神上漠然地、孤独地,在埃尔朗根辞世。

不过,人们不能因为肤浅的流俗文学史而将坎纳归到蜕变为偏执和枯燥的浪漫派分子。坎纳在世时仍是一位优秀的教师——穆勒(Adam Müller)曾说,"神秘主义者坎纳的掌声可以吸引来一切"。在关键问题上,他的同时代人中很少有人像他那样敏锐,坎纳在奥肯(Lorenz Oken)的自然哲学中碰到"原生质"(Urschleim)一词,他在其中已经预见到将来的唯物主义对下一个世纪的摧枯拉朽之势。

他曾以勃勃雄心和过人的勤勉,致力于当时的自然哲学和宇宙学研究,谢林在友人面前称坎纳为"天才的古代研究者"。尽管如此,作为一个人,他与那个时代的浪漫派环境格格不入。他过于强烈的天性不具备任何与自己勾心斗角的内在多样性和无法根除的神秘保留态度,反讽的德性即来自于此。即便他在调笑中表现自己的分裂——如后来他的同乡格拉贝(Grabbe)离经叛道所重复的那样,坎纳永远都是单子般的同一者。

如果没有任何改变的话,与格拉贝一样,他也会在真正的绝望中归于毁灭。单单出于真诚的品格,才产生了他自传的形式。如果坎纳没有放弃在对反的心理学说中浪漫地反映自己,不属于文学暗探局(Ochrana)的我们,绝不会注意到他。此外,他也真诚地对抗辩一种完成者态度的诱惑,这种态度在解性托辞的掩盖下跃跃欲试。他没有否认对自我的怀疑以及不断改变的缺点,但他从未否认自己令人感动的具有男性气概的沉默寡言。

坎纳在思想上的现实意义在于,他从永恒的自然哲学合法性循环和无限的历史往复及发展中,毅然决然地纵身跃入基督教的悖论之中,他以这方式,也寻觅到一条道路来摆脱自己肆无忌惮的自私自利之牢笼:他从前针对别人的抱怨,从此之后只针对自己。比起斯特林堡(Strindberg)最后抵达的同一条道路,坎纳走过的那条,在他笔下原始的淳朴中更加清晰可辨。而坎纳更为沉默寡言,

他至多会写信给友人,友人对他的责备类似于后来《德意志传记大全》的传记作者所说的,坎纳的生平"因此"没有结论:

> 这个国度对于 mathematicis[数学家]而言,即众所周知,恩皮里科(Sextus Empiricus)眼中那些 quis se scire aliquid profitentur[宣称自己懂得某些知识]的人,是个锁闭的国度,但很快它又对许多人敞开自己。如今它发生了什么,当然不会见诸报章,况且它也不是报章中的内容。

因此,坎纳的听觉便开始迟钝,他再也听不到时代倏忽即逝的当下性。他发表的几乎只剩下宗教作品,呈现一位"觉醒的基督徒"的生平(他的自传作为附录附在 1816 年发表的第一部分),不再关心辩证地塑造自己的经验。这样一种塑造以及与 19 世纪野蛮思想做的巨大斗争,预留给另外一个人,即克尔凯郭尔(Kierkegaard),他像一位新的教父,向同时代人重述了永恒的相同真理。

施米特-多罗迪克
1918 年秋,于慕尼黑

忠诚的吉普赛人
(1922)

["Der treue Zigeuner",刊于 Piet Tommissen 编,*Schmittiana*,卷 7,2001,页 19—27。]

一

喀尔巴阡山的一位吉普赛人有个美艳的妻子,有一天,她突然去告解了一种稀罕和深重的罪过。诸多的难言之隐使这罪过无法告人。告解神父认为自己并没有权柄赦免人的罪,但表达了自己的私人看法:最好让圣父,即教宗本人来裁断这神秘的状况。妻子立即做好向罗马朝圣的准备,这深深打动了告解神父,但他也指出旅途的艰辛和花销,并告诉吉普赛人的妻子,由于她贫穷而无法乘车,她就不得不步行,当然这也是朝圣之旅的应有之义。此外,他并没有给她下达任何直接的命令。

这女人下誓,为了亲自向圣父呈告自己的情况,她不惜一切代价都要向罗马朝圣。她向丈夫保证,如果自己的灵魂救赎受到威胁,她会不畏艰难。然而,她的健康并不是很理想,而且长途跋涉也会有损她的美貌,因此,她认为,如果丈夫能把她驮在背上前往罗马,就是最为简单的方法了。这样一来,她既可以完成自己的誓愿,同时也可以给丈夫分享一部分朝圣之旅的恩典。于是,吉普赛人背起妻子,踏上前往罗马的路途。

二

他们的路途首先要穿越家乡的喀尔巴阡山。当时正直三月份,吉普赛人背上的妻子时常会感到寒冷。由于受冷而落泪的她,央求丈夫给她一件稍微暖和些的毯子。吉普赛人捉到一只狐狸,把皮扒下来给了妻子。但是第二天,妻子便把皮给扔掉了,因为,它只是一只普普通通的狐狸,而且狐狸皮有一股让人难受的气味。

三

在蒂萨平原的大街上,一个工匠小伙子随着他们走了一段路,他背着沉重的背包。吉普赛人的妻子发现他沉重的负担时,被同情心打动的她试图伸出援手。她让年轻人把背包卸下来,然后挂在丈夫的肩上。一片好心的她打听着年轻人的家乡和父母。傍晚时分,当年轻人要和他们分道扬镳时,她友好地微笑着把行李还给了他。这个小伙子久久地目送着她,眼含泪水。他坚信一定是遇到了圣母。

四

那位来自维也纳的小伙子曾告诉他们,维也纳是个漂亮的城市,并且有很多教堂。因此,妻子恳求丈夫,稍稍绕道途经维也纳。在维也纳的时候,一位热心的波希米亚人带着她参观了城市,而吉普赛人通过挑木头挣了一个古尔登。由于波西米亚人反复强调,布拉格比维也纳美太多,妻子便随他一起在布拉格逗留了一段时间。几周后,波希米亚人的朋友带着吉普赛人的妻子回到维也纳。其间,吉普赛人已经又挣得两个古尔登,他用钱给妻子买了几双新鞋子,然后又开始向罗马进发。

五

当他们到了格拉茨的地界时,一位骑马的信使赶上他们向他们问路。他们虽然没能给出答案,但是信使借着这个机会和那妇人聊起了天。当然,信使特别着急赶路。那妇人便恳求丈夫稍微走快一点儿,而信使也很有眼色,就让马儿小跑着。这样,他们俩便可以继续谈话。信使特别友好,从马鞍上解下军用水壶,斟满一杯葡萄酒,以殷勤的高雅风度向妇人敬酒。她被信使的善心所感动。在要分别的时候,他们都起身,妇人从丈夫身上,信使从马儿身上,两个人以真诚的友谊互道珍重。

六

出了格拉茨,妇人突发奇想,要是能摘一束雪绒花带回家作为朝圣之旅的纪念该多好啊。于是,丈夫驮着她上了阿尔卑斯山,在一座高峰上采到一束极其漂亮的花儿。接着,他们下到意大利平原,前往维罗纳。他们在这里遇到一位浪游的学生,他背着一把吉他,教妇人唱了许多首歌。有一天在一首伤感的歌曲之后,他讲到自己被新婚妻子欺骗的事情。妇人尝试着去安慰他,就把采到的雪绒花送给了他。学生感激地亲吻了她的手,一直陪着她到博洛尼亚。大受感动的他拍着胸脯说,他已经因为妇人而变成一个更好的人。

七

在苏特里和维特博的途中,一位本笃会修士与他们结伴而行。这位修士虽然年轻,但是很博学,此外,他还有德国血统。一俟听说吉普赛人的妻子想要朝觐圣父,他立即给她讲解了值得注意的仪式及其意涵,那妇人津津有味地听着。年轻修士提醒他们必须快点儿赶路,因为圣父年事已高,虽然他在灵魂上的朝气丝毫未减,但是在肉体上已然气息奄奄。

因此,后天安排的公开接见应该是人们最近最后一次面见他的机会。妇人催着丈夫拼命赶路,但同时又请求修士再与他们同行几日,继续他的教诲。因此,他们在一起逗留了一天半的光景。这时候,修士突然沉默不语,不再回答妇人的问题。因为他发现了一块碑石,但无法破解其中的铭文。修士举动的突然改变,让妇人不知所措,她难过地掉眼泪。她突然记起来,自己最晚得在一天后赶到罗马,于是告诉丈夫,如果要按时到达的话,他们现在就得拼命赶路。

八

吉普赛人以最快的速度,背着妻子到达了罗马,并且未作丝毫停歇，径直奔向宗座宫殿。他穿过第一座敞开的大门，穿过许多廊道，爬上无数楼梯，经过许多走廊……他迷了路。妇人催促他快点儿赶路。这时，他看到一座大门，料想门口应该会有看门人，于是，吉普赛人一个箭步过去，想要问路。可是，由于没有注意到有多级阶梯的小楼梯，他绊了一个跟跄，妇人惊声尖叫，从丈夫的背上滚落在地。而吉普赛人趔趄着向前冲了几步，情急之下骂了几句脏话，然后用头重重地撞在了大理石雕像上，倒地毙命。

看到自己的丈夫已在地上气绝身亡，妇人泣不成声。这时，一位老看门人和一位年轻卫兵路过。妇人晕倒在卫兵的怀中。卫兵关切地劝慰着，背着她穿过一座花园来到台伯河边，小心翼翼地把她放在河边的长椅上。他把妇人单独留在那里，一个人去酒馆去取葡萄酒。在这期间，一个年轻学生路过，坐在妇人身边，妇人告诉他，她从家乡徒步来到罗马朝圣，想要看到圣父，但是来晚了。这位年轻学生本是一位主教的侄子，他为妇人的美艳和虔诚所倾倒。满心热情的他准备就此事请求叔父援手。学生邀请她一道前往主教的宫殿，在那里，她一定会受到友好和因她的虔敬而理应受到的接待。

妇人以含情脉脉的微笑表达了自己的感激。就在这时，拿着葡萄酒的卫兵赶了回来。看到妇人的嫣然姿态，卫兵妒火中烧，学生不得不把妇人保护起来。在防卫时，学生把追随而来的士兵撞下了台伯河，可怜的士兵淹死在滔滔河浪中。学生只能眼睁睁看着士兵的尸体顺流而下。随后，他不得不安慰号啕大哭的妇人。他叫来一辆马车，带着妇人来到叔父的宫殿。精致的马车让妇人满心欢喜，在途中她想到，吉普赛人可没有这友好的学生如此体贴，因为他从未想到用这么美丽的车子来载她。

九

当侄子带着陌生女人来到宫殿时，主教大为吃惊。但是因为他知晓这位年轻人的虔敬和侠义精神，并且很喜欢这个年轻人，于是,他亲切地接待了她。妇人住在了一间漂亮的大房间,被安排在一张雪白的卧榻上。由于她亟需休养,许多仆人忙前忙后照应着她。被热心的仆人簇拥着,躺在雪白床榻上的妇人幸福地嫣然一笑,像天使一般。一位为服侍主教而头发花白的老仆人吻着妇人的手,大声呼称她为圣徒。她的眼泪突然扑簌簌地落下,人们问她为何落泪时,她以沙哑的嗓音回答,说很难过未能面见圣父。所有人都被内心最深处的同情心所打动。主教答应她让她见上圣父一面。年轻学生激动地吻了她的手,然后离开去找伙伴——一位来自高贵家族的法学家,要给他看看这圣洁的妇人。

妇人仍然面带微笑,但是近日的激动和突如其来的幸福使她变得极其虚弱,很快又晕厥过去。主教担心地叫来自己的私人医生,让医生给她配一副药力特别强劲的汤剂。医生尽了最大努力,但是他配的药剂对于妇人的体质太过陌生。突然,妇人面如铅色,不一会儿便撒手人寰,但嘴唇上仍然挂着幸福的微笑。主教、医生、所有的仆人哭作一团,大声呼喊,他们目睹了一位圣徒的殒殁。

十

在此期间,年轻学生在他的法学家友人家中。两人生平第一次发生了口角,因为,当法学家听到年轻学生声称自己发现了一位圣徒,而且是出自吉普赛人中的妇人,他以咄咄逼人的反对表示怀疑。激愤的二人丧失了审慎心,还没有走到主教的宫殿时,就激烈地互相侮辱,并且抽出宝剑。于是,一场决斗在开阔的广场上演。法学家给了青年学生致命的一击。许多人们蜂拥而至。临死的时候,年轻学生大呼道,虽然他是死于友人之手,但他是为了圣徒的名声而舍命。在学生咽气之后,许多善男信女就开始质问法学家,他解释了为何自己要杀朋友。群情激愤的人们愤怒地把他撕成了碎片。大家把他以及学生的尸首带到了主教宫殿,要求一睹新圣徒的容颜。

主教因侄子的死而痛苦不堪。人们告诉他,这位高尚的年轻人是如何为新圣徒献身的。他立即命人把妇人的尸体用华贵的洁白殓盒陈放在宫殿的阳台。所有的仆人大声呼喊着，赞颂死者的虔诚。成百上千的善男信女聚集在路旁，在阳台前跪拜了整个晚上。第二天，人们以恢弘的场面把尸体葬在了主教所管辖的一座教堂里。密密麻麻的人群向死者公开证明了他们对圣徒的崇拜。

十一

在下葬的时候，人们已经吵得不可开交，因为一些人怀疑死者是否神圣，并要求进一步提供她的出身和生平信息。埋葬之后，争论还在继续，并继而导致了蔓延至家家户户的争吵，令父子反目，破坏了久经考验的友谊和好感。当纷争脱离出私人生活范围，最终在街头形成了火拼的党派，教会官方无法继续保持沉默。主教及其友人为死者的封圣积极奔走。人们打起官司来。主教的所有仆人都作见证说，死者像一位圣徒一样离世。对此，没有人胆敢怀疑。就连 advocatus diaboli［魔鬼的辩护者］也称，自己无法怀疑其生活作风的神圣性，但是，他也要求人们给出奇迹的证明。

新圣徒的辩护者提出的理由是，根据见证者的观察，尽管死者从家乡、吉普赛的国度徒步向罗马朝圣而来，但是，她脚上的鞋子丝毫看不出有尘土的痕迹，因此，很明显，她是从天而降的，让地心引力的法则失效：一定是天使背着她。

魔鬼的辩护者反驳说，她不仅可能被天使背过，也有可能乘车或者被其他某个人背着，甚至——他语带讽刺地说——可能被自己的丈夫背着，因为大家都无从知晓，死者是否已为人妻。他在这里的讽刺并不妥帖。观众一阵喧哗，许多女人由于愤怒而大声呼喊起来，一个狂热的年轻人从看台上用手枪射向魔鬼的辩护者，这是致命的一射。官司不得不终止。

现在，人们以成倍的怒火继续着争执。为了团结与和平之故，必须尽快做出决断。人们隆重地重开诉讼。接替魔鬼辩护者之职的是一位年轻修士，他有意从论辩的同一点上，即他的前任因为正直而沦为牺牲品的地方开始。他说，没有人知道，死者是否是被人背着，而他请来看门人作为见证者，后者可以作证，与死者去世的时间差不多的时候，有个吉普赛人在宗座宫殿遭遇了致命的不幸，陪他一起的是个妇人，当守门人要移走吉普赛的尸体时，这个妇人神秘莫测地消失。不过，新圣徒的支持者懂得成功地反驳这个理由，通过让守门人给出吉普赛人死亡的进一步描述，他们把辩护者的论据反转了过来。

守门人从自己的观察可以证明，吉普赛人口中说着亵渎上帝的脏话而死，也就是说——如人们所料想的那样——径直进了地狱。在大家看来，把这么一位丈夫和一位无疑是圣徒作风的妻子联系起来，简直是居心叵测的亵渎。看台上的观众再次喧哗起来，许多人紧握拳头挥向魔鬼的辩护者，人们担心还会造成暴力事件，而此前已经流过那么多血了。当他认识到这个情形时，魔鬼辩护者有些惊恐，但不是出于对自己生命的担心，因为他有勇气，并且随时准备牺牲自己，而是出于对和平和公共生活的统一的忧虑。他现在提出的理由是，圣徒或许是从家乡飞往罗马的——posito, non concesso［假设，但未被承认］——但仍没有满足所要求的奇迹数量（这种情况得有四个）。因此，圣徒的支持者试图找出更多的证据，虽然他们无法获得这些证据，但是可以扩大新圣徒的名誉并使更多的人敬拜。毫无疑问，诉讼的继续还会接着拖延这种敬拜。

在这种情况下，必须以必要的强制来结束讼诉。即便封圣不能够成功，人们的敬拜也应该得到容许。针对招致了许多争论和灾难的问题，人们做出一个决断，它恢复了和平和公共生活的团结一致。教会权威这样决定：tolerari opotest［要包容］。

十二

我给许多人讲过这个忠实吉普赛人的故事。最先是 1922 年二月末，在柏林给施罗德（Agnes Schröder）讲，一开始她深受感动，但是思索一阵之后她坚持认为,吉普赛人一点儿也不忠实。然后讲给来自美国波士顿的阿伯特(Doris Abbott),她很喜欢这故事,称吉普赛人是一位 nature's gentleman［天生的绅士］,立即推荐儿童读物采纳这个故事,以便德国人可以看到一个可资效仿的榜样,但是她认为吉普赛人当然不应该骂脏话。我当时所认识的最聪慧的一位女士(她出身于过去的哈布斯堡君主家族)则说,这是讲所有婚姻的故事,而一位北德的德语语文学大学生继而提到斯特林堡,似乎是要揭露自己绝望的唯心理学式的愚昧吧。

哲学家皮希勒(Hans Pichler)很快认识到这个故事深刻的历史哲学意义。紧接着他抽象的观察——这符合哲人,一位立陶宛女学生,她是个热情的布尔什维克主义者,她称吉普赛人象征了支撑资本主义享乐的无产阶级。而一位年轻的俄罗斯犹太人则认为,在概念的普遍性中谈经济基础与意识形态上层建筑的关系,在方法上更为正确。

很遗憾,我无法给布莱(Franz Blei)讲这个故事。不过我毫不怀疑,他会表明它是官方教会与异端的纠葛,后者不断拖着前者但会将其拖向地狱。与之相反,我听到一位爱尔兰女士莫雷(Kathleen Murray)这样保证说,她从未听到过这么优美的罗马天主教主义的申辩。听过布莱见解阴险的深意之后,这是个很大的安慰。不过,我还想再讲一遍这个故事。

评契伦《作为生命形式的国家》
(1925)

[Rudolf Kjellén, *Der Staat als Lebensform*, 4. Aufl. in neuer Übertragung von T. Sandmeier, Vowinckel, Berlin-Grunewald 1924;见 *Wirtschaftsdienst*, 6, 28. Juni 1925,页 1010。]

在去除了与时代息息相关的战争现实性之后,1922年去世的瑞典学者的名著新译本如今又在德语世界面世。毫无疑问,即便以这样的形式,它还会如以前那样,极大地引起具有政治教养的德语读者的兴趣。因为该书充满了作者对地理、外交以及各国的社会学等中肯且多样的观察。对地缘政治学的促进和复兴,即对政治发展和各国历史命运中的地缘联系的观察,契伦(Rudolf Kjellen)居功至伟。此外,人们如今与契伦常常联系起来,提到一种新的"生物学"国家学说,这或许有些夸张了。

契伦尽管强烈地强调,国家是个超个人的统一体,是个活生生的位格、个体,以及有机体,国族是"诸多种族性的位格"(如若这样的话,他对国族标准的问题回答得就太过简单了,他在那里拒绝了种族、预言以及其他标准)。他极为清晰地突出了地缘政治、外交、国族政治、经济以及社会政治的国家统一体,并且,生物的比喻是为了使这一统一体直观化。但是,并不能称其为生物学的国家观。毋宁说是对古老的有机国家学说的一种丰富,在理论上的作用在于,指出在所有变化中不变的连续性。而在伦理和政治上,它的作用在于拒绝一种过于机械、理性至上-目的性的国家观。因此,"生命"一词便具有了多重功能。

从思想史来看,契伦的见解属于这样一类理论,它们都针对的是自由主义对国家的限制和贬低。因此,在极其显著和引人注目的意义上来说,这部著作是一本反自由主义的作品。即便这一点或许不是作者的意图,而且,即便没有有意识的倾向,这部著作所着力的仍是,为伟大的"国家"神话赋予新的生命。这个关于生活的概念及其应用于国家的最终意义,也许就寓于其中吧。

评弗汉《政治哲学史研究》
(1925)

[Charles Edwin Vaughan, *Studies in the History of Political Philosophy before and after Rousseau*, Vol. I: From Hobbes to Hume. Vol. II: From Burke to Mazzini. With a List of the writings of Prof. Vaughan by H[enry] B[uckley] Charlton. Publications of the University of Manchester, Longmans, Green & Co., London 1925; 见 *Deutsche Literaturzeitung*, 1925, 43, 栏 2086—2090。]

弗汉（Charles E. Vaughan）的这部作品所收的政治理论代表人物，对它们的散论可以按照社会契约论来进行编排。卢梭并没有得到特殊的讨论，不过居于作品的核心；而霍布斯、斯宾诺莎、洛克、维科、孟德斯鸠以及休谟等人被视为先驱者；伯克、康德、费希特、黑格尔、孔德以及马志尼等人则被看作是继承者和完成者。

从这部作品仍可以看出，卢梭依然是弗汉学术旨趣的主要对象。只有卷一的前六章（霍布斯、斯宾诺莎、洛克、维科、孟德斯鸠、休谟）是作者的定稿，其余章节则是根据文稿编定的。

编者在作品前面附有一篇关于作者（1922年10月8日卒）引人注目的导言——这是一尊优美、感人的敬意之碑，是学生对博学的文学史家的致意。卷二包含一篇作者作品细目，这同样值得注意，因为，它在这里关系到卢梭研究的行家里手之一的著述情况。

值得期待的是，它可以引起德意志人的学术意识，使政治作家卢梭的形象摆脱离奇的浪漫化和杜撰，今天人们多是以此来呈现卢梭形象的。请允许笔者借此机会指出弗汉所编的卢梭《社会契约论》（曼彻斯特大学出版社）。

虽然因为由战事所招致的对德意志充满敌意的表述而略有不足，我们大可以忽略，除此之外，对于政治和国家理论研讨课程来说,它不失为十分有用的版本。

　　政治思想史家在今天的处境堪忧。因为,没有一部有关过去几个世纪的政治思想史,它无论在内容上还是在问题方式上,都能够满足从上个世纪的体验来看,无论愿不愿意但都得承认的诉求。我们最好不去谈那些即便在今天也依然繁盛的教材简编行当。

　　雅内(Paul Janet)的《政治学史》(*Histoire de la science politique*;初版于1872年)弊端在于与普遍的道德问题相联系,它之所以过时,不仅因为这部政治思想史止步于1789年的观念,而且也在于它的路径,它主要是从知名著作家那里摘取大量关于不同道德和政治问题的摘录。

　　布伦齐利(Johann Kaspar Bluntschli)的《普遍宪法史》(*Geschichte des allgemeinen Staatsrechts* 1864)在我们今天看来,像是部分成功部分失败的摘录的大杂烩,而他的传记性解释使这本书尴尬地接近于那种文学史写作,它只不过是一本对轶事、见解、尝试以及心理学至上论等等令人望而生畏的汇编。

　　今天对于我们来说,黑格尔主义者更能引起兴趣,因为对于诸概念前后一致、辩证发展的信念,赋予了其历史性的呈现以关联性,这是对人物特写的胪列自然而然无法具有的。是否应该将政治观念史以"大人物"陈列馆的形式呈现出来,抑或将其展现为概念性、教义或者观念史的发展,在今天应该不再是个问题。人物描写的进路在我们看来,十分过时了,而且像是过气的自由主义残渣。

　　梅涅克(F. Meinecke)在他的心理学细腻的艺术中不断地深入探讨个人性和个体性的事物,即便他也没有从《国家至上主义理念》(*Idee der Staatsraison*,1925)的历史性描述中去做人物搜集,而是将那个概念——即便没有给出定义——在大量历史棱镜折射中稍加变动和细化。

　　在有关自由和人类进步的自由思想中,弗汉仍全然不为所动。他足够明智和具有品味,也许从他所熟识的黑格尔那里师取甚多,从而没有将政治理论的描述和个体心理学的刻画混为一谈。如果说他的章节以著名政治思想家的名字为题,那么,这也仅仅意味着外在的划分,用以标记出每个思想发展的个别因素。

就像对任何片面性那样,弗汉也避免了抽象-形而上地对某个思想的序列纠缠不清。在他那里,自始至终关心一个基本问题:对国家和个体关系的构造。他对这一问题的理解完全是自由主义式的,从根本上只能在契约的范畴内设想国家(卷一,页20)。他的出发点是宗教革命,与之相伴随的是一个新的世纪,即个体主义的时代。宗教自由和私人判断的自由被转渡到政治事物之中。人民与国王、治人者与被治者之间的契约理论,变为个体之间的契约理论。

不过这里有可能是两个片面性,夸张了的自由和夸张了的联合。弗汉在所有地方都寻找着自由主义的 juste-milieu[中道]。历史观(维科、孟德斯鸠、伯克)修正了个体主义的片面性,认识到个体生存其中的有机关联,超克了洛克有关个体权利的片面理论。因而,契约理念愈发清晰地得到发展。

值得注意的是,它的首位代表人物霍布斯是个绝对主义者,因为,他还不知晓任何真正自由的契约。直到卢梭那里,这个契约方才到达了所有人与所有人的契约构架中,通过它,公意和"法人性的自我"才成为可能。

费希特、黑格尔、孔德等人继续推进这一发展,毫无疑问,以至于他们再次威胁到个体的自由,要么通过对国家的绝对化,要么如在孔德那里,对人类的绝对化。马志尼是该发展的顶峰,他以正确的方式引入了国族的概念,将其视为人类自由的进步中本质性的元素:国族中的个人自由,人类中国族的自由。这便是这一政治信念的结语。马志尼成为这部作品真正的主角。

在这一思想脉络中,毫不奇怪的是,弗汉以专业眼光而且抱以极大的认可,尤其讨论了黑格尔,由此,不仅使肤浅的战争贩子,而且使得——很遗憾——许多德意志作家感到汗颜。不过,该作品的价值不在于概念上的专注,而在于其一系列优秀的单独说明,对最重要的论点和论据清晰和极富教益的复述,并且尤其在于有时反命题式的简单化对比,其中,黑格尔与孔德的对比值得注意。

对该作品的研读之所以是一很大的享受,是因为人们一直会感觉到,在聆听一位富有广博思想教养和巨大语言自觉性的先生讲话。作为德意志人,人们会感受到有些德语作家糟糕的语言矫揉造作之风。而且实际上,人们也会意识到一种巨大的对立。

很遗憾,我们可怜的德意志人无法再能够以毫无疑问的坚定性去接受1789年的自由主义理念。这种毫无疑问才是整部作品最为重要的前提,并且赋予它一种令人舒适的祥和气氛。我们不能使政治思想史在马志尼那里止步,并且强烈地感觉到这样一本书的维多利亚式高贵气质也许只有在不列颠岛屿才是可能的,而不再是欧洲大陆。

柏林，1907
（1946/47）

［"1907 Berlin"，译自 Piet Tommissen 编，*Schmittiana*，卷 1，1988，页 11—21。］

1907 年，高考结束后，我便迫不及待地来到柏林大学开始我的第一学期，漩涡第一次将我席卷进来。我不想浪费时间，只想努力用功，听取大名鼎鼎的教授讲课。事实上，我并不知道是什么促使和支撑着我。我在亲戚家借宿，他们是父亲的兄妹，两人也都是被漩涡从莫泽河畔席卷到柏林。当时我对父辈家族天命的关联一无所知。

1907 年，我从乡下的人文高中离开，立即奔向了柏林，如同在草场上狼吞虎咽。我为何去柏林，而不是某所西部或者南部的大学，比如后来的慕尼黑和斯特拉斯堡？为什么不像我的弟弟七年后那样，去海德堡？在海德堡，我或许还可以对韦伯（Max Weber）有粗浅的认识，或许我可以偶遇几位新教学人苦行的见证者，而不是威廉二世时期已经功成名就的柏林巨擘。

我们不要以"如果"和"要是"开始。人们不假思索地将非现实条件句的语言手段用于他们的奇思妙想和愿望。请历史哲人去设想一番，要是安东尼（Antonius）在亚克兴一役或者拿破仑（Napoleon）在莱比锡战役获胜的话，会是什么景象。这是所谓的架空历史（Uchronien），其可靠性比乌托邦少之又少。为了构思一幅完全不同的事物走向，从而郑重地把实际没有发生过的事情想象为真切发生过，这是个危险的游戏。它只在微小的空间里具有某种意义，而且只作为启发性的手段。

我们应该为自己的罪孽后悔，但是，无法从事件不可分割的整全中割下一丝一毫，并用其他想象的部分来代替。信口开河地说要是某事发生了,是有些放肆的。在我看来,想知道的的确确没有发生的事,是不虔诚的表现。对于我而言,这些非现实的联想最终近乎疯狂。是上帝允许了发生的事,并禁止了未曾发生的事。Tout ce qui arrive est adorable[一切发生了的,都是可爱的]。无能力赞颂上帝全能的人,至少应该对其全能缄默。

我在柏林见识到一个新世界。当然,它不是人们可以随心所欲觅草的草场。但它或许是某种更为高级的事物。我满怀敬畏地踏进校园,心想,这是更高的智慧的庙堂。然而,我在那里所见的仪式,却杂乱无章,无法促使我参与进来。他们的祭司以一种奇特的、充满矛盾的方式以自我为中心,既固守自我,又自我释放。在有所保护的释放这种内在矛盾中,他们脚下的土地发生了改变,变成了他们自我生产的舞台。

整个时代都像在演戏,因而,庙堂也被证明是个大舞台。这里曾有无数伟大和举足轻重的学者,也有许多值得尊敬的老者,他们来自不那么具有演员效应的时代。人们努力地研究,疯狂地研究。即便在剧院里,人们也要疯狂地研究。我所见到并尤其给我留下深刻印象的,是那些正在绽放的名人。其中的两位,对我最初的反应影响最为深远。他们是完全不同的两类人,背景和态度都截然相反,一位是带有南德巴洛克气息的,另一位则带有普鲁士的风格。尽管如此,二者一起——远超于其特殊性——使我看到了当时的自我问题的形象。

其中一位名为科勒(Josef Kohler),他是一位极其博学和渊博的法学家。科勒是包容——自我意义上的包容——类型坦诚和朴素的代表。他的想法源源不断,常常混乱无章但又新奇和卓越。不过,如果他不自说自话、不自我说明、不自我表现、不把自我囊括在他所想所说的一切中,他便无法思考和表达。对他而言,民法史就是他对民法的研究和对该主题思考的历史。如果他谈起班图黑人的避难权,人们就只会听到"我,班图黑人的避难权"。

科勒之所以视之为极具品味,是因为他自视为一位伟大艺术家。他让人们观看他以巴洛克式的自豪戴着的面具和鬈发,他以此将自己表现地活像一位伟大的选帝侯。因此,人们在讲台和咖啡馆都可以看到他的身影。正是他的这种虚荣引来学生嘲笑,也使学生感到钦佩。这只是给他那包容性的自我妄想提供了给养。他的演讲含糊不清,他的语调与巴洛克君主面具在语音学上极不相称。他谈到自己的浮士德天性,并写了一部小说。出于好奇,我弄到一本,标题页和封面页上赫然写着:科勒,浮士德天性。

我读着小说,对这位大名鼎鼎的先生感到惭愧。这是一位学者的情史,它一方面用词信马由缰,以说教的口吻自我消解,明显是自传性质的,另一方面又做了很大的美化。是一幅伪浪漫派、伪幽灵、伪天才胡乱涂抹的素描。是歌德(Goethe)、瓦格纳、尼采(Nietzsche)、叔本华(Schopenhauer)以及黑格尔回响中的滑音。主角名曰沃尔夫冈。这分明是暗示那些年的歌德成长史。

沃尔夫冈首先与一位公务员之女,名叫艾尔萨(Elsa)的金发女郎,完成了一部格蕾琴(Gretchen)肃剧。接着与一位女画家,名为伊索尔德(Isolde)的黑发女郎,完成了一件奇幻的事。尽管花费心力在这些上面,沃尔夫冈仍然创作出一部传奇性的学术著作,由此成为柏林大学的教授,毫无疑问,薪俸优厚,而且有益于人类。

这一切可能听起来有些天真和感人。不过这些装潢不是用来维持生计的。主人公以令人难以想象的方式自居为超人,他滔滔不绝地证明着自己的天才。幸亏他强调,他在经济上是自主的,于是读者可以对超人的经济基础感到放心。

唯一根本的是,他的自我超过一切。这张自我大旗以这样的座右铭飘扬在小说之上:你不会超越你的自我,但是只需成为这个自我!在主人公成为教授的最后一章,标题上赫然写着:成为了他的自我。要是突然不太对劲的时候,主人公会偶尔变得虚无,于是小说中会谈到生活的虚无主义和心灵的虚无主义。

不过,一切很快又归于正常。因而,自我便得到了解决。剧情还没有发展到因为两位女子(艾尔萨和伊索尔德)而令人不适,她们便始料未及一个接一个地死去。主人公在他的意大利之旅中通过艺术欣赏,来休养身心,接近尾声时,普鲁士文化部的一声柏林召令突然降临,就如同童话王国中的精灵女王之于天才学者及其最为独特的自我。

作为尼采渗透到德意志知识分子更广泛的阶层的症候而言,该小说具有一定的时代意义。除此之外,人们大可以将这样愚蠢的东西束之高阁不再提及。而此君对于我而言,是唯一一位柏林的法律教师,他超脱了国家法律实证主义的死胡同和法史的材料堆砌,他大谈黑格尔和巴霍芬,从而似乎为我们打开广阔天地的窗户。

最后,我实在无法忍受这位充满自我、自我疯狂的戴面具的先生。在我学会客观地珍视他原创性的想法之前,好多年过去了。对我来说,他是第一个活生生的混乱的例子,这种混乱导致了德意志教化中的自我疯癫和天才概念。

另一位则完全不同,他是维拉莫维茨(Ulrich von Wilamowitz-Moellendorff),著名的古典语文学家。是他才使我着迷。他那威严的脸庞、高贵的举止、庄严的修辞,所有的一切都给我留下深刻的印象。尼采并没有使我对维拉莫维茨产生偏见,当我在他的其中一堂课上听他亲口说,西塞罗的《论义务》是一部伟大的作品,而不是写给小顽童的,我深受吸引。他在说"不是写给小顽童的"的时候,是以严肃的优越感说出的,那种语气既庄重地使人信服,同时又挑衅性地含沙射影。

这给我的印象尤其深刻。从上文理中学起,我就知道西塞罗的《论义务》,并且出于顽童式的廊下派精神热爱着它。当听到这不是一本写给顽童的作品时,我更加自豪。

我喜欢这位大学者的权威姿态,我觉得,在这种姿态背后隐藏着一位特别深谙世事的大丈夫。他认可了我对那位罗马演说家顽童式的兴趣,而绝对无误的蒙森(Theodor Mommsen)却曾将其贬低,使其惨不忍睹。但是,我对卓越的维拉莫维茨的热度很快也消失无踪,就如其他不同或类似的轰动性事件一样,它们都发源于此。最终存留下来的只有三尺讲台的印象,这种印象对于一位仪表堂堂的老教育家而言并不难做到。

我从这里所感受到的反感不像在前面,在看到那位巴洛克风格的教授时那么迅速。只有在几年之后,当我读到这位高雅之士于1900年世纪之交做的著名演讲时,那种反感方才变得坚决和不可挽回。这篇演讲堪称学术演说艺术的杰作,其结构、修辞格、充满渊博知识,所有这一切,都证明了其高雅和人文的教养。

总体而言,它同样得到谨慎地精心编排和装扮,就如科勒论浮士德天性的小说潦潦草草和不加修饰一样。但是在浮士德引文中,两者都表达出自己的泛神论乐观主义,在这一点上,二者是相同的,无论对那个时代巨大进步所表现出自豪的意识,还是对不断增长的财富,抑或对同样不断增加的学术活动所表现出惊叹的欢呼。而对于1848年,普鲁士的这位枢密顾问比他的南德同事要更为严厉,后者对此事的态度暧昧不明。

普鲁士人一方面严厉地谴责公开的反叛,而另一方面却赞扬自由主义进步人士的反抗,并且言辞辛辣地批评反动行径。他称普遍的兵役制是真正和真正解放性的全民教化。尽管我不相信如此,但我也觉得不反感。他评价的闪烁其词消失在完美的修辞格中,的确,它还使演讲显得富有生气,从而给演讲者本人一幅威严崇高、类似于歌德的超拔。我一开始并不敢置喙。

当这位高雅之士在这篇1900年的演讲中,描述了他称之为"现代德意志大丈夫的类型"时,我才最终觉得很滑稽。在他看来,不同于过往时代穷困和被压迫的德意志同胞,这种类型是其卓绝的对立形象。演讲称,物质财富、政治解放、精神冲动等,使现代类型的人不再愚昧,他们顶天立地,"脖项笔挺,心胸开阔,目光澄明"。这里的节奏直接顺势滑入当时脍炙人口、极其平庸的一首歌曲,我于是捧腹大笑。我在厚底靴背后发现了可恶的马脚。

不过还不止如此。在他看来,现代人的类型看起来要像伦勃朗(Rembrandt)和哈尔斯(Frans Hals)行会画作呈现的能忍耐恶劣气候和不羁的荷兰人。因此我们又以真正的历史形象,扮演着历史歌剧,无论是作为16世纪纽伦堡的工匠歌手,还是作为17世纪荷兰的射击冠军。

柏林的相框和土地上的一切,变成了一道风景。伦理上震撼人心的修辞,只是加快了舞台化的进程。在这种艺术那里,被称作精神性的唯一空间便是舞台空间。而且,这位高雅之士也在舞台之上,不断生产着,并且生产着他的自我,与巴洛克风格的南德人科勒相比,他只是防护得更好、表现得更为普鲁士式的克制。

我最初的猜疑同自己观点的无助萌芽一起出现,它肇端于这位先生威严的面具之中。我注视着它,然后悲伤地离开。今天,我明白了,比起其他人本质上唯美主义的释放,他那本质上伦理性的克制更使我感到压抑。尽管南德人巴洛克式的选帝侯面具有些可笑,而北德贵族高贵的脸庞却更为资产阶级,当然是高雅的资产阶级,它被提升到由观众和宣讲台创造的公共场合。宣讲台最早曾是布道坛,并且在基督教会中可以看到,而它又变成了哲学和道德课程的讲台,继而讲台又变为舞台,而舞台化身为道德机构,道德机构成为了舞台。

宣讲台的变迁可以从时代的面相中直观地观察到。三种不同的资产阶级面相——传教士的、教授的、演员的面相——悉数在这个时代精神类型的面相中交汇。公分母、总路线、综合,它们在美学的和谐化中得以确立,从中产生的总趋势变为歌德面具,它是这个时代最深刻的灾难。与这幅面具一起,potestas spiritualis[属灵权能]的假相被注入了成千上万热情澎湃的青年人的灵魂。只不过因为我内心对于真正属灵权能的印象还没有消失,我才不致于沉溺于那副假相。

不难看到,我灵魂中生长的反感,当时肇端于纯粹的品味判断,并且,最初完全停留在只是美学意识的领域。此外,自从大致理解了荷尔德林(Hölderlin)诗歌的意涵之后,我就再也无法去阅读维拉莫维茨著名的古希腊大家译文,这大抵也属此类。只是我还没有认识到情况,并且几乎没有这样的冲动。

我感受到的是,普鲁士保守主义和自由主义进步性、国族主义和人文主义、尼采和歌德、肯定的自信和同样肯定的谦逊等等的混合。只不过我的感觉还只是懵懵懂懂,只是笼统地觉察到它是不那么成功的平衡的沉闷氛围。当我想起他对西塞罗的表述如何强烈地使我振奋,以及如何失望透顶时,许多年后,我才意识到更为深层的原因。像这位1907年的柏林枢密顾问一样,地位显赫、蒙受恩宠、高枕无忧的先生,如何会懂得西塞罗这位政治演说家?所有文字和事件中他的整个存在,甚至他死亡和尸体处理的细节,都完全处于内战的处境。那位大学者曾何其友善地对1848年发表着自由主义的看法,并且对西塞罗那么地认同,可是他自己从未,甚至一刻都没有处于危险之中,而西塞罗一生都在其中度过。

维拉莫维茨从未踏足过友谊界限的彼岸区域。大名赫然列于黑名单,并且被宣布为非法和失去法律保护的,这对于每个人,尤其是大学者而言是无法想象的。对于这些内战的体验,维拉莫维茨似乎比蒙森要少得多,后者对1848年有着强烈的印象,并且曾参与了1862年至1865年普鲁士的宪法斗争。1907年柏林保守主义-自由主义的教授的处境,和喀提林(Catilina)、凯撒(Caesar)、安东尼的政治敌手的处境在生存上的不一致,最终使得枢密顾问式的修辞在我眼中显得空洞和虚假。比起另外一位学者——他的装腔作势是那么的天才——更为粗野的形象,更为精致的面具使我更为悲伤。

我之所以提及两位显赫的德意志教授的大名,并不是纠结于其名字;贬低他们或利用他们的形象来解释自私自利、虚荣甚或高级的个体主义等普遍人性现象,也不是我所关心的。我应该感谢他们以及其他一些柏林的教授。然而他们没有一个人在我的内心赢得我。

许多柏林的人,不仅这两位教授,都令我深深地反感,而只在这两位代表性的人物身上，我才意识到它。他们两位的截然不同，反映了受艺术推动的、唯美主义的自我释放与北德意志-新教的、唯伦理主义的自我防护的对立。这便是内在矛盾的两个方面，德意志的整体自我在当时的历史处境下饱受其害。这里谈的便是这个整体形象。

所有参与在历史处境的人，所有参与其中进行经营的人，都参与了这样的自我。因此，许多渺小的、经验的自我将自己视为自我，摇身一变成为他们戴着的面具。于是，整体自我在其历史境况中得到普遍认同。其实，这才是我在本文要谈的——当我谈及当时在柏林第一印象中的自我释放和自我防护时，我曾误以为像是跳入草场觅草果腹。

现在，我还想说说自己个人的处境。这个形象包括两种，因此，我最后补充地审视一下作为相会的另一个伙伴的自己，这个相会产生了上述的反感。我是个没有家庭背景、汲汲无名的年轻人。主流的阶级或其相对立的潮流都没有将我卷入进去，我没有追随任何关系、任何党派或任何圈子，也没有任何人招徕我。对此，我既不感兴趣，也不能引起别人的兴趣。在暗处保护我的守护天使，分别是贫穷和谦逊。对于我们的形象而言，这意味，完全处于暗处的我，能够从暗处洞察灯火通明的空间。

对于观众和观察者，这是最佳的位置。亮室中的参与者面对我而无丝毫负担，他们眼里的观众是其他人而不是我，并且在我眼皮底下，他们如其所是地那样真实地表现自我。故而，我可以比他们更好地观察他们。我们无法知晓，世界史的微观物理过程与宏观历史事件在人类社会和历史生活中是怎样的一种关系。无论如何，身处暗处是个优势。L'obscurité protège mieux［暗处给人更好的保护］。

我从未想过从我所处的暗处努力进入明处，这个好处则要更大。我是来自西德、受天主教教育的年轻人。从祖父母、父母以及教会的亲戚那里，我在内心还承载着他们对俾斯麦文化斗争强烈的回忆。虽然这场斗争不是血腥的内战,但是,这场冲突足够尖锐,使得一个年轻的天主教徒远离主流的阶层。

在我的童年有那么多的宗教事物和状况,于是,各色自我信仰的表现形式就像陌生的面具一般,从我身边流逝。无论科勒那本质上美学的自我释放,还是维拉莫维茨本质上伦理的自我防护,都没有打动我的内心。当时,我并没有从根本上理解他们,而在我真正理解他们之前,还需要许多私下的交往以及常年辩证思考的过程。

虽然并没有任何敌意从这一切中产生,更不用说有意识的对立,但是,却使我对俾斯麦帝国神话和柏林大学国族自由主义氛围保持着足够的距离。我虽然参与着柏林为我奉上的戏剧,但是并未与之形成一体。对于一位观察者而言,这是一种正确的心态,对于我这样的观众,则是不错的位置。

不过,不错的位置绝不意味着舒适或者安逸。我并非一位未参与的陌生人,也不是在美学上毫无兴趣的看客,不是叔本华主义者,后者借助"好好地看,可畏地活"这个原理,拥抱着一个盲目急切的肉体世界。我并没有这样的秉性,它不适合我。我所体验的强烈反感,没有使我满足于看客角色。胸中悲伤的感觉愈发强化着那层距离,并唤起对他人的猜疑和惊异。

主流的阶层将任何与他们在交往中表现得悲苦而非快乐的人视为异类。那种坚固的环境无情地把那些在其中感觉不幸的人排除在外。他们让他做出抉择,要么适应,要么消失。他们无声的二选方案的确有效,大多数情况下比正式的敦促更为有效。于是,我被排除在外。我走着自己的道路,不得不注意我如何才能走完。与此同时,我在一开始遇到了一位德意志流浪汉,在我看来,他是两位大教授之后,真正令人振奋的,他名叫施蒂纳(Max Stirner)。

我做了什么?

(1957)

["Was habe ich getan?（1957）"，译自 Piet Tommisen 编，*Schmittiana*，卷 5，1996，页 13—19。]

我做了什么?

我写了一本小书:《哈姆雷特或赫库巴:时代侵入戏剧》（杜塞尔多夫，Eugen Dietrichs 出版社）。

读过瓦尔纳赫（Walter Warnach）①在《法兰克福汇报》（6 月 2 日）的书评和阿尔特曼（Rüdiger Altmann）②在 *Civis* 杂志（6 月）发表的文章之后，我现在才慢慢清楚了自己因此而做了什么。我现在才认识到歌德神谕的意涵:

> 第二天你会得知你现在在做什么。

一

那么，我做了什么呢？乍看上去善良或者无可指摘。我写了一本关于哈姆雷特的书。他是个极受欢迎的主题，成千上万品行优良的人都写过关于他的书。我本人现在身处一个无可指摘的社会。就在不久前，德布林（Alfred Döblin）③刚发表了题为《哈姆雷特》的小说。而就在几天前，56 年 6 月 9 日，奥伯豪森剧场刚上演了安德烈斯（Stefan Andres）④的一部剧，《穿过迷宫的舞蹈》，其中

---

① 瓦尔纳赫（1910—2000），德国艺术批评家、翻译家。
② 阿尔特曼（1922—2000），德国出版家、政治作家，施米特的学生。
③ 德布林（1878—1957），德国作家，小说《柏林，亚历山大广场》（罗炜译，上海:上海译文出版社，2003/2008）及《王伦三跳》为我国读者所熟悉。
④ 安德烈斯（1906—1970），德国作家，代表作有 *El Greco malt den Großinquisitor*（1936）、*Wir sind Utopia*（1942）。

有个人物名曰哈姆雷特·欧罗巴。

尽管我没有看过这部剧,但是我记得1919年"一战"后,瓦莱里(Valéry)曾说:欧洲即哈姆雷特。一个世纪之前,1848年,德意志自由主义革命家是这样说的:德意志是哈姆雷特。从德意志到欧罗巴,是个奇特的发展,这不仅使一个身为德国人的人埋头深思,也使身为欧洲人的人满腹狐疑。

那些乍看上去善良和无可指摘的,突然一下可疑起来。很明显,我太过冒失。我把自己扔到了无边无际的哈姆雷特阐释的海洋,陷入了莎学浓密的灌木丛中。我做了唐·吉诃德的举动,直面整个竹马骑士军团,他们的队伍已经美式化,也就是说,已经机动化了。我在与危险的正义者角力。我渐渐明白,我的事做得不好,太过草率,太过冒失。

二

无论如何,在写这本书伊始,我便应该搞清楚这一切。因此,我试图找到了一个客观性的立足点,避免过多的主观性插入语和解释,并且抛开所有的心理学、精神病理学以及精神分析。我试图以戏剧本身也就是面前的文本、客观的事件为依据。我知晓弗朗岑(Erich Franzen)①那句在理的名言:所有的哈姆雷特专家中,只有莎士比亚最接近真理。

我就是如此字斟句酌地审视该戏剧的情节,Fabel［情节］,Story［故事］,或者被亚里士多德称为真实性的综合的 Mythos［情节］。希腊语 Mythos 指的不仅仅是作为戏剧来源的 Mythos［神话］,也指戏剧本身的 Mythos［情节］,即客观的事件。戏剧是对现实的模仿,即人们所说的 Mimesis。在这部戏中只有一种现实,而非两种。

于是,《哈姆雷特》的观众和听众眼前的客观事件充满了谜团

---

① 弗朗岑(1892—1961),德国作家、文评家。

和断裂。第一部分是一部复仇剧,在鬼魂的命令下故事上演,并得以推进:要为他的顶悖人道伤天理的被杀报仇!① 鬼魂在第二部分悄无声息地消失,就好像他从未存在过。

这一部分成为生与死的肉搏战,借助的是一系列亦真亦幻的灵异事件和曲艺。谜一般的主人公与两个极其分明的活动家相对立:克劳狄乌斯(Claudius)和赖尔蒂斯(Laertes)。而主人公的母亲,即王后,最难以捉摸。谋杀亲夫的罪责或者共犯隐而未发,她既非克吕泰涅斯特拉(Klytemnästra),②亦非阿格里庇娜(Agrippina),③既非北欧的女武神,亦非布里廷(Georg Britting)④笔下完全兽性的、杀死所有爱慕者的女子。

我对客观事件观察的结果如下:只能从该剧的形成时代,即1600年的处境出发去理解它。在两个关键点上暴露出当时的当下性,一方面就斯图亚特(Maria Stuart)而言,即苏格兰国王詹姆士(Jakob)的母亲,她与亲夫的谋杀者结为伉俪;另一方面就詹姆士本人而言,他成问题的性格构成主人公根本的哈姆雷特化。我称前者为女王禁忌,称后者为复仇者形象的歪曲。戏剧在二者中间——即女王禁忌和复仇者形象的歪曲——并没有展开。只有透过面具,人们才能领略到时代历史的当下性,我称之为时代侵入戏剧。

那么,当我凭借这一客观观察事件的方法得出这一结论时,我做了什么呢? 十分尴尬。哈姆雷特是文学史家的事,而詹姆士和斯图亚特则是政治史家的本行。我们业已习惯学术的如此分工,谁要是不遵守,就会扰乱大家习以为常的学术分工和学术研究运

---

① 参《哈姆雷特》第一幕第五场,中译参莎士比亚,《哈姆雷特》,梁实秋译,北京:中国广播电视出版社,2001,页67。
② 即希腊神话中阿伽门农的妻子,因嫉恨丈夫将女儿伊菲格涅献祭,并且对丈夫带回的人质卡珊德拉不满,而将阿伽门农杀害。
③ 即小阿格里庇娜(Iulia Agrippina, 15—59),尼禄母亲,据称下毒害死亲夫。
④ 布里廷(1891—1964),德国作家、诗人。这里的故事出自 *Lebenslauf eines dicken Mannes, der Hamlet hieß* (1932)。

行良好的功能。我提出的女王禁忌和复仇者形象歪曲的观点,使我成为搅局者,众所周知,搅局者永远都是侵略者。

三

然而,事情的糟糕程度远不止如此。存在这么一种自主性艺术作品的强有力的禁忌:它产生于其历史和社会学来源,是绝对形式的禁忌,是一种唯心主义哲学的真正禁忌,深深植根于德意志教化传统的纯粹-禁忌。这一禁忌不允许人们言说时代对戏剧的侵入。

在一封希拉尔德(Gustav Hillard)①写给我的信中,他说:"原始图像在诗人手中被改写,以至于在读者和听者看来,变得无足轻重,是的,他们的知识不仅令人怀疑而且给人造成误导。"格奥尔格(George,希拉尔德虽然没有提到他,但我在我的小书第35页引用了他)曾说:"人生体验在艺术中得到改写,以至于对于艺术家自己而言,变得毫无意义,而对于其他人而言,知晓这一体验,与其说使人解脱,毋宁说造成误导。"

于是我们得出两个关键词:一为改写,二为误导。哈姆雷特是一部艺术作品,而艺术作品在一个美轮美奂的虚假和纯粹游戏的世界里才是有效的。在解读哈姆雷特时谈及詹姆士和斯图亚特,便是玷污艺术作品的纯粹性。当我谈及斯图亚特的女王禁忌时,我自己也触碰到一个禁忌。

四

最后,事情甚至变得很危险。瓦尔纳赫和阿尔特曼都提到卢卡奇(Georg Lukacz)的大名。辩证唯物主义的艺术观一路高歌,长驱直入到一个真空地带,这是德意志唯心主义艺术哲学在艺术

---

① 即德国作家、剧评人斯坦波默(Gustav Steinbömer,1881—1972)的笔名,作品主要讲一战前的故事。

作品的历史现实方面导致的。鉴于对手的不知所措,可以说,它的成就是卓越的。辩证唯物主义将其对艺术家阶级处境和艺术作品起源时代的分析,等同于根本性的历史观察。因此,辩证唯物主义以此方式创造出历史性艺术观的专断地位。谁要是威胁到这一专断地位,便是反动分子和阶级敌人。德意志人只能提心吊胆地在钻石和美好假相之间做出选择。

我历史性地观察《哈姆雷特》,这种方式便威胁到辩证唯物主义艺术史的专断地位。我曾切身地体会到,这会在实践上意味着什么。

五

不经意间,我扮演了学术工作搅局者、禁忌破坏者、危害专断地位者等角色。而这并不是空洞的言辞或者为了博君一笑,相反,它发生在一个臭名昭著的归罪化的时代。没有什么能比日新月异的犯罪行为体系更能表明我们今天的处境:新的交通犯罪行为如酒驾,新的经济犯罪行为如劳动剽窃,至于极其政治性的新犯罪行为,我们最好闭口不谈。经验和理智告诉我,扰乱学术工作、打破禁忌、威胁专断地位尤其适合于归罪。另外我也知道,辩证唯物主义艺术观垄断地位的持有人,都是坚定的归人于罪者。

在这样的处境里,一位花甲老人还能做什么?最好的就是不为所动的认知与坦诚的理解。我毫不犹豫地照做了。除此之外,我必须沉溺于自己思考的内在意义。我这本关于《哈姆雷特》的小书毫无目的,几乎不是计划之中的,甚至无论在思想还是书写中,都是无意的,只是忠实于之。因而,请允许我引用魏斯(Konrad Weiss)的两句诗,①即另外一个神谕,结束我这个以歌德神谕所开

---

① 诗行出自 Konrad Weiss, "Largiris",见氏著 *Gedichte*: 1914—1939. Friedhelm Kemp 编,Kösel 1961,页 595。

启的讲话:

> 做我愿意的,抓住我所遭遇的,
> 直至,虽然并不愿意,
> 一种意义像文字一样因我而起。

《对话》弁言

(1962)

["Prolog zu *Dialogos* (Madrid 1962)",译自 *Schmittiana*,卷 5,页 21—22;"对话"即《关于权力的对话》和《论新空间的对话》。]

古代著名的科技大师叙拉古人阿基米德(Archimedes von Syrakus)曾承诺,只要人们给他一个可以接近的点,即支点,他便可以移动宇宙。现代的阿基米德则以不同的方式行事。今天的物理学家和技术师们在宇宙中钻研,但他们既不寻找阿基米德支点,也不需要这样的支点。他们开启了无法估量的新空间,由此炸开地球和人类的全部整体和维度。

尽管如此,他们还有一个阿基米德支点:他们服务于某些政治力量,尤其是美国和苏联。今天的物理学家、技术师以及航天员的生涯,都由如下问题所决定,即谁会主宰无法估量的新空间。简而言之,这是一个纯粹的有关权力的问题。时至今日,现代阿基米德不可思议的发现和发明主要被用于解决政治权力的问题。

空间与权力也是我们对话的主题,这些对话意在使人们把注意力从乖僻的异想天开,转向我们的星球。在《关于新空间的对话》中,是一位花甲老人——略显过时、但仍可信的史学家,和知天命之年的人对话,后者以经典的方式研究自然科学。对话以平和-烦冗的方式进行,也探讨了神学问题。不久,两位对话者直接被一位名叫 Mac Future 的年轻美国人打断了。他说,很久以来地球已太过逼仄,他想在宇宙维度中继续完成美国的发现和工业化。

在《关于权力的对话》中,是一位深谙世事的老者和一位不谙世事的学生关于棘手的权力问题的对话,由于现代权力手段急剧的增加,这一问题变得更为棘手和神秘。学生的提问或多或少是聪明的,而老者的回答则是机智和审慎的。对话并不是柏拉图式的:学生不是现代的阿尔喀比亚德(Albikiades),老者也不是现代的苏格拉底(Sokrates)。它尽量避免形而上的思考,只限于纯粹描述性地展示每一种权力的内在辩证法。在我们的对话中,没有"魔鬼的"(dämonisch)一词,虽然它在今天许多论权力的论文中极其流行。

  读者诸君应该做出决断和判断。我这篇西班牙版"对话"序言写于加利西亚西海岸一个安静的入海口,时为 1961 年夏。报章、广播、电视以及所有现代社会学称为"大众媒体"的事物,都充斥着关于苏俄和美国宇航员最新、奇异壮举的报道。但是,那些"大众媒体"所获得的名气则如昙花一现。人的伟大和尊严不是靠能否获得诺贝尔奖的可能性来衡量的。人是,并且永远都是整个地球的子嗣。鉴于自动化和富余所带来的一切乌托邦期待,这两篇对话意在表明自己审慎和清醒的态度,鉴于欺骗性的、波将金(Potemkin)式的虚幻世界,它们要使人们注意人和地球的现实性。

施米特

1961 年 8 月

于博伊罗的巴拉尼亚(拉科鲁尼亚)

二 对 话

桌边谈话三则

(1911)

[原题"Drei Tischgespräche",刊于 *Die Rheinlande. Monatsschrift für deutsche Kunst und Dichtung*, XXI, 1911,页 250;今收入 Carl Schmitt, *Jugendbriefe. Briefschaften an seine Schwester Auguste 1905 bis 1913*, Ernst Hüsmert 编, Akademie, 2000,页 183—184。]

一

兄长 (对 7 岁的妹妹说)如果你只吃面包里的葡萄干,就会吃坏牙,而且会败坏面包的口味。你难道认为,如果面包真的没有单吃葡萄干美味的话,我会连面包一起吃掉?

17 岁的妹妹 那不是葡萄干,是黑提干。

兄长 呵,你这饶舌的家伙。它们是一回事。

17 岁的妹妹 如果是的话,那么,就请你去最近的一家外贸商店,要半斤葡萄干。我倒是想看看,你拿回家的是不是黑提干。

兄长 黑提干只是稍小的黑葡萄干。

17 岁的妹妹 那好,是一样的,就像有人说:羊是白色带毛的狗。

7 岁的妹妹 但也有黑色的羊呀。

二

正直的音乐家 (对天真的爱好者说)我们无需大发雷霆。人可不只是为了糊口而活,无论饭食多么美味。连理查·施特劳斯也写过与《玫瑰骑士》风格迥异的作品。而奥斯卡·施特劳斯也许会写出与其中的圆舞曲同样好的作品,当然不包括圆舞曲节奏的莫扎特主题,第一幕,A 大调。

聪明的记者 不好意思,您把奥斯卡与约翰或者约瑟夫·施特劳斯搞混了,似乎是约瑟夫·施特劳斯。

正直的音乐家 这并不重要,真的是一回事。

聪明的记者 那请您问一问旁边那位持有小剧院股份的先生〔究竟是不是一回事〕。

正直的音乐家 《玫瑰骑士》里的圆舞曲也同样是散溢着讽刺或者开着睿智玩笑的维也纳圆舞曲。

聪明的记者 我也可以这样一整天滔滔不绝。那么,雷格尔[1]也只不过是一条汇聚到杯中的小溪。

天真的爱好者 那个人不是小溪,而是大海!

三

艺术哲人 (对具有健康人类理智的人说)在享受艺术时,关键是您自身,您最最切身的自身。您应在某一个范畴中积极地体验。是您自己创造着审美的客体,是您绘出您正在审视的画卷,是您创作出您正在倾听的乐章,您与合唱团成员一样都在积极行动……

美学家 的确,我们常常可以在演唱会和剧院看到您所说的最后一点,不过最后,自由实践既不是对艺术的理解,也不是对某部作品的美学品质的证明。

艺术哲人 记谱同样也不是。可是我们在这里谈的是美学规范的自律性,或许也谈到社会学与美学的结合处。无论如何,艺术规则只是手段。它们告诉人们,典范的美并不起决定作用。

美学家 艺术规则何为,美和审美何为?"意中人就让她随意挑,工匠歌曲尽可抛!"[2]

---

[1] 雷格尔(Max Reger,1873—1916),德国作曲家、指挥家。
[2] 参《纽伦堡的工匠歌手》第一幕第三场,中译见 Richard Wagner,《瓦格纳戏剧全集》,严宝瑜译,中国文联出版公司,1997,页708,译文有改动。

艺术哲人　我也愿陷入激昂的沉醉，我也愿倍受感动。

美学家　当恋爱的青年突然看到路人在木椅上镌刻的名字时，他就会深受感动，不过路人并不因此就是艺术家。

具有健康人类理智的人　不，绝对不是。毁坏装饰协会的木椅，真个是粗野行径。

未来课堂上的未来国际法
（1948 年圣诞）

["Völkerrecht der Zukunft im Unterricht der Zukunft"，见 *Carl Schmitt-Briefwechsel mit einem seiner Schüler*，Armin Mohler 等编，Akademie，1995，1949 年 1 月 17 日，页 46—47。]

第一章：正义战争

弗里茨　现在我要说，再也不要战争啦！

教师　太好了，亲爱的弗里茨！不过，稍微用心听一听。人们必须做正义的事而不能容忍不义的事，在这一点上，我们是一致的吧？

弗　当然。

师　要惩罚犯罪，并且要使作恶者变得无害。

弗　那是。

师　但是遗憾的是，犯罪者窃取了权力，无论凭借诡计和阴险，还是凭借暴力。有一些作恶者统治着所有的国土和民族。

弗　糟糕透了。

师　于是，这些人必须受到更为彻底的惩罚，并且做无害化处理。

弗　绝对。

师　若是这么一位强力的犯罪者拒绝的话，那么，人们也许甚至得对他发动战争了。

弗　战争？

师　是的，弗里茨，战争。不要害怕，这本来并不是什么战争。它只是一种对正义的实现，与强制执行并不两样。那些强制部门每天都在做这样的事。

弗　哎呀，但不要使用原子弹。

师　肯定不会。不过，这在法学上没有区别。你可得学会法学思考。对于法学而言，这根本不是战争。

弗　那要是双方的大部队都用武器相互攻击，这不算战争吗？

师　在我看来，不叫战争。无论如何，你得承认，这是一场正义战争和善举。

弗　好极了。

师　善良、正义之人形成联盟，一同惩罚邪恶、不义之人。

弗　太好了。

师　一旦恶人被战胜，就必须悔罪赔偿。

弗　有道理。

师　但是，亲爱的弗里茨，你也想想这么一场战争的花销。正义者不可能白白地打一场战争。再想想，这样的犯罪者会不断再犯的。因此，正义者必须确保他不再重犯。所有的一切在今天耗费巨大。人们必须付出彻底的赔偿、赔款、抚慰金、保证金、抵押金以及保护费。

弗　非常好。

师　亲爱的弗里茨，你看到了吧，这一切都不难理解。谁要是不理解，很明显要么是愚蠢，要么是无耻，或许他本人就是一个犯罪者，我们必须尽快对他做无害化处理。

弗　太好了！

师　弗里茨，那么，我们现在已经可以给出最初的国际法基本原则了：必须取消战争和严格禁止战争。只允许正义战争。正义战争甚至是任何正派的人的义务。正义战争是这样的战争，它是由正义者出于正义的理由而对行不义者发动的战争。

弗　人们或许可以这样表达：正义战争是这样的人针对这样的人发动的战争。完全明白。

师　亲爱的弗里茨，你看，国际法完全不那么难。我们现在已经解决了最困难的问题。我可以告诉你，所有时代伟大的思想家都同意我们的观点。所有具有信仰的神学家、哲学家、法学家以及博爱之人都和我们是一致的。

弗　妙极了。那么以后肯定会有和平。

师　也会的。只是还会有一些害人虫和犯罪者。他们是世界和平最后的绊脚石。因此,我们要对他们发动一场正义战争。

弗　太好啦！那么,快点去打正义战争吧！

权力的前厅
——论权力及接近当权者之途径的对话

[德文编者按]1954年早春,施米特计划在黑森广播电台(夜间栏目)与阿隆(Raymond Aron)对谈"权力的原则"。这个对谈计划落空之后,施米特又询问过格伦(Arnold Gehlen)和舍尔斯基(Helmut Schelsky),①二人均未应邀,很可能是怕惹事。施米特最后干脆亲自撰稿写作对话。电台栏目负责人弗里德里希(Heinz Friedrich)接受了这个建议。对话稿于1954年6月22日播出,同年11月22日在北德意志广播电台(夜间节目)重播。

对话以"权力的前厅"为题,发表在《时代》周报1954年7月20日(第9期,第30号,有少量删减),节选稿同年也发表在期刊《共同体与政治》(第2期,第10号)。

1954年秋,该对话稍作修改后由Neske出版社出版,以黑森广播电台节目手稿为底本。

1947年,纽伦堡审判的原告代表肯普纳(Robert M. W. Kempner)曾向施米特提出四个问题,②施米特对当时所做的一个答复进行了衍发性的思考,并称此篇对话是这一思考的延续。施米特随后将其发表在文章"接近当权者之途径:一个宪法法问题"

---

① [译按]格伦(Arnold Gehlen,1904—1976),德国哲人、人本学家、社会学家,哲学人类学代表之一;舍尔斯基(Helmut Schelsky,1912—1984),德国社会学家,格伦的学生,跨学科研究发起人,二战后促成比勒菲尔德大学及其"跨学科研究中心"(ZiF)的建设。

② [译按]被缚期间,施米特回答的四个问题如下:1.您在理论上多大程度支撑了希特勒的大空间政治;2.您是否在关键之处为袭击战做了准备,并参与了与之相关的惩罚行动;3.帝国部长和帝国长官的地位如何;4.为何德意志国家秘书会追随希特勒。参 Carl Schmitt,《纽伦堡的回答》(*Antworten in Nürnberg*),Helmut Quaritsch编、注,Duncker & Humblot 2000,页68—114;另参 Reinhard Mehring,《施米特传》(*Carl Schmitt. Aufstieg und Fall*.),Beck 2009,页448—452,尤见页451。

（见 Carl Schmitt,《宪法条文论集：1924—1954》,Berlin 1958,页430—439）。

你们幸福吗？
我们有权力！
——拜伦①

[引子]

年轻人　在我们谈论权力之前,我得向您提一些问题。

施米特　请吧,年轻人先生。

年轻人　您自己有权力还是没有权力？

施米特　这个问题恰到好处。谈论权力的人首先应该说,他本人处于什么样的权力处境。

年轻人　那么,您有还是没有？

施米特　我没有权力。我是无权力之人的一分子。

年轻人　我表示怀疑。

施米特　为何？

年轻人　因为,否则的话您可能对权力有反对的偏见。恼怒、愤懑、嫉恨,是糟糕的错误来源。

施米特　那如果我是掌权者的一分子呢？

年轻人　那么,您可能对权力有赞成的偏见。对自己权力及其表达的兴趣当然也是错误来源。

施米特　谁究竟有权利谈论权力？

年轻人　这个得您来回答！

---

① ［译按］题词出自拜伦《该隐》(Cain: A Mystery. 1821),为该隐和路西法的对话。中译见拜伦,《曼弗雷德·该隐》,曹元勇译,北京：华夏出版社,2007,页132。译文有改动。

施米特　我会说,或许还存在另一种立场:一种不偏不倚的观察和描述立场。

　　年轻人　那么,这可能就是第三者或者自由流动的知识分子的角色?

　　施米特　知识分子在泛滥。我们最好不要立马以这样的归纳开始。让我们先试试真切地去观察我们大家所经历和遭受的历史事件,结果会自然而然地浮出水面。

一　人不是狼/也不是上帝/而是人

　　年轻人　我们谈论的是一些人对其他人所施加的权力。那么,这巨大的权力——比如说,斯大林或者罗斯福或者随便某个人吧,对千百万人所施加的——究竟来自哪里?

　　施米特　较早的时候,人们可能会回答说,权力要么来自自然,要么来自上帝。

　　年轻人　恐怕权力今天对我们而言不再是自然的了。

　　施米特　这也是我的担心。今时今日,我们会觉得自己比自然更高一筹。我们不再惧怕自然。只要作为疾病或者自然灾害的它给我们带来不愉快,我们便希望很快可以战胜它。人——这个天生虚弱的生物——借助技术超出并掌控他周围的环境。他成为自然和一切世俗生物的主宰。远古时期的自然通过寒冷与燥热、饥饿与贫瘠、野兽与一切形式的危险,给人施加的自然樊篱如今明显退去了。

　　年轻人　的确。我们也不用再惧怕什么野兽了。

　　施米特　在我们今天看来,赫拉克勒斯的壮举[①]相当微不足道。今天,如果一只狮子或狼突然闯进现代大都市,它最多会引起

[①]　[译按]半神赫拉克勒斯曾以十二壮举闻名,如猎杀涅墨亚狮子、九头蛇、怪鸟,捕获神鹿、野猪、牝马以及三头犬。

一场交通故障，几乎都吓唬不了小孩。今时今日，人们面对自然自以为优越，甚至大肆兴建起来自然保护公园。

年轻人　那么，关于上帝呢？

施米特　对于上帝，现代人——我指的是典型的大城市人——同样觉得，上帝撤退了或者从我们这里退隐了。当人们谈起上帝，今天一般的智识人自然而然都会援引尼采的名言"上帝死了"。另一些层次更高的则会援引法国社会主义者蒲鲁东的名言，他在尼采之前已经发出先声，声称：谁谈上帝，就是要搞欺骗。①

年轻人　如果权力既非来自自然亦非来自上帝，那么，它究竟有何来自？

施米特　那么，可能只有一个了：某个人对他人施加的权力，来自人们自己。

年轻人　那可就好了。可我们大家都是人啊。斯大林是人，罗斯福也是，或者随便其他谁都是。

施米特　这听起来的确挺让人安心。如果某个人对他人所施加的权力来自自然，那么它要么是生身者之于其后代的权力，要么是牙齿、犄角、肢爪、毒腺、或其他天生高人一筹的武器。我们在这里可以不谈生身者之于其后代的权力。那么剩下的就是狼之于羊的权力，有权力的人对于那些无权力的人就像一只狼。而没有权力的人就会感觉自己像一只羊，直到他有能力取得权力并且得以扮演狼的角色。这就是那句拉丁文俗语所说的，Homo homini lu-

---

① ［译按］施米特在《政治的概念》引用蒲鲁东的说法时引用的形式是"谁谈人类，就是要搞欺骗"（中译参 2004 版，页 134）。在后来的《语汇》（1952 年 7 月 13 日），施米特解释道，"谁谈上帝，就是想搞欺骗（蒲鲁东）。这为何为真？因为他所说的不是上帝，而是人。因为对他而言（蒲鲁东，1840），上帝是人的造物。直至费尔巴哈，蒲鲁东的话才成为可能。由人制造的上帝才真的是 Deus mortalis ［有朽的上帝］，他在 1840 年的法兰西就已经死亡。他死于革命之手"（《语汇》，2015 第 2 版，页 280）。在另一处（1952 年 9 月 29 日），施米特继续阐发道，"对于 19 世纪而言，有三句话具有关键意义，三句话所表达的都是相同的（有朽的上帝的终结）：1. 谁谈上帝，就是要搞欺骗（蒲鲁东）；2. 私产即是偷盗；3. 权力本身是恶的。……"（《语汇》，页 286）。

pus。用德语说就是：人对于人就如同狼。

年轻人 骇人听闻！那如果权力来自上帝呢？

施米特 那么，行使权力的人便是神性品质的载体。凭借他的权力，他代表着某种神性之物，人们就必须崇拜他身上显现的上帝权力（如果不是他自己的话）。这就是拉丁文俗语所说的，Homo homini Deus。用德语说就是：人对于人就如同上帝。

年轻人 这可太过了！

施米特 如果权力既非来自自然亦非来自上帝，那么，所有与权力及权力的行使相关的一切，都只发生在人和人之间。那么，我们大家都是人。掌权者就与无权者相对立，强有力者与软弱无能者相对立，简单说，就是人与人相对立。

年轻人 也就是说：人对于人就如同人。

施米特 就是拉丁文成语所说的：Homo homini homo。

二 共识导致权力／权力导致共识

年轻人 清楚了，人对于人就如同人。那些顺从于某个人的人，赋予了此人权力。如果他们不再顺从于他，权力也就停止了。

施米特 非常正确。不过，他们为何顺从？服从并不是随随便便的，相反，是出于某些缘由。为什么人们要赞成权力？时而出于信任，时而出于畏惧；时而由于期望，时而由于绝望。但是，人们永远都需要保护，并且在权力那里找到了保护。从人的角度观之，保护与顺从的关系，是权力的唯一解释。① 那些没有保护他人的权力的人，也就没有要求他人顺从的权利。反过来说，寻求保护并接受保护的人，就没有权利逃避顺从。

---

① ［译按］在《从图囹中获救》中，施米特把"保护与顺从的永恒关系"归为"几个社会学的基本真理"之一，参 Carl Schmitt，《从图囹中获救》（*Ex Captivitate Salus. Erfahrungen der Zeit* 1945/47），见《论断与概念：在与魏玛、日内瓦、凡尔赛的斗争中（1923—1939）》，朱雁冰译，上海：上海人民出版社，2006，页333。

年轻人 如果掌权者发布了与权利相悖的命令呢？那么，这样就必须逃避顺从了吧？

施米特 当然！但我谈的不是有悖于权利的某条命令，而是把掌权者和服从于权力的人扭成一个政治统一体的整体形势。这里的情况是，有权力的人能够不间断地为顺从获得有效而且绝不总是非道德的动机，比如通过提供保护和有保障的生存，通过教化和对于他者而言团结性的利益。简而言之，共识导致权力，这没错，但是，权力也导致共识，并且任何情况下绝不会导致非理性或者非道德的共识。

年轻人 您要表达的是？

施米特 我的意思是，即便权力在所有服从权力的人的完全赞同下得到行使，它也仍具有某种独特的意义，可以说是一种剩余价值。它大于所有它所获得的赞同的总和，而且也大于其产品。您可以想想，今天劳动分工的社会中的人是多么地被牢牢套在社会关系中啊！不久前，我们看到自然樊篱退缩了，但是社会樊篱却愈发强大并步步紧逼着人们。这样一来，赞同权力的动机同样会越来越强。比起查理大帝或者巴巴罗萨大帝，①一位现代的掌权者可以使共识变为权力的手段是无限的。

三 权力的前厅与通往顶层之途径的问题

年轻人 您要表达的是，今天的掌权者可以为所欲为？

施米特 正好相反。我只想说的是，权力是个独特的独立的值，即便对于它所创造的共识也如此。我现在想给您说明的是，即便对于掌权者而言，它也是如此。相对于任何手握权力的人类个体，权力是一个客观、有自身规律的值。

---

① [译按] 查理大帝（Karl der Große，747—814），法兰克国王，公元 800 年加冕为神圣罗马皇帝。巴巴罗萨即神圣罗马帝国皇帝腓特烈一世（1155—1190），以武力著称。

年轻人 您这里说的客观、有自身规律的值指的是？

施米特 它指的是某种极其具象的事物。您想想看,即便最令人恐怖的掌权者,也都有人类体格的局限、人类智性的不足以及人类灵魂的缺陷。即便最为强有力的人也和我们一样,必须饮食,也会生老病死。

年轻人 不过,现代科学提供了令人惊叹的手段,用以逾越人类自然局限。

施米特 的确。掌权者可以延请最为著名的医生和诺贝尔奖获得者。他可以比所有人注射更多的针剂。尽管如此,工作几个小时之后,他也会劳累、昏昏欲睡,恐怖的卡拉卡拉①和强力的成吉思汗会瘫在那里如同幼儿,也许还会鼾声如雷。

年轻人 任何掌权者都应该时刻想到这个画面。

施米特 那是。这也是哲人、卫道士、教育家以及演说者等等所津津乐道的。我们不用在这上面花太多时间。我还想再提及的是,英国人霍布斯,他是具有纯粹属人权力的所有哲人里仍然最为现代的一位,他在他的国家学说中认为,所有人类个体都普遍有这样的弱点。霍布斯如此描述:危害产生于这一弱点,恐惧产生于危害,对安全的需求产生于恐惧,而从这样的需求中则又产生保护机制的必要性,这一保护机制具备或多或少复杂的组织。霍布斯称,尽管有这些保护措施,人和人之间时时刻刻还是会相互屠杀。弱者会变得有能力斩杀最强大最有权力的人。就人们相互威胁互为危害而言,所有人在这一点上的确是平等的。

年轻人 微不足道的慰藉。

施米特 我本来既没有想要使人得到慰藉,也没有要使人惶恐不安,我只想描述一幅属人权力的客观图像。因此,物理性的危

---

① [译按] 卡拉卡拉(Caracalla,188—217),全名 Marcus Aurellius Severus Antoninus,罗马皇帝,统治期间以残暴著称,曾颁布《安东尼努斯敕令》赋予帝国境内所有自由居民罗马公民权。

害只是最粗野的,甚至都算不上是日常性的。另外一种人类个体褊狭局限的后果则更适合来表现更重要的东西,即一切权力之于掌权者本身客观的自律性,和任何人类掌权者所陷入的权力与无能不可避免的内在辩证法。

年轻人　这个辩证法让我感到很棘手。

施米特　那我们来瞧一瞧。可以做出大的政治性决断的人类个体,他只能在给定的前提下并凭借给定的手段来进行决策。即便最专制的君主也得依赖于奏章、消息以及参事。无数的事态、禀奏、建言、猜度,夜以继日,时时刻刻,都不断催逼着他。即便最明智、最强有力的人,最多也只能从真理和谎言、现实性和可能性的潮水般、无穷的汪洋中挤出几滴水滴。

年轻人　专制君主的荣光与愁闷的确跃然眼前。

施米特　人们首先可以看到属人权力内在的辩证法。为当权者禀奏或向其提供消息的人,都已经分有了权力,无论他是一位负责联署的部长,抑或他精于以委婉方式向掌权者巧进忠言。只要他为须臾可做决断的人类个体留下印象并提供动机,就已经有了能力。这样一来,任何直接的权力立即就受到间接的影响。曾有一些当权者察觉到这种依赖性,他们为此大发雷霆。随后,他们试图自己主动,而不是在那些专门的参事那里获取信息。

年轻人　鉴于宫廷的腐败,这当然没错。

施米特　是的。不过遗憾的是,他们也由此陷入新的而且常常是滑稽可笑的依赖性。最后,哈伦·拉希德(Kalif Harun al Raschid)①乔装打扮成平民,夜里走进一家巴格达的酒肆,只是为了听取纯粹的真话。我无从知晓他在这个奇怪的地方找到了什么并且

---

① ［译按］哈伦·拉希德(763—809),阿拔斯王朝第 5 代哈里发,统治期间王朝国运达到鼎盛。曾亲自率兵入侵拜占庭的小亚细亚。作为人物形象,也出现在《天方夜谭》中。

喝到了什么。腓特烈大帝晚年过于多疑，最后只能和宫廷侍从弗里德斯多夫（Fredersdorff）①推心置腹，而这位侍从由此成为红极一时的人物，私下里他仍然那么忠实和温顺。

年轻人　而其他的当权者则找他们的车夫或者情人。

施米特　换句话说，在所有直接权力的厅堂之前，都会有一个发挥间接影响和力量的前厅，一个通达圣听的途径，一条通往当权者灵魂的走廊。所有属人权力都具有这样的前厅和走廊。

年轻人　不过总可以借助理性的惯例和宪法规定来阻止滥用。

施米特　人们可以而且也应该这样做。但是，还没有如此智慧的机制或如此精致的组织能够完全推倒那座前厅，没有任何针对秘密顾问团或者前厅议事的盛怒能将其铲除净尽。人们无法避开前厅本身。

年轻人　在我看来，它更像是暗楼梯。

施米特　或者前厅、暗楼梯、偏房、地下室等等，然而事物本身清晰可见，对于属人权力的辩证法而言未曾改变。无论如何，伴随着世界史的进程，这个权力的前厅纳入了各色各样、鱼龙混杂的团体。中间人在此云集，这里既有身着华服的部长和使节，也有告解神父和太医、副官和秘书、侍从和情妇。

就在这里，腓特烈大帝的侍从弗里德斯多夫与高贵的奥古斯塔女王、拉斯普京与黎塞琉主教、某位幕后人物与麦瑟琳娜并肩而立。这个前厅里时而出现机敏睿智之人，时而出现传奇的经纪人或乖巧的管事，时而出现愚蠢的逢迎者和骗子。前厅有时的确成为正式的议政厅，威严的先生们被召觐见之前在这里进行禀奏。而它常常只是一间私人的小房间。

年轻人　甚或一间病房，几位密友在瘫痪的君主床边围坐，统

---

① ［译按］弗里德斯多夫（1708—1758），全名 Michael Gabriel Fredersdorf，弗里德里希大王统治期间的心腹。

治着整个世界。

施米特 权力愈是集中在某一个地方、某个人或者某一个处于顶层的团体,走廊的问题和通达顶层的问题就会愈尖锐。而同时,那些认为占据前厅并掌控着走廊的人们之间的斗争,也就愈发激烈、顽强、难以察觉。间接影响之迷雾中的这场战争既不可避免,但对于所有属人权力而言却又是根本性的。其中上演着属人权力的内在辩证法。

年轻人 不过,这难道不纯粹是某个个人政权的产物么?

施米特 不是的。我们刚刚谈的走廊地带的形成过程,每天都在细小、极小的苗头中发生——无论大小——以及在所有人对其他人行使权力的地方。与权力—空间在其中酝酿的程度一样,这种权力的前厅也会立即组织起来。任何直接权力的上升,都会使得间接影响之迷雾愈浓、愈厚。

年轻人 那么,如若当权者失灵的话,反而甚至是件好事。但我不明白,这里的直接性抑或间接性,哪个更好些?

施米特 在我看来,间接性只是属人权力不可避免的辩证发展中的一个阶段。直接权力在掌权者个人那里愈是集中,他本人就愈发孤立。走廊地带将他从平地拔起,就好像把他提升到平流层,在那里,他还可以接触到那些间接主宰他的人,而同时他再也无法接触到那些被他施加权力的人,而且他们也不再能接触到他。

在极端状况下,这种情况常常以荒诞的方式近在咫尺。但这也只是不可避免的权力机制对当权者进行孤立的最坏结果。在无数日常生活的苗头中,同样的内在逻辑在直接权力和间接影响的不断变动中上演。没有任何属人权力能够逃脱这种自我声张和自我间离的辩证法。

插曲:俾斯麦与波萨侯爵

争取走廊地带和通往权力的途径的斗争,是一种特别激烈的

二 对 话

权力斗争,属人的权力和无能的内在辩证法通过它得以形成。我们必须不带修辞和感伤、也不带挖苦和虚无主义,先在其现实中审视这一事实。我想借如下两个例子来说明这个问题。

第一个例子是一宗宪法史档案:俾斯麦1890年3月的辞呈。俾斯麦《思考与回忆》卷三对此有提及和详细讨论。无论就其气质、思路或者表达某事和对某事表示缄默的语气,可以说,这一切都体现了一位治国术大师作品的深思熟虑。

这份辞呈是俾斯麦在任期间的最后一次行动,这份深思熟虑的档案是为后世构想和表述的。富有经验的帝国老总理、帝国的缔造者与不谙世事的年轻继任者、威廉二世国王和皇帝交锋,在内政和外交问题上,二者之间存在许多实质性的对立和龃龉。但是辞呈的核心,其跳跃性的一点只是纯粹形式上的:即关于总理、国王和皇帝允许如何和应该如何被禀奏这个问题的争论。

俾斯麦在这里据理力争完全自由地同谁交谈和在府邸延请谁的权利,而且他认为,当作为议会总统的他不在场时,国王和皇帝无权听取部长的奏呈。因此,是否直接报奏国王的问题成为俾斯麦递交辞呈的核心点。紧随俾斯麦递交辞呈的是第二帝国的悲剧。是否直接报奏国王的问题之所以是任何君主制的核心问题,是因为它事关通往顶层的途径问题。就连冯·施泰因男爵(Freiherr von Stein)①也曾不遗余力地与秘密内阁顾问作斗争。因此,俾斯麦也不可避免地在通往顶层途径的古老且永恒的问题上栽了跟头。

第二个例子来自席勒的戏剧诗作《唐·卡洛斯》。这位伟大的戏剧诗人以此证明了他对权力本质的洞见。戏剧的情节围绕着这样的问题:谁可以直接面见国王,即专制君主腓力二世?能直接面

---

① [译按]冯·施泰因(1757—1831)男爵,全名 Heinrich Friedrich Karl Reichsfreiherr vom und zum Stein,普鲁士政治家,对法战争战败之后"普鲁士改革"的推动者之一,军事家、政治家克劳塞维茨的同时代人。

见国王的人,就可以分有他的权力。

故事发生之前,国王的忏悔师与将军阿尔巴公爵占据着权力前厅的位置并封锁了上达天听的通道,而如今,出现了第三者,即波萨侯爵,其他二位立即意识到危险性。

第三幕尾声时,戏剧达到其张力的顶点,在这一幕的最后,国王下达命令:以后,骑士(也就是波萨侯爵)可以不用禀报直接觐见! 无论对于观众,还是对于戏剧中所有行动的人物来说,这无疑是一个巨大的戏剧效果。卡洛斯说:"这可的确异乎寻常","异乎寻常! 的确异乎寻常!"①忏悔师多明戈震颤地告诉阿尔巴公爵:"我们的好日子到头了。"

在这一高潮之后,出现了悲剧性的突然转折,即这部伟大戏剧的突转。成功取得直接面见国王的通道,对于不幸的侯爵正是致命的一击。至于他——如果他能够在国王面前坚持自己的立场——如何跟国王的忏悔师以及将军打交道,我们不得而知。

四 权力本身是好的/坏的/抑或中性的?

施米特 亲爱的 J. 先生,无论这两个例子多么令人印象深刻,您也不要忘了我们所关心的一切所处的上下文,也就是说,它是属人权力内在辩证法中的一个因素。还有其他问题,我们在这里也可以用同样方式来解释,比如,令人费解的权力继承问题,无论它是王朝性的、民主性的,抑或具有超凡魅力的。不过,这种辩证法意指什么,现在应该很清楚了。

年轻人 我只看到人的光辉和惨淡,而您一直在谈内在的辩证法。因此,我现在想提一个极为朴素的问题:如果人所行使的权力既不是来自上帝也不是来自自然,而是内在与人类的事物,那

---

① [译按]《唐·卡洛斯》引文中译见席勒,《席勒文集(3):戏剧卷》,张玉书译,北京:人民文学出版社,2005,页201,页283。

么,它就是善的或者恶的,抑或是其他吗?

施米特 比起您也许知晓的,这个问题要更为危险。因为大多数人都会极其想当然地回答:如果我拥有它的话,权力就是好的;如果我的敌人拥有它的话,权力就是恶的。

年轻人 我们更会这样说:权力自身既不是好的也不是恶的,它本身是中立的,它是人把它打扮成的那样:在好人手中它就是好的,而在恶人手中它就是恶的。

施米特 那在具体情况下谁来决定,某个人究竟是好是恶?当权者自己还是其他人?某个人有权力,首先意味着他自己来决定此事。这就是他的权力的一部分。如果其他人决定这件事,那么,其他人就拥有了权力,或者无论如何都是在向权力提出诉求。

年轻人 这样一来,权力本身看起来也许是中立的了。

施米特 信仰全能和仁慈上帝的人,既不会称权力是恶的也不会称其为中立的。众所周知,圣保罗,这位基督教的使徒,在罗马书中说:一切权力来自上帝。对此,神圣的大格里高利教宗,① 这位教宗性质的民牧的原型,曾最为清晰和坚决地表达过他的看法,请您来听听他是怎么说的:

> 上帝是至高的权力和至高的存在。一切权力皆为他所有,本质上是而且永远是神圣和善的。如若魔鬼拥有权力,那么,只要这个权力还成其为权力,它仍是神圣和善的。只有魔鬼的意志才是恶的。即便有这样魔鬼般恶的意志,权力本身仍然是神圣和善的。

圣大格里高利如是说。他说,只有权力意志才是恶的,而权力本身永远都是善的。

---

① [译按] 大格里高利(Gregor der Große,540—604),又译"大额我略",古代晚期基督教教父,509年出任罗马宗教。

年轻人 这简直难以置信。但是对我来说,布克哈特更有说服力,他明确说过,权力自身是恶的。

施米特 那么我们就更细致地看看布克哈特的这句名言。《世界史沉思录》中关键性的一段这样说,

> 权力自身是恶的(Schlosser 言),而且,从个人剥夺的自私自利的权利就被赋予了国家,而无需顾及任何宗教,这一点现在一目了然——去想想路易十四、拿破仑,以及法国大革命期间的人民政府!①

《沉思录》的编者、布克哈特的侄子厄里(Jacob Oeri)用方括号附上 Schlosser 的名字,要么作为凭据,要么作为权威。

年轻人 Schlosser,他可是歌德的妹丈啊。

施米特 歌德的妹丈叫 Johann Georg Schlosser,而这里指的是 Friedrich Christoph Schlosser,他是人文世界史的作者,布克哈特在他的大课上喜欢援引此人。但是两者,或者依我看,所有三个人,布克哈特和两位 Schlosser 加起来,都远远无法与大格里高利相提并论。

年轻人 但是,我们毕竟不再是古老的中世纪人啦!我敢肯定,比起大格里高利,布克哈特更能让今天的大多数人信服。

施米特 当然,自大格里高利以降,就权力而言也发生了质的变化。因为即便在大格里高利的时代也存在形形色色的战争和恐怖。另一方面,布克哈特专门用来说明权力之恶的当权者,如路易十四、拿破仑以及法国革命政府等等,都已经是相当现代的当权者了。

---

① [译按]参布克哈特(Jacob Burckhardt, 1818—1897),《世界史沉思录》(*Weltgeschichtliche Betrachtungen*. 1905),金寿福译,北京:清华大学出版社,2007,页 31。译文有改动。

年轻人 但他们还完全没有机械化,而且,他们还丝毫不知晓原子弹和氢弹。

施米特 我们虽然不能视 Schlosser 和布克哈特为神圣的,但可以视二位为虔敬的人,他们不会轻率地给出这样的表达。

年轻人 那么,一位 7 世纪的虔诚之人视权力为善的,而 19 世纪、20 世纪的虔诚之人却视之为恶的,这怎么可能呢?一定发生了质的改变。

施米特 我认为,在上个世纪,属人权力的本质是以十分特殊的方式展现给我们的。因为,权力是恶的观点直到 19 世纪才开始流行,这很奇怪。人们一直认为,如果权力既非来自上帝,亦非来自自然,而只是某种人们私下达成的东西,似乎权力问题就被解决了或者弱化了。

如果上帝死了,而且狼甚至无法唬住小孩,人还有什么可畏惧的?但是自从权力的属人化似乎得以完成的世纪,即法国大革命时期,权力本身是恶的信念才开始一发不可收拾地流行开来。"上帝死了"和"权力本身是恶的"名言都出自同一个时期和同一种处境。两句话在根本上说的是同样的内容。

五 权力强于善好/或邪恶/抑或人的中立性

年轻人 但这还需要有所说明。

施米特 要正确理解属人权力的本质,就如它在我们当今处境中所呈现的那样,我们最好借用一种关系,这是前面已经谈到的英国哲人所发现的,他是迄今纯粹属人权力的最为现代的哲人。他最为详细地表达和定义了这种关系,根据他的名字,我想把它命名为"霍布斯危险关系说"。霍布斯称,比起任何动物,人之于他所认为受其威胁的他人要更为危险,就如与动物的武器相比,人类的武器更为危险那样。这是一个清晰和肯定的关系。

年轻人 斯宾格勒也说过,人是猛兽。

施米特 请原谅!霍布斯所说的危险关系与斯宾格勒所持的观点没有丝毫关联。相反,霍布斯的前提是人不是动物,而是其他什么,一方面不足,一方面又过多。人能够借助科技发明以惊人的方式均衡和过度均衡生物性的弱点和缺陷。

请注意,1650 年前后,当霍布斯表述这一比例关系时,人类的武器(弓与箭、斧与刀、枪与炮)与狮子的利爪或狼的尖牙相比,已经远远领先而且足够危险。而今天,技术手段的危险性已经提升到难以想象的程度。因此,人之于人的危险性也相应地提升了,由此,权力与无能的差别毫无止境地增长,以至于把人本身的概念也拖入了全新的设问中。

年轻人 我理解不了。

施米特 仔细听着,这里所说的人究竟是谁?是那些生产并使用现代毁灭性手段的人,还是那些受制于这些手段的人?如果有人说"权力与技术一样,本身并不是善的或者恶的,而只是中立的。因此,它是人把它打扮成的那样",那么,这对我们的理解毫无助益。这只会绕开本质性的困难,即谁来决定善恶的问题。

现代毁灭性手段的权力远超于人类个体——他们发明并使用这些手段——的力量,同样,现代机器和程序的可能性也远超于人类肌肉和大脑的力量。在这些大气层和超声波领域,善或恶的人类意志是丝毫领会不了的。托举原子弹的人类的胳臂,支配这支人类胳臂肌肉的大脑,在关键时刻与其说是个体人类的关节,毋宁说是假肢,或制造并使用原子弹的技术和社会装置的一部分。个体当权者的权力在这里只是如下状况的分泌物:这种状况来自一个不可预估的发达分工体系。

年轻人 我们今天可以进入大气层、进入超声波领域,或者进入太空,而且,我们拥有可以比任何人脑都算得更快更好的机器,这难道不是很了不起么?

施米特 根本问题就在于这个"我们"。① 它已经不是作为人的人,而是由人引起的连锁反应,是这个连锁反应完成了一切。通过超逾人类体格的局限,它也使得人际间任何人对人的权力的尺度超验化。它也践踏了保护与顺从的关系。比起科技,权力越来越远地从人的手中滑落,而凭借这些技术手段行使权力的人,再也无法领导那些隶属于其权力的人。

年轻人 但是那些发明和生产现代毁灭性手段的人也只是人啊。

施米特 而与之相对,由他们引起的权力是个客观、自律的值,这个值无限地超逾了单个人类发明者有限的物理、智力以及灵魂力量。在发明这种毁灭性手段的同时,发明者也在无意识地促成新的利维坦的诞生。16、17 世纪现代、有条不紊的欧洲国家,就已经是个技术性的人工产物,是由人所创造、由人所组成的超-人。这个超-人在利维坦的图像中作为 makros anthropos［大人］,凭借超-力量与生产它的 mikros anthropos［小人］,即单个的个体作斗争。

在此意义上,运行良好的近代欧洲国家就是第一个现代机器,同时也是一切后来的技术性机器具体的前提。它是机器的机器,是 machina machinarum,是由人组成的超-人,他在人的共识中形成,并且在生成的刹那,他也超逾了人的共识。

正是由于这里指的是由人组织的权力,布克哈特才视其自身为恶的。因此,他在他的名言中才没有让人们注意尼禄②或者成吉思汗,而是提到典型的现代欧洲当权者:路易十四、拿破仑以及

---

① ［译按］参《从囹圄中获救》,前揭页 365,"我们现今的祖父们所称的我们含有某些动人的东西,其基础是与世界主宰者们的天真的认同,即与那些 50 年后技术手段将为之服务、解放了的生产力将实现其愿望的人们认同。所有进步神话都立足于这类认同,即立足于这类童稚的假设:人们将属于新天堂的众神之列。"
② ［译按］尼禄(Nero Claudius Caesar Augustus Germanicus, 37—68),罗马帝国皇帝,统治期间以骄奢、残暴著称,将业师、廊下派哲人塞涅卡赐死。

法国大革命的人民政府。

年轻人　或许,未来的科学发明会改变这一切,并带来秩序。

施米特　那再好不过。但是,权力和无能在今天已不再亲近地交锋而且也不再私下对视,那些发明要如何改变这种情况?感知到无能为力地受制于现代毁灭性手段之影响的大众,尤其清楚的是,他们无可奈何。权力的现实对人的现实熟视无睹。

我并不是说,人加于人的权力就是善好的,而且也不是说它是恶的,更不是说它是中立的。如果我作为思考性的人而说出"若我掌权,它就是善好的,若敌人掌权,它就是恶的"这样的话来,我会以此为耻的。我只是说,它对于每个人,也包括当权者,都是独立的现实,并且会将其纳入自身的辩证法。权力比任何权力意志都要强,而且也强于任何属人的善,而且幸运的是,也强于任何属人的恶。

[尾声]

年轻人　作为客观值的权力强于那些行使权力之人的恶,这虽然让人欣慰,但是,另一方面,它也强于人之善好,这却差强人意。对我而言,它不够正面。幸好您不是马基雅维利主义者。

施米特　我当然不是。顺便说一句,马基雅维利(Machiavelli)也并非马基雅维利主义者。

年轻人　这在我看来太过悖谬。

施米特　我认为很简单,如果马基雅维利曾是马基雅维利主义者的话,他肯定不会留下给自己带来坏名声的著述。他也许会发表一些虔敬、修身的作品,最好是一部"反马基雅维利"。①

年轻人　这当然就过于狡猾了。那么,您的观念总得实践性

---

① [译按] 弗里德里希大王年轻时在无忧宫哲人伏尔泰的影响下,曾写出一部颇具启蒙精神的作品《反马基雅维利》(*Anti-Machiavel*. 1740)。

地得到实际应用吧。那我们现在究竟应该做什么？

施米特　我们应该做什么？您还记得我们一开始的对话吗？您问我，我自己是有权之人还是无权之人。我们现在可以把矛头反过来了，我来问您：您自己有权力，还是无权力？

年轻人　您貌似想摆脱我问的实际应用问题。

施米特　相反，我只想给您的问题做出满意答复来创造可能性。当一个人着眼于权力来追问实际应用时，那么，此人本身有权力或者无权力，就有可能会有区别。

年轻人　那当然。不过，您一直在说，权力是客观性的，并且强于任何运用它的人。这样您就得给出几个实践应用的例子。

施米特　这样的例子难以胜数，无论对于有权力者，还是对于无权力者。如果有人能做到使真实的权力公开、直观地在政治舞台上上演，这便是一个伟大的创举。比如，我会建议当权者永远不要不身着政府或者相应的制服出现在公共视野。我会向无权力者说，不要相信因为你无权力你便是善好的。如果他因为没有权力而备受折磨，那么我会提醒他，权力意志与享乐意志或者其他任何奢求更多的欲求一样，都是自我毁灭性的。

我想让立宪或宪法顾问委员会的成员注意关切通往顶层的途径的问题，以使他们不致于认为，他们可以依照某个样式，像安排某个早已娴熟的工作那样，去安排他们国家的政府。总之，您看到了，有许许多多实践性的应用。

年轻人　但是，人呢！人的位置在何处？

施米特　一个人（无论有权力或无权力）所思或所作的一切，超越于人类意识及其他属人-个体能力的走廊。

年轻人　因此，人之于人就是人了。

施米特　他也是如此。不过也只是具象的。比如，这意味着：作为人的斯大林对于作为人的托洛茨基是斯大林，而作为人的托洛茨基对于作为人的斯大林是托洛茨基。

年轻人　这是您最后要说的么？

施米特 不是。我想要以此告诉您的是,美妙的公式"人之于人是人,homo homini homo"并非答案,而只是我们的问题的开始。我的看法虽然是批判性的,但是我完全赞同,即在如下精彩诗句的意义上:

> 尽管如此,作为人
> 仍是个决断。①

这才是我最后要说的。

---

① [译按] 出自 Theodor Däubler, *Das Nordlicht*. Teil 2, München; Leipzig 1910, 页 540—541。

三 杂 诗

滑稽的里尔克
（1910）

［原题"Der burleske Rilke"（1910），刊于 *Frankfurter Allgemeine Zeitung*，1993年10月7日。］

  我只是个烟蒂
  被上帝从烟嘴吹出
  不经意地遗弃不顾。
  人人踩着它去溜达。
  在马路上受尽折磨。
  我是可怜的蛋壳，
  是被放弃在车厢里，
  无人问津的
  过期杂志。

上帝的阴影
（1922—1924）

[译自 *Der Schatten Gottes. Introspektionen*, *Tagebücher und Briefe* 1921 bis 1924, Gerd Giesler/Ernst Hüsmert/Wolfgang H. Spindler 编，2014，页 549；《上帝的阴影》是施米特为此时期的笔记和感想取的名称。]

  我已经在许多屋里住过
  我已经在许多女人那里借宿过
  对我而言不存在绝对的渴望
  我了解一切憧憬的现实
  和一切满足的现实

  亲爱的读者，也许你
  是堕落了的主体，也许你
  在风月场游荡，读着法兰克福报纸。
  也许你认为豪普特曼是伟大诗人
  并认为里尔克是天才。
  不用担心，我爱着你。

抒情虚无主义的哥特弗里德
（1951）

["Lyrisch-nihilistischer Gottfried"，见 *Die neue Gesellschaft*，Bemerkungen zum Zeitbewußtsein, Rüdiger Altmann/Johannes Gross, 1958，页99；该诗是对德国诗人贝恩（Gottfried Benn）的讥讽。]

  这里有位怀有崇高虔敬
  情感的和平主义者
  在沉闷的抑扬扬格上滑行
  到他异国情调的诗歌

  刺耳墨西哥嘎巴琴
  纹花了皮肤
  而无韵短长格中
  勿忘草悄悄变蓝

1952年除夕夜普通德国人的新年歌曲
(1952)

["Neujahrslied eines normalen Deutschen am Syvesterabend 1952",见 *Gedichte für und von Carl Schmitt*. Gerd Giesler/Ernst Hüsmert/Wolfgang H. Spindler 编,2011,页 22。]

我不是还乡者,
也不是内部的。①
我将汲汲无名
从头开始做。
没有什么裁判法庭
可将我诱至陷阱,
没有十字勋章
会挂在我胸膛。

---

① 施米特在此暗示的是战争期间的流亡者和"内心流亡"人员。

国歌的新情形
（1954）

["Neuer Stand der Nationalhymne"，1954 年 9 月 15 日，见 *Gedichte für und von Carl Schmitt*，页 22。按，德意志联邦共和国成立之后，1950 年至 1952 年间，当时的联邦总统霍伊斯（Theodor Heuss）与联邦总理阿登纳（Konrad Adenauer）关于德国国歌展开争论。霍伊斯倾向于采取新国歌，由施罗德（Rudolf Alexander Schröder）作词，罗伊特（Hermann Reutter）谱曲；而阿登纳则坚持延用魏玛民国的传统，即《德意志之歌》，但只取第三段。]

　　从杜塞尔河至易北河，
　　从巴特特尔茨至德格洛赫，
　　这个德意志仍是同一个
　　身份上依然绵延不绝

　　从涅卡河至金齐溪，
　　从巴特艾姆斯至德格洛赫，
　　这个德意志极其微小，
　　身份上依然是同一个。

实体与主体
——谣曲论纯粹之在
(1955)

["DIE SUB-STANZ UND DAS SUB-JEKT: Ballade vom reinen Sein",见 *Carl Schmitt-Briefwechsel mit einem seiner Schüler*,1955 年 4 月 20 日,页 192—198;在其他地方发表时化名 Eric Strauss,在致莫勒信中用笔名 Bert Ibsenstein;由于 Subjekt 和 Substanz 与 Sub 分离之后无具体意义,因此,这里仍给出原文,只将 Sub 译为"下,次,次物"。关于这两个哲学概念带来的棘手困境,《哲学历史大辞典》编者曾提到施米特这首谣曲的建议,参 *Historisches Wörterbuch der Philosophie*,卷十,1998,"前言"。]

起　始

实体与主体
懒散地展开四体
实体在把文章消化
作者名叫斯宾诺莎
主体只阅读黑格尔
举动就像只蝙蝠儿
它们都把心思挖
要将对方给分化

去次物化

突然实体和主体
惊恐地面面相觑

三 杂 诗

这实体,到底为何是这?
那主体,到底为何是那?
糟糕的问题:哪儿并如何?
糟糕的问题:谁家和是啥?
这些问题既澄明"在"
又质疑"在"
恐惧与惊悚把它们席卷
当它们仔细地对看
次物像个大酒囊
挂在肚前晃荡
像个完全陌生的整全
肥囔囔的肚腩
像件老旧衬衫
异乎此类嫁接一般
Stanz 和 Jekt 前的次物
是谁把它捏造出?

二者觉得被涂上污点
心怀深深的怒怨
来反对这次物的缺陷
把这陌生的次物反对
它们都给了一个推力
不再是主体不再是实体
不再是实体不再是主体
随着强烈冲破
Stanz 和 Jekt 各自拉扯
个个都从次物逃脱
新的 Stanz-Jekt 二元体
敢于跳入自由王国去

拆散已经完成
业已达成校正
去次物化完美
各个散发纯粹的光泽
只剩 Stanz 只剩 Jekt
只剩 Jekt 只剩 Stanz
不再是虚假而是纯粹之在
不再 seiend［存在］而只 seinend［使在］
没有任何"在"之不足

深刻地切断和解开
完全地拆开和矫正
全然地减负和去污
Stanz 和 Jekt 迈开大步
Stanz 冲压着（stanzend）自己 Jekt 投掷着（jektend）自己
二者迈着大步走向
新的此在之林中空地

次物的起义

Stanz 只不过是 Stanzität
而由 Jektität 组成的 Jekt
讥讽地吹起自己的鼻孔
二者都使在地（seinend）一目了然
而两个次物躺着
好像两只肥胖死苍蝇
既没有被冲压也没有被投掷
在结实的元素中

三 杂 诗

质体上沾满泥土被弄脏

不过它们仍前后一致
它们满腔怒火地得知
宇宙中发生的情事
通过行动它们消灭
一切附加的谓项
它们充满鄙夷地决定
去从事地下活动
世界要变为碎片
让它活在地下
若其他一切都统一化
我们虽不成体统
但我们因此更加紧密
对现成在手更为痴迷

当世界毁灭
次主体性欣欣向荣
每个次物无论是谁
都在自身隐匿着世界之蛋
为了清洗地上的世界
我们只需要团结
地下世界的意识
爆破地上世界的痂皮
看呐，它已在流动
我们古老的阿刻戎

次物的反击

人们的确看到河港中

所有的次物正在聚拢
次物不计其数
在行进队伍里拥簇
月亮之下地表之下
海洋之下表皮之下
人们看到极其可疑的实体
次浪漫化地光彩熠熠
长癣的寄生虫
比那些次物们更贱
柔和的下属音
伪造的次附庸者
额头赫然写着
辅助性原则
大批鲜明的代理
把它们追随
最后还有升华物
它们虽然聊可点缀
终究还是流入
巨大的次协会

这个成群结队的次物
建立了野蛮的俱乐部
它无拘无束
把自己向物质纳入
完全违反未来地
不知羞耻明显做着减法
一个真正的地下世界
美滋滋地把闷解
它的狂欢恣纵地令人恐慌

并且持续到翌日早上

再次物化

怒吼惊吓了 Stanz 和 Jekt
它们纯粹的原在之光
变成荒谬的炫耀
而只残留镀层
围绕着的一切
都变成真空
它们含羞草般惊惧
它们丢了裤子
拉着丢了次物的脸
它们使在地按着自己的脚步
趔趄在种种虚无
它们只会使自己在(sich seinen)向死亡
它们的社会结构
逐渐过时
它们的手无助地颤抖
上方叫什么？下方叫什么？
这时次联盟中
它们狂野的兄弟顿足捶胸

兄弟们愈发粗暴
Stanz 和 Jekt 则愈发疲劳
越是疲劳越是迟到
它们仍是次叛变者
而且根本上有罪
人们拉着它们的皮

去他的可恶光芒!
去他的愚蠢夸耀!
让它们赎罪并赔偿!
不过时间也使迫害中的扫罗
变得懒散和虚弱
最终次文化高奏凯歌
人们自我安慰:就让他们
尽管纯粹在之活动
仍与我们保持相似

替代与复原
结束了革命
即便最糟糕的次物也遗忘
即便没有什么去掠抢
再次物化结束
其中使用了措辞
怜悯攫住曾经如此无礼的
以及两个纯粹疲惫的
人们允许疲惫的纯粹者
出现在次俱乐部

看呐!疲惫的纯粹者
急忙地出现在那里
人人都打心底愿意
变得稍稍附依
人人都将察觉
我们都属俗世

于是在巨大公共汽车中

一切皆按必须的运行
Jekt 目不转睛放肆无礼
向一个次物伸出兄弟之手
Stanz 不堪其扰
便与一个次物结对
紧接着无畏的分离
如今是总体抹拭

尾声

在谣曲的尾声
一切又归于从前
不过弯路并不可惜
它显明了一切
在微妙的照亮存在中
它提出了问题
实体又是实体
不过充满讽刺
主体又是主体
但也是出于自己的兴致
革新的实体
咀嚼着托马斯·曼的书本
但同时在维谢特那里
免受讽刺①

主体读着马利坦②

---

① 托马斯·曼(Thoms Mann,1875—1955)和维谢特(Ernst Wiechert,1887—1950),二者皆为德国作家,二战期间,前者流亡美国,后者是所谓的"内心流亡"作家。
② 马利坦(Jacques Maritain,1882—1973),法国哲学家,为 1927 年诺贝尔文学奖得主伯格森(Henri Bergson,1859—1941)的学生。

却表现地实际
但是它问到:为了谁的好处?
同时以纪奥诺①为标鹄
托马斯·曼以摇摆电闸
可以确保到耄耋年华

以往敌对的
友爱地相互亲吻
一切都阴险地和平相处
一切都惬意地相互仇恨
一切都在地下摇摆
没有谁过分地装腔作势
一片祥和而和谐
杂拌着反讽

实体与主体
懒散地展开四体

---

① 纪奥诺(Jean Giono,1895—1970),法国作家,曾将梅尔维尔(Hermann Melvile)介绍给法语读者,翻译过梅氏《白鲸》。

致阿米尼乌斯

（1956年色当节）

["seinem lieben Arminius zum Sedan-Tag 1956"，见：*Carl Schmitt-Briefwechsel mit einem seiner Schüler*，1956年9月2日，页225—226；化名 Erich Strauss；色当节是德意志第二帝国（1871—1918）用来纪念色当战役胜利的节日，1919年被取消。]

> 我们曾经是诗人和思想者
> 之后变为毁灭者和埋人者
> 人们眼中卑鄙的人类形象玷污者
> 如今我们是纯真的电波收听者
> 和勤勉的单子窗户清洁者
> 但是莱布尼茨的单子
> 明明没有窗扉
> 这些窗户是面子
> 而清洁者是魔鬼：
> 相对而言，电波
> 毋庸置疑地真实。

1957 年新年问候

（1956）

["Neujahrsgruß 1957", 见: *Carl Schmitt-Briefwechsel mit einem seiner Schüler*, 1956 年 12 月 15 日, 页 23。]

左 [派]
如今时机来临
它把一切不义治好
不再夺取
只有分割

右 [派]
我的心里多么压抑
我们被多面夹击
不再夺取
只有分割

致阿米尼乌斯
siempre suyo [永远都是你的]
Don Capisco
56 年 12 月 25 日

莫泽老人咏怀
（1957）

["gesang des alten mosellaners 1957"，见：*Carl Schmitt-Briefwechsel mit einem seiner Schüler*，1957 年 1 月 5 日，页 232；施米特在诗歌末尾附注："科耶夫认为，平信徒本来就有许多血。"]

  如今人类在被一统
  莫泽河在被疏通
  圣体仍然蜷起
  平信徒难见圣杯

  亲爱的上帝仍难一睹
  整个世界变为熔炉
  自动化在全球化
  平信徒被递上佛罗拿①

---

① 弗罗拿（Veronal），也称佛罗那、巴比妥（Barbital），是一种镇痛剂，也被用来催眠。

坏消息
（1957）

["Schlimme Kunde", 见 *Ernst Jünger-Carl Schmitt, Briefwechsel* 1930—1983, Helmut Kiesel 编, 1999, 1957 年 8 月 25 日, 页 340—34。]

  一位顾客带来一则消息
  它几乎像个女顾客
  她在黑暗的时刻
  产下咨询服务方案

  受诅咒的恐怖时分
  咨询服务成为热核
  消息使人消亡
  因为撒旦是其上等顾客

  而……[编按，后来手写补上"爱因斯坦"]
  是其下等顾客

中立主义者之歌

(1957)

["Lied des Neutralisten"(1957),见 *Die neue Gesellschaft*,Bemerkungen zum Zeitbewußtsein, Rüdiger Altmann/Johannes Gross,1958,页 86;化名 Eric Strau。]

我们身在封锁之外
我们只穿和平制服
而不再穿军事制服

扔掉所有谋杀的手枪
中立性就是口号
然后人类便会一致

目标就是绝对和平
我们以这首歌来效劳
它的社会价值巨大

我们从所有欺骗中康复
倘若还要读什么
最多读些列宁或者施笃姆[①]

[①] 施笃姆(Theodor Storm1817—1888),德国法学家、律师、现实主义时期作家,与古典学者蒙森(Theodor Mommsen,1817—1903)交好。是"五四"以来最受欢迎的德语作家之一,以《茵梦湖》和《白马骑士》为我国读者所熟悉。参施笃姆,《茵梦湖》,杨武能译,南京:译林出版社,1998。

我们叫他阿多诺

（1960）

["We call him Adorno"（约 1960），见 Reinhard Mehring, *Carl Schmitt zur Einführung*. 2011，第四版，页 10。]

从牧草谷传来①
的消息
令我们大为惊异
那里住着一位恶劣作家
他吐到所有泉眼
他撒到所有溪流
他坐在所有浪尖
滑向所有专业

人们听他在所有电台
卖劲声嘶力竭
他本来就主宰
蟑螂俱乐部。
此时他无所不在
在所有祭仪代理的畜棚
在所有电视节目
完全的大侏儒

---

① 牧草谷（Wiesengrund）是对阿多诺名字的影射（Theodor Wiesengrund Adorno）。

大额有奖竞猜

（1960）

["Großes Preisrätsel"，见：*Carl Schmitt-Briefwechsel mit einem seiner Schüler*，1960 年 3 月 22 日，页 27。]

带着经济肚瓜细绳脑袋
长着严肃的集体羞愧额头
出现了一般性事物
不过也有一些弗朗克
还有些福尔特——不过并不两样：①
那么告诉我，我指的是什么

---

① 诗中的"一般性事物"（die Allgemeine）和"弗朗克"以及"福尔特"（Furt），似是影射在德国影响巨大的"法兰克福汇报"（*Frankfurter Allgemeine Zeitung*）。

什么都不是的许勒[①]
(1960)

["Keines Schüle",见:*Carl Schmitt-Briefwechsel mit einem seiner Schüler*,1960 年 5 月 5 日,页 28。]

  什么都不是的许勒
  阴沉的闷热
  碍手碍脚给自己分享
  这文集纯粹的凉爽

  读者要注意,读者要感受:
  这里阻碍你的的确确
  不是阿道夫·许勒
  而凑凑合合地是
  卡尔·施米特

[①] 图宾根大学宪法教师许勒(Adolf Schüle,1901—1967)在 1959 年第十四期《法学家报》(*Juristenzeitung*,页 729—731)撰文猛烈抨击《施米特纪念文集》的编者热情地表彰一位"对于法律实在的价值完全漠不关心的法学家"。这一指责引发了激烈的笔战。

阿里-比比:戈维多式的浪漫曲
（1960）

["Ali-Bibi. Romanze in der Art Quevedos von Erich Strauss. Dezember 1960",见:*Carl Schmitt-Briefwechsel mit einem seiner Schüler*,1960年12月7日,页296;施米特在诗歌旁边附注:"这位施米特先生好像就是德国人总的无罪证明（Alibi général）"（1960年7月21日,《法兰克福汇报》第168期读者来信）。德文词Alibi意为"不在犯罪现场的证明;无罪证明"。]

你是谁？Tu, quis es?[①]

我不是伟大的阿里-巴巴,
不,我是十分渺小的阿里-比比,
但是我的社会价值极其巨大。

阿里-巴巴与四十大盗拼命苦干
而成千个无赖通过我来自我净化
成千个无赖紧锣密鼓对我进行间离
直到他们西装笔挺或身着衬衫光鲜示人,
所有无一例外都是更好的正派人,
他们从我身上剪出自己的无罪证明-今天,
而他们昨天已发现,或许当代史知道,
而他们明天将发现,诸神自己也无从知晓,
但是今天,他们今天在我这个小小阿里-比比身上

[①] 参Carl Schmitt,《从囹圄中获救》,见《论断与概念》,朱雁冰译,上海:上海人民出版社,2006,页327。

找到他们极大的、全部总的无罪证明。

阿里-巴巴是个小小强盗头子,
阿里-比比是个伟大的将军。

藻厄兰老人之怨

（1960）

["Klage eines alten Mannes im Sauerland"，见：*Carl Schmitt-Briefwechsel mit einem seiner Schüler*，1960 年 11 月 18 日，页 292。]

的的确确我真是可怜，
总统们把唾沫啐上脸，
老旧-联邦-总统。
而不只在旧的联邦，
不，还有崭新的联邦
对于所有名流
我仍只是只死狗。
的的确确我无法再安宁，
确实得有所行动
稍稍捍卫自己的立场。
因此我从教授罗伊斯
转向求助世人之父宙斯
向他唱一曲怨歌，
它从我心头缓缓经过——
把祖先宙斯赞扬。

怨歌——祖先宙斯颂

宙斯，你这全能者，
请听我言！
罗伊斯，那被授权者，

在我们这里不自谦!
这里的情况
愈发狭隘,
更为难堪的是,
尘世的残渣成为王牌。

曾经的被授权者,
如今的被夺权者,
他把这个我来紧逼。
请帮助我,全能者,
因为禁忌保护
被授权者——
只有你,全能者,
才能拯救。

1961年元月

（1961）

["Januar 1961"，见：*Carl Schmitt-Briefwechsel mit einem seiner Schüler*，1961年1月15日，页300；手写稿，诗歌旁边注有："私人/勿外传"。]

  这个国度是珀尔西里亚
  位于现代色尼利亚的
  神奇-共和国
  正经历着自己的命运
  处处堆满化石
  死亡正在逼迫——
  但上面坐着一位老者
  他的脑袋灵活——
  自助又助人家。

林中漫步

(1961)

["Der Waldgang",见 *Jünger-Schmitt*, *Briefwechsel*,1961年12月16日,页873—874;诗歌题目影射恽格尔(Ernst Jünger)发表于1951年的同名作品。]

小学教师的孩子①许久
没有在战壕奔跑;
他们的营地如今是森林,
是纯粹精神性的样貌。

因为这些英勇的男孩
富有非凡精神天赋
当他们在森林散步
人们可以最清晰地认识

然而它并非十足的溜达
而更多是紧张的散步,
伴有许多赞扬,高级骑士团,
他们早已无拘无束。②

他们的林中漫步是细微地追逐

---

① 恽格尔祖父为汉诺威一所高中的高中教师。
② "无拘无束"(désinvolture)是恽格尔在作品中多次强调的一种态度。参 Ernst Jünger, *Das abenteuerliche Herz. Zweite Fassung. Figuren und Capriccios*. Hanseatische Verlagsanstalt 1938。

三 杂 诗

甲壳虫以及类似的问题①
他们记载所作所为
日记一直准备就绪

大大小小的世界在他们
日记本中似乎如此构造
骑士团最为谨慎地
对上面的内容大吹大擂

森林感到自己备受
如此多高贵、风纪、价值的景仰
作为忠实的动物他奉献
他的木材作为日记用纸

然而小学教师的孩子
并不在乎木浆纸
他们的林中漫步，一页页，
在不含木浆纸的桶形讲台进行

继续吧，你们这勇敢的神童！
再给我们赠予许多才能！
不要因为任何阻碍而松懈：
诺贝尔奖是你们的无疑！

> 1961 年 12 月 16 日，
> 于伊瑟隆(Iserlohn)

---

① 恽格尔有题为 *Subtile Jagd*（Klett-Cotta 1967）的随笔集。

存在与时间
——二人对唱/1962年6月
（1962）

["Sein und Zeit. Gesang zu Zweit/Juni 1962"，见：*Carl Schmitt-Briefwechsel mit einem seiner Schüler*，1962年7月15日，页319—320。]

人物：1. 卓别林（Charlie Chaplin），牛津大学荣誉博士（存在）
　　　2. 多恩霍夫（Marion Gräfin Dönhoff），史密斯学院荣誉博士（时间）[1]
声乐：男低音与女高音

第一章节

男低音：女伯爵按古老的方式
怀着新-大西洋的情感轰鸣[2]
在每一次旅行都在实践
同样极有魅力的风格

女高音：您的容貌给了西方力量
给了大西洋大空间勇气
如今您崇高事工的回报
便是一顶荣誉博士帽

---

[1] 多恩霍夫（1909—2002），曾任德国报纸《时代》（*Die Zeit*）总编。
[2] 此处明显在戏拟歌德《浮士德》"天堂序曲"的开篇。另外，诗中"女伯爵"（Jräfin）和"情感"（Jefiehl）二词使用的是柏林方言。

第二章节

男低音:当然如此尊贵的女士
不能与牛津大学博士等同;
人们只把卓别林
列入如此高的价值王国

女高音:不过总归是一顶小帽,
一份社会声望抵押品,
一小块精神贵族地产

合唱:对于各种各样的女伯爵

在卡尔斯鲁厄生长着①
(1964)

["In Karlsruh wächst"(1964 年 4 月),见 Reinhard Mehring, *Carl Schmitt*, *Aufstieg und Fall*, 2009, 页 523。]

  在卡尔斯鲁厄长着一棵橡胶树
  幽灵簌簌地穿过房屋
  在它们的橡胶树
  挂起它们的价值梦当礼物
  哎呦——
  你究竟是何态度?
  我们说:嘘——塔布(tabu)!

---

① 鉴于 1961 年 2 月联邦宪法法院所谓的"电视决议"(Fernseh-Urteil)以及先前的决议,施米特批评把基本法解读为价值体系。

押韵自行停止

(1966)

["Das Reimen hört von selber auf",见:*Carl Schmitt-Briefwechsel mit einem seiner Schüler*,1966年3月9日,页369—370。]

押韵自行停止,
谁今日作诗,便在
错误维度向上逢迎;
人们已经知道,知道那古老的路数。

谁今日作诗,便会胶着和受骗
即便他的诗行狡猾
就如曾在里尔克那里萌芽。
他早已知晓那个路数
并自称玛利亚。①

---

① 里尔克(1875—1926)全名为 Rainer Maria Rilke。

致笔管先生
（1968）

["Lyrische Antwort an einen Schreihals", 见: *Carl Schmitt-Briefwechsel mit einem seiner Schüler*, 1974 年 6 月 16 日, 页 405。]

我本想去和解,
但一只狗在狂吠。
狗在叫什么?
它在叫:人之于人是人。
人啊,不要作诗,
最好让人押狗韵,
而不是人押人韵,
就让狗叫吧。

C.S.
1968 年 5 月 12 日
复活节后第四个星期天

无题诗

（1980）

［诗摘，见 *Carl Schmitt-Briefwechsel mit einem seiner Schüler*，1980 年 7 月 30 日，页 427；原诗为残篇，见 Konrad Weiß，*Gedichte* 1914—1939，Friedhelm Kemp 编，1961，页 722；方括号中的内容为施米特所加，另外，施米特对两节诗歌的最后一句都有改动。］

［死亡之前的魏斯致生命：］
你这神圣的银蓝色白昼，
你难道想辜负韶光？
你翅膀的扑簌已经沉闷，
最后的扑簌——勿让我孤身一人！①

［死亡答道：］
倘若如今世界在你周围
从未如此静悄悄地破碎，
你为何不愿进入我的阴影帐幕？
你是谁，我不认识吗？②

---

① 原文为"最后的扑簌——勿让我们孤独！"。
② 原文为"你想要什么，我不认识你吗？"。

四 日 记

四元數

1947 年 8 月 26 日

……同情＝自我和貌似的对立。人们只有对自己的同情。何谓同情？与其他人的认同。〈因此,〉与我的认同,不过更多的是,我自己与他者的认同。总之,同情是 self-pity［自我怜悯］。我以针对德意志人的指责为耻,人们称德意志人同情自己。

当某个人情况糟糕时,而同情是首要的人道德性时,那么,可怜的德国人就不应该自我同情吗？自鸣得意的人道花腔,不知羞耻的伪善。卢梭是所有这些谎言的始作俑者。不过他至少还是个可怜的被折磨的魔鬼,无助的波希米亚人。而眼下,吃得肚肥腰圆的暴饮暴食者到来,发现我们的饿死鬼在道德上令人作呕。

1949 年 12 月 20 日

同情建立于认同之上,同情的神秘主义者——卢梭和叔本华——从中制作出神奇的身份。但是,人们所意识到的同情只会是自我同情,因而也只是自我欺骗。

恽格尔的利用方式令人咋舌。身后事和身后名都被计算在内了。关于迄今以来观念的诸多日记,本来只能留给后世,但是当所有参与者都在世的时候,便被作者本人文学性地利用了,作为一般的作品出版物。小说《太阳国》立刻就在太阳国出版社出版。一本书的书名立即提升为出版社的名称。就好像荷尔德林立刻能让《许佩里翁》在许佩里翁出版社出版一样。

也就是说,未来的文学命运总是立刻就能得到兑现。《浮士德》会在浮士德出版社出版,席勒的《强盗》会在强盗出版社出版,弗莱塔克的小说《应该与拥有》会在应该与拥有出版社出版,陀思妥耶夫斯基的《白痴》会在白痴出版社出版,这样说也许无伤大雅。不,还是有些不同。这是许佩里翁出版社沉默的非分之想。

埃洛(Ernest Hello)这样看雨果(Victor Hugo):……①这便是想象力,它比〈幻觉〉更为丰富。在五彩斑斓的时代很重要!多伯勒释放的诗行类似于释放的色彩。

> 噢,人呦,你这猎物,
> 不错,就是猎物。
> 而什么可与猎物合拍一致?
> 今天!人们!歹人!暗示!——表现

1950年9月30

……我在"欧洲法学状况"中所说的法学,当然不是考夫曼(Erich Kaufmann)先生或者德意志学术紧急协会小组的那样。我赞同舍尔斯基(Schelsky)的观点:只有机制才能承负它。不过,存在着某种传统运动,Rome n'est plus dans Rome, elle est toute où je suis [罗马不再在罗马,它在我所在的地方]。

或许面对《获救》,每个人都通过自己的小门潜逃了,而以冰冷的方式对我保持缄默。但是,您将会理解,即便如此,这样一声疾呼,这样一个最后的(或者首个)对"倾听者"的呼吁仍是必要的,否则的话,德意志精神就会宣称同意了对它的亵渎。烦恼定会到来,也许最为毒辣的方式是来自德意志的沉默。这如何用深度心理学来解释?

1952年5月23日

席勒一定也会成为诺贝尔奖得主。他完全天生就是得这个奖的料(参52年5月24日)。莎士比亚绝不会得这个奖。〈……〉这

---

① 引文见 Ernest Hello, *Le siecle, les hommes et les idees. Avec une lettre-preface de Henri Lasserre*, Paris 1896, 页 365—367。

并不是意味着提升托马斯·曼或者黑塞之流的身价。

1952 年 5 月 24 日

小人博士和机智博士决定对我保持缄默;两个家伙想对一只啼莺保持缄默。

> 曲蟮决定,
> 对云雀保持缄默,
> 因为后者直冲云霄,
> 令它十分苦恼。

发明了酿造啤酒、蒸馏烧酒、榨取葡萄酒的人(der Mann),本来绝不会得到诺贝尔奖。而席勒则不同,席勒是实至名归。这一点我们要为1959年就要到来的席勒年记下来。

> 百万人的拥抱
> 之后会引爆。

1952 年 7 月 13 日

谁谈上帝,就是想搞欺骗(蒲鲁东)。这为何为真?因为他所说的不是上帝,而是人。因为对他而言(蒲鲁东,1840)上帝是人的造物。直至费尔巴哈,蒲鲁东的话才成为可能。由人制造的上帝才真的是 Deus mortalis [有朽的上帝],他在1840年的法兰西就已经死亡。他死于革命之手。①

---

① [译按] 施米特在《政治的概念中》引用蒲鲁东时的表述是"谁谈人类,就是要搞欺骗"(德文1963版,页55;中译本2004版,页134)。

克劳斯(第八章)①关于 homo homini homo 原理的说法真是绝妙:

> h. h. h. 原理否认了 homo homini lupus 的原理,它否认了一种现实性的人类可能性,以及一大部分的人类现实性。这个原理意图成为不刊之论,不过,它几乎不能算……。听起来十分斩钉截铁,但实际上不仅没有开端,而且甚至使得真正的开端成为不可能。Homo homini homo 原理甚至过于乐观。挑起的人类大战不是针对狼,而是针对人的。

非常精彩。这个同义反复皆同战争相关,可以还原为一个原理,即 à la guerre comme à la guerre［在战如战］。除此之外,Homo homini homo 并没有更多意涵。

1952 年 10 月 5 日

知识人境遇的象征:
1. 霍布斯,《论公民》,第十章第三节注释。被苍鹰啄食肝脏的普罗米修斯(良心难安,永远反动的知识人);
2. 梅尔维尔:《切雷诺》

这里上演大驱逐。大事件驱逐了所有者,并获取了其独特存在的本质。Ecco［瞧这里］!

1954 年 11 月 14 日

你是谁? 在一则 1941 年 2 月 3 日的日记中,我读到:我是可怜的切雷诺。②

---

① 克劳斯的教职论文,Günther Krauss, *Homo homini homo. Zwölf Kapitel zur Relectio de Indis des Francisco de Vitoria*.
② 德文版编者按:旁注"1952 年 9 月 13 日,1955 年 1 月 2 日"。

1955年4月10日,复活节星期日

关于圣象学主题。圣象的变迁,也是破坏圣象运动的一种形式。在反宗教改革的时期,圣体匣和玛利亚画像突然变成了格斯勒之帽[译按,参席勒《威廉·退尔》第五幕第三场]。今时今日,托马斯·曼成为格斯勒之帽,人人都必须向他鞠躬弯腰,为的是不被当作新纳粹受到迫害。

这位人道大师热情地收获着鞠躬行礼,并煽动那些为他收集这类荣誉的组织者。(复活节星期日大弥撒期间的思索。)海涅纪念碑是个新的格斯勒之帽!Cor ne edito[勿用担心];用毕达哥拉斯的话说,对于格劳斯,我的确是位 anthropophagus cordis mei。

1955年8月14日

嗯,托马斯·曼死了。一顶格斯勒之帽从高竿上倒掉。一波铺天盖地的印刷油墨和广播噪音之云停驻在两个世界之上,东边和西边,屈从和自由。显然,这个进取的大利用者(Groß-Verwerter)在两个世界都是更高的第三者,并且实现了他们在精神上高雅的舒适的理想。

如今,对这个文化工厂产物的纪念会先变为格斯勒之帽。当我写下格斯勒之帽时,我清楚我是多么从容-老派地轻描淡写。并非格斯勒之帽,而是禁忌(Tabu),写为Taboo。今时今日,世界更像是带有禁忌(Taboos)的图腾-部落,而非中世纪瑞士农民部族,它既有其帝国总督格斯勒,也有其威廉·退尔。

1955年10月14日

……因此,基督教神话总有杀害继承人的内容。豪泽(Caspar

Hauser)是迄今以来最后一个基督教神话。关于母羊(Miorița)的罗马尼亚牧人故事是基督教的。异教神话中意而且在寻找战无不克的英雄。拿破仑是迄今为止最后一个异教神话。

哈姆雷特似乎是基督教神话:杀害继承人。不过也只是在萌芽期。切雷诺:虚假的解放。继承人是 klero nomos [继承者]。他们谋杀了这个继承者。Vigens disciplina, Fides moribunda [有权力的(教会)律令,信仰将会死去]。

1955 年 10 月 26 日

……现在,我却再次追逐一个人,无论如何都要认识莱里斯(Pierre Leyris),一位法国作家,我读到一篇他用西班牙文写的有关切雷诺的短文。西班牙文的文章发表于 1944 年,作为梅尔维尔小说智利版的后记,收在一个蹩脚的新奇小说和故事文丛。莱里斯说,这篇小说的任何一个细节都有双重含义,任何读者都可以通过这部深渊似的作品找到属于自己的道路。

然而,美国文学史家都未注意到这点,却指出德拉诺(Amasa Delano)的报告与梅尔维尔小说的诸多出入。与自己的意图相反,梅尔维尔总是打开重新的深渊。他不谈什么黑奴贸易的问题,在莱里斯看来,梅尔维尔从运奴船制造出原罪状态,黑奴贸易即是原罪。而美国人所遭受的原罪并没有那么多,只有一点点,即 debilmente [微弱地]。不是这样的。切雷诺从佩纳斯海湾纵身一跃跳入解脱的小船。善良的莱里斯的谬误。梅尔维尔小说《切雷诺》应该用这样的副标题:或虚假的解放。这样一来,莱里斯奇特的想法便深陷经院神学及其令人生厌的抽象平庸之中。

1955 年 11 月 24 日

[332]……因为国家里暂时还满是盲目的攻讦、盲目的憎恨者

和复仇者，他们不允许客观的表达。您只需看看令人发指的各种造假，它充满了海特（Frhr von Heydte）在"高地"发表的文章（1951年1月/2月），尤其主宰一切的症候性造假，他在援引我称祷告时最后的避难所（《获救》页61）时，不声不响地逃离了十字架上的上帝，并对其闭口不谈。他以这种方式抹杀了这句话具体的-基督教意味。就好似，有人把十字架从屋内移走，来欺骗访客。探子把假文件或者证物运偷运进需要被搜查的房屋。有人在这里隐藏了一份证物，它就是被钉十字架的上帝。

1955 年 11 月 25 日

是啊，我们以令人恐怖的方式打败了败仗。瓦尔纳赫言中了。《获救》被毁灭了。当我目睹自己无法激起"高地"骗局（1951年2月）哪怕一丝的兴趣时，我已经心知肚明。这些软骨头们想要打败败仗，他们想要享受它，想要尽情享受，将其作为他者的败仗，因而也作为自己的胜利和变态的自夸。

我不应该抱怨，因为好多次我都如此亲近地看到这个概念，这个我的存在之纯粹的元素，我甚至可以触摸到它，也可以被它触碰到。这些是伟大的顶点：在政治性的概念中，在主权概念中，在大地的法的认识中。

1956 年 8 月 5 日

绝美的对照：夏洛克之于纳坦，就如凯利班之于巴巴吉诺。这是一系列对比暗示中的一个例子。要小心自动的危险！对比的自动化！穆西尔的对比行为变成了对比的自动反应。

19世纪欧洲的荒诞呦！那会是多么可怜的精英！国家、教会、社会中的可怜精英！遭受俄罗斯职业革命家的惊吓。对真正的职业革命家表现出的保守主义，是消极主义和逆来顺受！

不过所幸随着斯大林的去世（1953年3月）俄罗斯的职业革命家也灭绝殆尽。去斯大林化是保守主义的积极形式。谁占领，谁就会为自己和同类祈福，就会视占领为一个句号，并视安全为现存者的基础。占领画上了句号，新的现状之正当性万岁！瞧瞧吧，你们的共存者＝共同-占领者和同-路人身在何处。共-存即现状。

  胜利的无论如何是
  奥格阿斯牛圈中的现状。

1956年8月17日

  只存在一部完全意义上——并且甚至在一种完全中世纪的意义上——的莎士比亚基督教戏剧：《威尼斯商人》。它是一个古老的基督教主题，关于被欺骗的犹太人以及最后被欺骗的魔鬼。当然，这只会是一部谐剧。一般不会存在一部基督教的肃剧，最多也不会超过拉辛笔下延森教徒的隐匿上帝。

  《哈姆雷特》是一部肃剧，因而它在本质上是非-基督教的。在基督教发挥效力的地方，谐剧只会是主流的形式。这一点仍体现在黑格尔将谐剧——因其诙谐和反讽——置于肃剧之上，尤其把当下的现实性赋予谐剧。莱辛的《智者纳坦》——如科默雷尔所言——是一部"均衡"和中立化的"肃剧"，也就是说，不是肃剧。承担中立化并不是国家（欧洲意义上的），而是某位有见识的个体。

  因此，从谐剧进而抵达中立化。不过，谐剧本身还不是中立化。这一点很重要。从严苛的夏洛克到机智的纳坦。但是，最明智者如何会承担起中立化呢？一部均衡的戏剧！科默雷尔的嘲弄并无不妥。我——从犹太人的角度来看——宁可选择夏洛克。关于伪造戒指的寓言只会由一个造假者的头脑想象出来，而只有天真的理想主义者才会相信这样的寓言。

1956年7月6日

我手头的施特劳斯论斯宾诺莎的书(1930)近日落到洛维特手里了。他对它的迷恋就如猎人之于脚印，就像刑侦人员之于 Corpus delicti［作案工具］，就如图谋遗产者之于对他有利的遗嘱。而我自己关心的只是那些书本和样书奇异的命运。没有施特劳斯这本书，我的《利维坦》(1938)不可能问世。1932年至1945年，它一直与我相伴，1945年夏，我还夹注了许多笔记，并且在书页边做了许多注释。①

之后，1945年十月，美国人将它同其他许多书一起查封并强行拖走。它仍在我1952年重新取回并寄存在美因茨的那些书中。就在美因茨，我把它们全部便宜卖给了法兰克福的旧书商科尔斯特，突然感到一阵绝望和 taedium fugae［逃亡的倦怠］。

如今，海德堡图书馆获得了它，而洛维特则用他的精装本将其换得，以便占有我的附注。Évidemment, ce ne sont pas seulement nos actes qui nous suivent, ce sont aussi nos gloses［很明显，它们并非只是与我们相伴的行为，也是我们的评断］。你们这些平庸的写手，不要操心读者！最细微的批注、最无心的一划在有心人的眼中都会有所指。这会让我们警醒起来吗？不，正相反！它只会督促我们毫无矫饰地做一切。无心，但忠实。

---

① ［译按］比如在页2，施米特写道："初次相会：1932年春；第二次相会：1937年夏；第三次相会（初次再会）：1945年7月（起因：1945年6月30日同施普朗格的谈话）"，参1956年6月28日，洛维特致施特劳斯书信，见 Leo Strauss，《回归古典政治哲学》，华夏出版社，页386；另参 Heinrich Meier，《古今之争的核心问题》，华夏出版社，2004，页121脚注。另，据汀克尔在《与施米特谈巴尔》的批注中称，在施米特看来，"相会"这个词要从隐喻（而且是单数）的层面去理解：作为两个灵魂的相会，而不是两个偶然碰面的人的那么几次相会。

1955 年 8 月 15 日

当我回想 1928 年至 1932 年的一段时光，并且当卡斯帕里（Adolf Caspary）、施特劳斯（Leo Strauss）、本雅明（Walter Benjamin）（以及其他与此相关的人）今天问我，为何我在 1933 年站在另一方做事，我就必须这么回答他们：为了使你们在德意志一方还有个对话者，有个思考、对话以及（如我的命运在 1945 年之后所表现的）甚至是命运的伙伴。因为，若没有这一命运，一切思考、对话伴侣都是泡影。（在准备哈姆雷特报告期间，想起本雅明《德意志肃剧的起源》[1930，页 99] 中的一句话"为了还未诞生的人民之生命的献祭"，有所思想并记下来。）

1957 年 4 月 10 日

在我为例外状态做出的努力背后，是今天边缘性社会活动中被称为 Recht [法、权] 的东西的界限问题。这是司法和司法形式之界限的问题，是今天立法者所能定立的法律规范的界限，是根本的规范与规范性的界限。对这个界限的追问当然会狠狠地撞到奥秘和禁忌的领域。

当我还是个年轻、不谙世事、被并非真正的宪法教师或公法教师牵着鼻子走的法学者时，也犯了一些错并触犯了某些禁忌（参 1956 年 3 月 1 日）。那是糟糕的，需要纠正。如果施耐德（Peter Schneider）这样提问并回答的话，那么，他的作品就堪称伟大，即便它并非翔实。

但是相反，如他自己说的那样，"人本学地"，凭借一层薄薄的荣格范式的镀金，他追问我的个性奥秘（页 96 上方及页）而忽视了——凭什么？——《获救》中的一处（页 75），我在那里郑重地放置了这一奥秘。

他最好考虑考虑我提到的独裁、主权性以及恩典的关系(《论独裁》前言页 IX),并谨记 Rivarol 的话,R. 警告人们不要去揭露 perplexite de la justice [正义的一筹莫展],也不要探讨 pour lesquels Themis n'a pas de balances [正义女神也没有法度的事物] 的问题。

九十老翁断断续续的声音

(1981 年夏)

温玉伟　译

〔译按:1981 年夏,史学家施特劳布(Eberhard Straub)采访已 93 岁高龄的施米特,并做了录音。由于录音效果不佳,仅能整理出部分残段,首次刊于德国施米特协会网站(http://www.carl schmitt.de/tondokumente.php)。本文依据录音迻译。〕

一　职　业

施米特　我想以一句富有挑战性的句子开始。如果您问我,我是谁,做什么,那么,我的回答就是:从职业上和本质上来讲,我是法学家,而非职业革命家。这可以说是某种原始的敌对。

施特劳布　革命与法学家之间吗?

施米特　是的,这是这份职业的困难,即便法学家也不愿谈这个职业。但是,我认识许多人,非常优秀的法学家。只有那些进行过具有政治和财政背景的大诉讼的人,才会体验到,法学家的职业在多大程度上是一种完全依自不依他的行当。

(1 分 21 秒)

二 政　　治

施米特　作为职业的法学家,对于任何作为职业的政治家而言,都是可疑的。另一方面,如果没有些许法律,当然也行不通,倘若人类的理解……

（22秒）

三　良知与巴尔

施特劳布　不过,法学家难道不会变为革命家么,身不由己地或者……

施米特　他本如此……他会自发地成为革命家,而且也会突然意识到是这样。我在这里还想说一句……法学家职业这个词汇。

其实是一位先生让我自己意识到这个问题。他并非法学家,但是由于其天主教背景,他对一种可控程序意义上的规范和诉讼,有着非常合乎规定的理解。可控程序……一种最细微的可控程序会到达最为激烈的程度……会到达最为激烈的论争。

敌人这个概念,并不是什么非人性的,正好相反,当人类不再以敌友分类,而是被某种比如人道的乌托邦或者幻想取而代之,那么,人类就终结了。

因此,我刚才想要引用的那句话……只有那位将它说出、表达出,并因此给我留下深刻印象⟨?⟩的先生,即达达主义者巴尔。一个不可思议、难以捉摸的人,达达主义这个品牌,或者说名牌,可以说,完全使他缄默了……是我在生命中遇到的最为深刻和重要的人物之一。这位巴尔先生影响了一句话,在这个语境下对我而言尤为重要,是的,它虽指涉到我,但是,它也针对于我⟨?⟩法学家。

巴尔说,他,施米特,是的,施米特是这么一个人,他以自己天资的良知形式经历了他的时代。我再重复一遍:他以天资的知识形式经历了他的时代。——是良知形式,不是知识形式。属于法学家天资的知识形式与良知有一种关联,它是如此之特别,几乎不会在其他地方……我会把神学家——只要他们不是法学家的话——会把他们拉到一旁。

所以,我要说的,如果我真的想说说我自己,并且严肃地回答一个严肃的问题,这句话就是:他以自己天资的良知形式经历了他的时代。

任何天资都有其独特的良知形式,即便是艺术家,画家,一旦他〈?〉一个职业,当然,医生,以及匠人……不存在什么抽象的人类良知。良知形式这个词汇,是我在生命中所见到的最为美妙、最为多效的新词之一。我把它运用到我作为法学家的职业上来。

(3分57秒)

四 拉封丹

施米特 一直以来,我都很偏爱寓言的启发性和阐释性价值,可以将种种困难,属人的事物,它们可以以此将人类无法言说的事物,可以说,变得更可以言说,或者说使语言可以理解,言说出由本不会说话的动物所表达出的语言。

寓言,这是个巨大的主题……拉封丹是整个西方……最为天才的人物之一……。人们只需对比一下拉封丹和莱辛的一则寓言,就可以发现其弱点。……他翻译了拉封丹的寓言,并将其削弱,因为他无法胜任那可怕的冲击力,这毫不妥协的认知。

(1分4秒)

五 超 人

施米特 我曾经赋诗一首：

你在午夜偶遇一位巨人，
盛怒、愤慨、狂吼，真正的野兽，
他问我，现在几时。
我答道，七时。
于是，他大喊：
你这诡诈的家伙，
就在一个小时前
你就说过才六时。

(32秒)

六 宪 法

施米特 如今的宪法……可以说来自国家法〈？〉……尽管它从未那么迫切。奥里乌(Hauriou)①的观点是：任何宪法都有不可侵犯的核心。

为议会的多数派所摆布，那就简直是荒唐。在不断变换的联合执政的多党制国家……那么，实际上是根舍(Genscher)②先生再次决断，是否应该武装。

(37秒)

---

① ［译按］奥里乌(Maurice Jean Claude Eugène Hauriou, 1856—1929)，法国法学家。
② ［译按］根舍(Hans-Dietrich Genscher, 1927—2016)，德意志联邦共和国政治家，自民党(FDP)党魁，曾任德联邦内政部长、副总理、外交部长等职。

七　概念中的秩序

　　施米特　因此，那位老岑霍夫（Hugo am Zehnhoff）①这样总结对我的评判〈……〉，他所说的，如他一如既往并且也对他人所说的那样：

　　　　在我的一生中，我从未认识这样一位先生，他在自己的概念中有如此多的秩序，但在私人关系中却有那么多的无序。
　　　　　　　　　　　　　　　　　　　　　　　　（28秒）

---

① ［译按］岑霍夫（1855—1930），德国法学家、政治家，天主教中央党要员。

第 二 编

施米特谈巴尔

什克尔 著

安 尼 译

引 言

在施米特的宪法和国际法著作中,有两本书的书名十分惹眼,它们不属于宪法和国际法范围,所以显得突兀。1916年,这位28岁的法学家首次出版了薄薄的[小书]《多伯勒的北极光:三论该作的要素、思想以及现实性》(1916/1991 二版);40 年后,《哈姆雷特或赫库巴:时代进入戏剧》问世。书名中的赫库巴指《哈姆雷特》第二幕第二场:

> 这个演员的眼中为何流出了泪水?因为赫库巴!赫库巴怎么他了?他又怎么赫库巴了?假如他失去了我失去的东西,他会怎么办?假如他的父亲被谋杀,他的王冠被剥夺,他将如何?①

《哈姆雷特或赫库巴》虽然既非史学诠释亦非心理学阐释,毕竟显示出施米特天才的一面:他展示的是一个"身处决定欧洲命运

---

① Carl Schmitt, *Hamlet oder Hekuba. Der Einbruch der Zeit in das Spiel*. 1956/1995 二版,S. 5。

十字路口"的哈姆雷特，游移在西班牙天主教徒堂吉诃德与德意志新教徒浮士德之间（页54）。通过"这部英国戏剧与那部德国17世纪巴洛克悲剧的差异"，施米特还指出了"野蛮与政治的对立"，从而为"政治的概念的思想史"添砖加瓦（页64）。①

但《多伯勒的北极光》是一本什么书呢？它让人看到一个浓缩版的施米特：他的法学视野延伸到陆地与海洋，施米特把《陆地与海洋》称作一本小书。② 老松巴特的儿子尼克劳斯·松巴特从小就与施米特相熟，他说《陆地与海洋》是施米特"最美的书。我确信，这也是他最重要的书，因为它蕴含了施米特灵知历史哲学的精髓"。③

或者用他的霍布斯研究来说，延伸到贝希摩斯和利维坦。霍布斯用利维坦和贝希摩斯这两个圣经中分别执掌海洋和陆地的巨兽为他的书命名：1651年，霍布斯出版《利维坦：或教会国家和市民国家的实质、形式和权力》。《贝希摩斯：或长期议会制》的知名度不如《利维坦》，1682年霍布斯去世后才出版，在这部作品中，霍布斯分析了1640—1660年间清教徒和长老会教徒的革命。尽管寓意味十足，霍布斯其实并不想用利维坦和贝希摩斯来象征海岛国家和大陆国家。相反，按托尼斯（Ferd. Tönnies）的观点，"国家是一只巨兽，革命是另一只。"

施米特写了《霍布斯国家学说中的利维坦》（1938/1982），作为解开霍布斯及其根本思想的一把钥匙（关于利维坦与贝希摩斯，参见该书页33及以下）。1945年，施米特本人在一则署名为切雷诺的带有讽刺意味的笔记中表示，这本书揭开了霍布斯的奥秘。

---

① 比较本雅明的《德意志悲剧的起源》以及本雅明写给施米特的信（1930）。1980年6月，我拜访施米特时，与他谈到过这封信。
② Carl Schmitt, *Land und Meer. Eine weltgeschichtliche Betrachtung*. Leipzig 1942/Stuttgart 1981.
③ Nicolaus Sombart, *Jugend in Berlin*. 1933—1944. *Ein Bericht*, TB-Aufl., Frankfurt a. M. 1991, S. 255.

［中译编者按］什克尔提到的 1945 年施米特署名切雷诺的笔记，很可能是施米特为他的《霍布斯国家理论中的利维坦》一书写的图书广告（Waschzettel），内容如下：

注意！你或许曾几何时对伟大的"利维坦"有所耳闻，是它促使你去阅读此书？亲爱的你，注意了！这可是一本不折不扣的隐微之书，它内在的隐微性随着你进入此书的深度而增加。

你最好不要碰它！把它放回原位！不要再用你的双手去碰它，还是要么把它们洗刷干净保护妥帖，要么合乎时宜地沾满鲜血！耐心等待，看你是否与这本书再次相遇，看你是否属于那些隐微学说为之敞开的一分子！

出版物的命运和它的读者的命运以一种神秘的方式关联在一起。不要急匆匆进入堂奥，要等待，直到他人以合宜的方式带领你进入。否则，你会做出有害健康的盛怒举动，并试图毁掉无法毁掉的东西。这对你没有好处。所以，不要去碰它，把书放回原处！

你真诚的好友
切雷诺
1938 年 7 月 11 日/1945 年定稿（"七年已经过去"）

1933 年以后，施米特显得不得不把自己看作一个不幸的角色，即梅尔维尔小说中的德拉诺（Delano）船长的角色，只不过他受到的是巴伯/希特勒（Babo/ Hitler）的致死威胁，巴伯和希特勒的言行在一个局外人（比如德拉诺船长）看来肯定不可理喻。①

---

① 参见玛什克为《霍布斯国家理论中的利维坦》第二版写的后记（前揭，页 243 及以下）。另参见 Savant Klickvic/Enrique Tiemo Galvan 的文章，刊于施米特贺寿文集 *Epirrhosis*, Festgabe für C. S., Bd. I, Berlin, 1968。

施米特对诗人多伯勒早年的印象太深刻,如施密茨(Walter Schmitz)在《新文学辞典》中所说,"根据遗作……[施米特的]这项[多伯勒]研究伴随着施米特强调基督教的一面"。施密茨还补充道,多伯勒"本人一再强调"这一面,而施米特则相反,在几十年后修正"其 1916 年尚还年轻时"所作的"基督教阐释"。①

晚年的施米特则强调了非基督教的一面,如他在《从囹圄中获救》中写道:

> 今天我明白,《北极光》在人类-灵知的微弱之光里闪烁。它是一种自救型人格的气象学象征,一种发自本土的光芒,从地球上的普罗米修斯(Promethiden)射向宇宙。当我读到一篇关于蒲鲁东的文章时,看到其中对光与地球及地球上人类命运的一大段注释,我才明白应该在什么样的思想史条件下去理解多伯勒的北极光思想。
>
> 这位如此热爱此类冥想的博识的法国革命家认为,渐渐变冷并像月亮一样死去是地球的宿命。假如无法向思想高度——精神生活、良知、自由——升华,那么人类终将跟他们的星球一同死去。在多伯勒看来,极光就是日地运行的证据,也是使人类借助思想并在思想当中得救的保障。②

此处直到 53 页与"两块墓地"(指克莱斯特和多伯勒两人)那一段相接的内容,还时而着重指出施米特同多伯勒以及魏斯之间的关系。

施米特在 1947 年 10 月 8 日的日记中写道:唉,这位诗人呐!当他从渊博走进世俗,

---

① Walter Schmitz, "Kindlers Neues Literatur Lexikon", Art. Däubler. Das Nordlicht, Bd. 4, München 1989, S. 380.
② 见 *Ex Captivitate Salus. Erfahrungen der Zeit* 1945/1947, Köln 1950, S. 49.

多伯勒的这部《非洲》(Africana)便散发出令人作呕的余味,似乎为一场5分钱的邓南遮而沦落为一种低俗的歌舞表演……多伯勒竟然被赫克尔和魏斯(Konrad Weiss)取代。①

1928年,多伯勒的小说《非洲》在柏林出版。赫克尔(Theodor Haecker,1879—1945)是天主教政论家,以《日记和夜记:1939—1945》(Tag-und Nachtbücher 1939—1945,1947)和《维吉尔:西方之父》(Vergil. Vater des Abendlands,1931)闻名,对慕尼黑大学生抵抗组织"白玫瑰"产生过影响。魏斯(1880—1940)是天主教作家,曾为《高地》杂志撰写过艺术史方面的文章;他还是一位诗人(《库迈城的西布尔》,Die cumäische Sibylle,1921),反对宇宙吟咏(比如多伯勒)。

施米特只是暂时停止为这位诗人喝彩。到80岁时,他还宣称,他自己,一个宴会主人,令其宾客沉醉其中——多伯勒奇怪的酒神赞歌。从根本上说,这位激情主义者当然有理由长存于世:"最伟大的现代德语诗人是多伯勒,呜呼哀哉!"②

形容词"基督教的"显然不足以定义施米特,倒是"天主教的"这个形容词淋漓尽致地体现了他这个人,并给他的思想打上了斩钉截铁的烙印,净化了他的生平中某些可能不够体面的成分。他在1968年6月16日的日记中写道:

在这条笃信天主教的道路上,特奥多(Theodor H.)跟我分道扬镳;在这里,所有人都离我而去,就连巴尔也走了。

此外还有一句:

---

① Carl Schmitt, Glossarium. Aufzeichnungen der Jahre 1947—1951, Berlin 1991, S. 28.
② Carl Schmitt, Glossarium, S. 257(1949年7月15日)。

> 这是我全部的思想内容和政论内容的秘密所在：争夺天主教本来的权重，反对中立者，审美乌托邦，反对扼杀果实者、烧尸者、和平主义者。（同上，页 165）

为什么偏偏提到巴尔？施米特同巴尔这位以达达主义者身份闻名、撰写过三位圣徒传记的天主教时评家之间，究竟有着怎样的关系？

直到 1970 年，这个问题仍未得到解答。据我所知，这种关系直到 1988 年才得到详细研究；这篇研究文章对当时的思想和文化的某些表述令人咋舌，因此在事实层面颇有分量，在理论层面却无足轻重。[1] 同施米特的谈话之后，促使我将在本文中详谈所谓的政治表现主义。对施米特而言，这个问题太重要，值得公开详细谈谈，事实也的确如此。

这次访谈于 1970 年 2 月在普莱滕堡进行，1970 年 3 月 3 日在汉堡北德意志电台和自由柏林电台的"第三档节目"播出。在 1970 年 4 月 24 日的一封信中，也就是在北德意志广播和自由柏林电台的节目播出几周后，施米特写信给我：

> 关于巴尔的谈话（按我理解的）影响巨大。我很满意；不过，这当然要归功于您的保驾护航。

本稿根据磁带录音整理成文，我在对话部分插入了批注，对话以及批注都按记录原封不动整理，包括不得不用的缩写（录音打字稿 Typoskript 存杜塞尔多夫国家档案馆：施米特遗作，编号 RW265—12）。

由于施米特无法审阅和修订笔录，我只在因口语表达的疏漏

---

[1] 参见 Ellen Kennedy, *Carl Schmitt und Hugo Ball: Ein Beitrag um Thema Politischer Expressionismus*. In: Zs. Für Politik, Jg. 35, H. 2 Juni 1988, S. 143—162。另可参见 Hansjörg Viesel (Hrsg.), *Jawohl, der Schmitt. Zehn Briefe aus Plettenberg*, Berlin 1988。

可能会引起读者困惑的少数几处做了更改。此外，我为记录稿加了一些脚注。

［中译编者按］什克尔整理出来的与施米特对谈文字不多，他为对谈加的注释却很长（尾注形式），有时芜杂琐细。为了阅读方便，中译调整了编排格式：一、对谈文字用宋体加粗，什克尔所加长段注释作"批注"紧随对话的相关位置（宋体不加粗），短注释随文夹注（注明"按"），以示区别。二、文献注释一律改为脚注。三、凡引 Typoskript 均注明"记录稿"，随文出注。原文无小节划分及标题，中译文均为编者所加。

一　与巴尔的因缘

什克尔　您与巴尔私交很不错吧？您什么时候认识他的？

施米特　我跟他大约相识于 1920 年。有次他去慕尼黑，我就是那个时候认识他的。当时我们就布洛瓦进行过一次交谈，谈得酣畅淋漓，结果他当即把他的《德国知识分子批判》[①]**赠给了我，还附了一篇精美的赠言。此后很长时间，我都没有听到过他的消息，直到从 Dunker & Humblot 出版社**［按：原来在慕尼黑和莱比锡，如今在柏林，出版了大量施米特的书，从最初的《政治的浪漫派》到最近的《语汇》(*Glossarium*, 1991)］**经理路德维希·孚希特万格，也就是雷昂·孚希特万格的兄弟那儿，才又了解到一些。路德维希·孚希特万格当时正面临一个十分困难的抉择：自己的出版社，一家带有新教色彩的出版社，是否可以出版巴尔的《拜占庭的基督教：三位圣人的人生》。**[②]

---

① *Zur Kritik der deutschen Intelligenz*, Bern 1919/Frankfurt a. M. 1980.
② 全称 *Byzantinisches Christentum. Drei Heiligenleben*，敬献给 Joannes Klimax, Symeon der Stylit, Dionysius Areopagita，该书于 1979 年在法兰克福再版。

[批注] 布洛瓦(Léon Bloy, 1846—1917)是法国小说家、出版家，1869 年皈依天主教，从此成为狂热信徒；在宗教评论《犹太人带来的福祉》(1892)中，他反对教会的野蛮思想，捍卫犹太人的选民身份，并谴责基督教徒对犹太人的歧视和驱逐。巴尔早在 1916 年 10 月 6 日就写道:"发现了一个了不起的法国人:布洛瓦"(见巴尔的日记,*Die Flucht aus der Zeit*,慕尼黑 1927,页 124);到 1921 年，他写了七篇关于布洛瓦的文章。松巴特在《德意志男人及其敌人》中写道,"施米特同布洛瓦的关系本身就可自成一章","在施米特眼中，布洛瓦最重要的书……叫作《犹太人带来的福祉》(*Le salut par les juifs*)"。[1]

什克尔　出版兰克的那家。

施米特　兰克、黑格尔，后来还出了一系列其他人的作品，西美尔，格奥尔格·西美尔(Georg Simmel)，战争期间出版的。

什克尔　正是巴尔的宿敌。

施米特　是的，正是。西美尔还算不上宿敌，另一位才堪称巴尔的最大敌人:普鲁士-新教的这套哲学以及传统。现在孚希特万格不得不三思而后行。他把《拜占庭的基督教》手稿拿给我读，我对他说，我会尽我所能去抵挡他所担心的那些攻击。就这样，他真的出版了《拜占庭的基督教》。

什克尔　1923 年出版的。

施米特　是,1923 年。

什克尔　但是，您与巴尔交往史上最重要的一年却是在一年之后。

施米特　是的。后来由《高地》的穆特教授牵线,[2]我们又有

---

[1] Nicolaus Sombart, *Die deutschen Männer und ihre Feinde. Carl Schmitt-ein deutsches Schicksal zwischen Männerbund und Matriarchatsmythos*, München 1991, S. 389 f. 以及页 286。

[2] 穆特(Carl Muth, 1867—1914):天主教出版家，1903 年创办文化月刊《高地》(*Hochland*)，历时四十年成为天主教文化政策的论坛。《高地》1941 年停刊，1946 年复刊。

了来往。穆特教授跟巴尔谈到我,他们聊着聊着便有了个主意,即巴尔为《高地》撰文谈谈我的几本书。该文于1924年6月在《高地》上发表。①

什克尔　关于您的《政治的浪漫派》。

施米特　《政治的神学》、《论专政》、《政治的浪漫派》[按:巴尔还提到了施米特没有提到的《罗马天主教与政治形式》(1923)]。把《政治的浪漫派》归入这个组合里尤为重要。那是一篇精妙绝伦的文章,我这一生几乎再没看到过比它更好的文章。它发表在《高地》上,充满热忱。

[批注] 施米特紧接着说,"一篇了不起的精彩文章。"大约半个世纪以后的今天,每个读到巴尔文章的人才发现这篇文章的重要性。这位读者当然也会留意到其中的批判之音(但不是话外之音)。正是这些声音显示出巴尔的天主教品质,并且因此在后来的对话过程中强化了施米特的某些立场:

> 人们当然会发现,施米特著作中存在一个矛盾。系统神学形式并非从一开始就存在,并非出于一个坚定的信仰,而是来自结论;他作品中的信仰和神学尽管迅速产生反响,却只是伴随着他的创作而产生。(巴尔《施米特的政治神学》,前揭,页276)

> 很明显,施米特的这本《论专政》包罗万象,但存在一定的混乱;要查出这些混乱的原因,一定非常有趣。应该掌握宗教改革的正确形式,但是与此同时,还会出现这样的情况,宗教改革以绝对的自治为前提,教宗是委托人;而且,人们所说的

---

① 巴尔,*Carl Schmitts Politische Theologie*, in: Zs. *Hochland*, Jg. 21, Bd. 2, Juni 1924, S. 263—286。这篇文章重印于巴尔的《艺术家与时代病:文选》(*Der Künstler und die Zeitkrankheit. Ausgewählte Schriften*, hrsg. von Hans Burkhard Schlichting, Frankfurt a. M. 1984, S. 303—335),后附出版人后记。[中译编者按]此文中译见刘小枫编,《施米特与政治法学》,上海:三联书店,2001。

> 改革之事，作为一次反对宗教自治的叛乱，根本无法从法律上阐释原因。(……)于是，结论强迫这样一种说法，即施米特在这本书中还相信教会之外存在着一种自治。(同上，页 277 及以下)

施米特　由此我便可以说，巴尔在我身上找到了知音。我们都生于天主教家庭，沦陷于威廉时代，都必须静待如何找到方向。我们都以各自的方式经历这一切。对于那篇文章中其余部分里无法言说的狂热，我就是这样看的。这些年来，巴尔的激情变得不同寻常，散见于他的大量书信中。

这就是我们的第二次(相会)，直接促成我应巴尔之邀同年到卢加诺拜访他。我还在 1924 年 8 月 19 日至 9 月 19 日的日记里写了这件事。他为我在索兰格安排了住处，距离他住的阿格奴佐不远。后来我搬到了布雷山，在这大约十四天里，我们频繁见面，讨论许多问题。

[批注] 在 1924 年 11 月 19 日写给施米特的一封信中，巴尔谈到另一个话题："这些天我读了您发表在《高地》上为《政治的浪漫派》新版所作的前言，眼前浮现索兰格的那个晚上。每句话我都记忆犹新。您做的一些淡化或强化，还促进了整体的能量。"[1]实际上，这篇为《政治的浪漫派》第二版所写的前言(1925,3 页及下)容量很大。它就像是对巴尔那篇文章的回应。这几页大概也是对苔森讲话的回应。无论如何，巴尔在一篇文章(前揭，274 页及下)中还是评论道：

> 施米特的文字是拉丁式的。比博纳德(Bonald)和德迈斯特(de Maistre)更坚决，他把"非理性"元素(民族国家和历史)

---

[1] 参见 *Briefe* 1911—1927, hrsg. von Annemarie Schütt-Hennings, Einsiedeln-Zürich-Köln 1957, S. 190 及以下。谈话中还有更多关于这部书信集的内容。

同理性分离开来。(……)只是在一点上他有偏见:关于人类天性的道德命题(性本恶还是性本善),成了他判断国家学说的标准,被推向极致。

施米特在前言中承认,善良的天性"对于德意志的感受而言,过于偏重道德化,过于忽视历史,也没有面向宇宙",它"一定不是对浪漫派的最终定论"(前揭,4页)。他在1919年曾说过这番话吗?施米特坚持与巴尔持不同立场:"恰恰是人性本善论适合成为无数运动的判断标准,联系对原罪说的否认,尤其明显。"他认为,性本善论除了"在所谓的'卢梭式'趋势中,在感伤的无政府主义者或者人文主义兄弟当中,也在激进的潮流中……成为最终推动力。"(前揭,5页)

二 宗教改革的后果:知识分子问题

施米特 困扰他、也萦绕我的首要问题是:他的那本《宗教改革的后果》(*Die Folgen der Reformation*)该不该出版。也许我们稍后还会再回到这个问题上来。

[批注] 从政治以及私人等不同层面,这本书甚至可以说引领着这次谈话的走向。考虑到1924年深秋巴尔出版了一本书即《宗教改革的后果》,[1]以及1924这一年(施米特于这年夏天拜访了巴尔),施米特似乎认为,对于巴尔的成长和命运而言,这才是"时间上的转折点",而"不是达达时期"(记录稿,页4)。这一生中其他的转折点就不必再提了?

1914呢?是年巴尔正为一战而欢欣鼓舞,可很快就差不多变成了一个和平主义者,同海宁斯(Emmy Hennings)迁居瑞士。巴尔大概是1912年秋在慕尼黑当剧作家时结识了海宁斯,即演《痴

---

[1] Hugo Ball, *Die Folgen der Reformation*, München und Leipzig, 1924.

儿西木传》(*Simplizissimus*)的主角儿,两人于 1920 年结婚。

1916 呢?那年他刚宣告达达主义,转而又成了政治记者,直到 1919 年从苏黎世到了伯尔尼。施米特坚持 1924 年,无视那些"转折与跳跃"(记录稿,页 4),目的是追忆他与巴尔相会之际的时代境遇。

此前大约两年,1922 年 6 月,民国外交部长拉特瑙遇刺身亡;1923 年 1 月,开始设军占领鲁尔区;同年 11 月,希特勒和鲁登道夫在慕尼黑发动叛乱。与此同时,1923 年 11 月,所谓的"地产抵押马克"结束了通胀态势。

施米特 而对于一个像巴尔这样写了《德国知识分子批判》的人来说,这必定是个全新的境遇。

什克尔 他没看出来么? 1919——

施米特 他什么也没看到。

什克尔 1919 年,他以时代精神为写作的起点。

施米特 1918—1919 年,写作《德国知识分子批判》的时候,他还身在局中,尽管他不是积极的参与者,不过他正置身政治当中,置身当时的政治现实之中。他读报,发表看法,诸如此类(记录稿,页 5)。

[批注] 尽管巴尔在攻击普鲁士、也就是在他从事写作之际,切中了时代精神之要害,但当他公开发表这些文字的时候,他已经抓不住时代精神了。因为普鲁士已经不复存在。因此,假如可以用这种表达来形容一件伤心事的话(记录稿,页 6),那么,《德国知识分子批判》这部于 1919 年问世的所谓"迟到的书"根本就无法与作者在 1918 年取得的那种成就相比。施米特又谈回到 1924 年夏天:

施米特 当时我们根本没有谈论政事。人们可能会以为他对德国的局势感兴趣。德国的天主教徒突然变成执政党。"中央党"

成了执政党。

[批注] 从 1919 年起,天主教德国中心党就大规模参与到德国的联合执政当中(而且在较大的州)。中央党的费伦巴赫(K. Fehrenbach,1920 年 6 月—1921 年 5 月)、威特(J. Wirth,1921 年 5 月—1922 年 11 月)和马尔克斯(W. Marx,1923 年 11 月—1924 年 12 月)分别担任过帝国总理。

什克尔　而这时候他已经是天主教徒……

施米特　此间他已经成了狂热的天主教徒。经历过上百年的隔离生活,德国人中的天主教徒忽然冲出了塔楼。穆特的《高地》所追求的东西,在天主教徒那里得来全不费功夫。

[批注] 巴尔早已脱离他接受的严格天主教教育。1920 年夏天,他又回到了教会;1922 年,他拒绝了总告解(施米特:"他的所谓改宗",什克尔:"或者说他的再改宗"[记录稿,页 5 以下])。巴尔最关心的问题,都渐次收录于记录稿,页 27 及以下。

什克尔　巴尔对于政治天主教主义不做任何反应,对此您会如何解释?

施米特　他没有看到。他当时不在场。他在考虑其他的事情。他全然心不在焉。我可不想把他卷入到有关战争的谈话中来。我们本来已有足够的话题可谈……[按:凡此表示谈话双方突然提到却无法详细解释的内容]假如有这么一次相会,这么一次……

[批注] 在第一次简短的谈话中,施米特顺便谈及巴尔对社民党的评价。当时我说,巴尔"是合适的见证人"。巴尔在 1924 年仍然说社民党"十分可恶",关于拉特瑙,1924 年时"在措辞上有所缓和,但立场不变"。

施米特　该怎么说呢?——假如有这样的契机,就像巴尔的那篇文章[按:我给出了巴尔说的施米特的作品名],无论从行文还是内容上,怎么说都是一篇不同凡响的文章。嗯,我们约好畅谈十四天,那么交谈发生在什么样的时代背景之下,从大量的话题、疑问、困惑中挑出哪些东西来谈,自然就成了重点。这次对话是毫无准备的,完全自发的,丝毫没有任何外在压力。喏,这就是我与巴尔的相会。

[批注]施米特说是相会,然而,谈起同其他人的见面时,他却从不用这个词。比如与福斯特霍夫(Ernst Forsthoff)以及肯尼迪(Ellen Kennedy)。肯尼迪至少对这种疑似的友情进行了反思;福斯特霍夫则止步于此,"施米特同巴尔的友情可谓谜一样的插曲"。施米特在福斯特霍夫之后指出:"巴尔对我的意义大于一段插曲。"当然也没有什么谜可言!引文出自 Ellen Kennedy,前揭文,页 160 以及注释 63。

什克尔　1924 年的这次(相会),出于一些尚待商榷的原因,很快就结束了。

施米特　结束了。我还没来得及察觉,就已经结束了(记录稿,页 6—8)。

[批注]施米特更爱用"友谊"来形容同巴尔的关系。在我们的谈话中,施米特两次用友谊来形容这段关系;我理解的,他想要以此来突出他同巴尔的相会在情感上看是一个特别的契机。这个词在记录稿中两处(页 23、42)出现的位置都值得注意。早在之前的谈话中我就已经看出,施米特并不认为自己是巴尔的朋友。因此我在上面电台讲话的开头说,他"跟多伯勒交情不错","同魏斯感情弥笃",而说起巴尔则用"私底下很熟悉";施米特采纳了这个说法,并且让我原样保留(记录稿,页 1)。

可是,朋友之间的友谊不会在不知不觉中戛然而止,所以这里其实发生了反目。一段相会可以在人们毫无察觉之际成为过去,此间未必发生过什么戏剧事件。在我们谈论它为何结束之前,在我们跟肯尼迪去找所谓母亲们(Kennedy,前引文,页 161;应该叫"1914 一代人"的深层矛盾)之前,我们应该先问问相会的缘起,而且问询其中的各种因素。

这次接触,记忆中是他们共同的出版商牵线的结果。无疑,施米特与巴尔二人对彼此都心存好奇:施米特本人当然也是一位文学家,我并非指他在文学上具有博大精深的造诣或者多么热爱文学,也不是指他为多伯勒的诗歌做了多少笔头上的贡献。相反,我把他看成讽刺文章作家,而他的某些读者是通过肯尼迪才知道这一点的。我从她的文章(前引文,页 152,注释 27、28)中引用了两个标题:Johannes Negelius & Mox Doctor, *Schattenrisse*, 1913;对德国的修养文化进行了猛烈的攻击:对拉特瑙、托马斯·曼、尼采等人。艾斯勒(Fritz Eisler)用的是第一个笔名。

在其天生的纯净(那份纯净不仅是他的法学著作也是他的讽刺作品的一大特点)界限之中,施米特对那位在诗学方面混乱无章而在理智层面严谨有序的达达主义者,充满好奇。至于巴尔,最近也亲自从事法学,他在写给妻子的信(1923 年 11 月)中说:

> 我还一直坚守着法学。我对它有兴趣,而且想要弄明白。我在波恩花了数月研究施米特教授的论著。他对于德国的意义要大于整个莱茵兰地区,包括产煤区。对于哲学,我很少会像阅读他的这样兴致勃勃,而且还是法哲学。对德语和德国法律而言这是一个巨大的胜利。在我看来,他甚至比康德还要精准。[①]

巴尔对施米特这位准备冲出学科牢笼的法官同样充满好奇;施米特这位政治和宗教上的天主教徒,对改宗者巴尔充满好奇,他

[①] Hugo Ball, *Briefe* 1911—1927, hrsg. von Annamarie Schütt-Hennings, Einsiedeln-Zürich-Köln 1957, S. 164.

皈依教会既不是一种政治定位也不是一种政治迷失,而是撤出政治。巴尔是恭顺苦修的使徒,在他看来,施米特"像个西班牙宗教裁判所审讯官一样严厉"(巴尔在给妻子的信中说,"若论及思想,甚至跟康德比肩,严厉如西班牙宗教裁判所的审判官"),是一个思想的巨人,因此对他充满好奇。

两个人差不多同龄,巴尔生于1886年,施米特生于1888年,这大概成了这次相会的开端,却保证不了别的什么。不难猜出,这次相会有那样的结局,原因与其说是二者性格和禀赋上的矛盾,倒不如说是他们身份的不同。

肯尼迪也问过,"到底是什么让他们俩走到一起的";鉴于"他们所代表的文化传统",施米特与巴尔是"奇怪的同志"(Kennedy,页146)。同志!? 智性的、情感的同志,或者说得更直白些,对人性共同怀有好奇,这个说法在这位无论文化批判还是在形而上层面均卓有建树的女政治家看来,是行不通的;①在她看来,

> 没有什么比这两个男人之间的友谊更不可思议了,这段绽放于1923—1924年间的交情。

肯尼迪的意思是想更深刻地解释这段交往:"从一个更普遍的层面","一个时代身份性"(Kennedy,页146及以下)。而她的读者所问的傻问题,看起来那么鲁莽,肯尼迪引用沃尔(Robert Wohl)的话:"没有时区〔……〕,更像时间中间的一块魔力地带。"②那么就只是好奇吗?

施米特 对1924年在阿格诺佐的这次相会,容我再多讲几

---

① 为了说明那些修饰语(没有挑衅的意思),我援引艾伦·肯尼迪的"Politischer Expressionismus: Die kulturkritischen und metaphysischen Ursprünge des Begriffs des Politischen von Carl Schmitt", Vortrag auf der Carl Schmitt-Tagung vom1. -3.Okt. 1986 an der Verwaltungshochschule Speyer,另引参见 Kennedy,前引文,页154,注释35。

② Robert Wohl, *The Generation of* 1914, London 1980, S. 210.

句。我们一同去见了赫尔曼·黑塞,聊了整个下午直到晚上。我记忆犹新。黑塞还送给我他刚出版的《诗歌选集》,内附一条美好的赠言。而黑塞,毕竟是巴尔仅存的朋友。其他人,那些达达主义者之流,那不叫友谊,那是同志关系,或者如您随便怎么说吧。不过,同黑塞的友谊那时却得到了巩固。

巴尔是一战后才认识黑塞的,而不是战前迁居期间。他们两个人都没有返乡,因为他们都拒绝魏玛共和国。尤其是黑塞。这点很重要。与托马斯·曼的书信交流中,有关这件事有过淋漓尽致的表述。这是人们对黑塞这样一个和平主义者根本想象不到的。

[批注] 施米特强调,同志关系与友谊之间有区别,而德国人恰恰喜欢抹杀这种区别;假如他仅仅是出于对本能概念的法学兴趣,那么自然是被过于小觑了。他是"敌对关系的理论家",尼克劳斯·松巴特(《德意志男人》,前揭,208 页)告诉我们,

> 一生都是一位友谊天才。对他来说,拥有朋友比同敌人作战更重要。

所以,施米特总是很清楚,谁可以被称作朋友,无论是私人关系还是公共层面。他并不以此称呼胡戈·巴尔(记录稿,页 8—9)。

巴尔与黑塞的这段友谊也促成了巴尔最后一本书:《赫尔曼·黑塞:生平与作品》(*Hermann Hesse. Sein Leben und Werk*),1927 年出版。黑塞五十岁生日之际,由费舍尔在柏林出版,《荒原狼》也在这家出版社出版。这本书是进行黑塞研究所需的众多原始素材之一。而巴尔的原始素材呢?已有的和新近的?"……很简单,是他的妻子海宁斯的书稿和文章"(记录稿,页 10)。

海宁斯有三本书值得一提:1929 年的《巴尔:书信与诗歌中的人生》(*Hugo Ball. Sein Leben in Briefen und Gedichten*),赫尔曼·黑塞撰写前言,并且"心怀感激地敬献给这位巴尔的朋友",口

袋书版于 1991 年在法兰克福出版;1931 年的《巴尔的上帝之路:回忆录》(*Hugo Balls Weg zu Gott. Ein Buch der Erinnerung*);1953 年的《呐喊与回声:我同巴尔共度的人生》。

还有另外一本《巴尔,1911—1927 书信集》(*Hugo Ball, Briefe* 1911—1927),1957 年由继女安娜玛丽·许特-海宁斯整理出版,口袋书版于 1990 年在法兰克福出版——"当然也是一个相当重要的原始素材"。不过,其中没有与他通信者的来信,而且缺少的还不止这些。

什克尔 这是一种遴选,标准有时候可能很特别。

施米特 有时候是。此外,通常有三处,空了出来。我当然可以依照原版进行监督,而且这样做也理所应当;我发现,其中落掉了非常有趣的事情(记录稿,页 11)。

[批注] 即便把埃米·海宁斯当作巴尔的一个信息源,也能觉察出批判之音,只不过"是在正确理解的基础上进行的批判"。她更改了巴尔的传记:"天呐,她竟这么干!"是否因此就要把她与尼采的妹妹和[瓦格纳的妻子]柯西玛画等号呢?"不至于,恰恰相反。"① 只是一处引文:

> 红字"柯西玛"出现在所有令瓦格纳同原来的革命运动更加紧密相连的文件和书信里。

于是,与事实相反,便有了一个无辜迎战的艺术家(138 页),而实际上就在同时,1850 年前后,当他构思北欧战神的大火之时,他写信给朋友乌里希说,他"除了那场烧毁巴黎的革命之外,不相

---

① 关于瓦格纳妻子柯西玛,参见 Hans Mayer 的 "Richard Wagners geistige Entwicklung", in: Zs. *Sinn und Form. Beiträge zur Literatur*, hrsg. von der Deutschen Akademie der Künste, 5. Jg., 3. und 4. Heft Ostberlin 1953, S. 111—162;参见重印版 *Sinn und Form. Die ersten zehn Jahre*, Osteberlin u. Nördlingen 1988, Bd. V.

信任何革命"(130 页)。

关于尼采胞妹,参见珀达赫(Erich F. Podach)的《尼采的崩溃之作》(*Friedrich Nietzsches Werke des Zusammenbruchs*, Heidelberg 1961, S. 10 ff.)。珀达赫同时跟施莱希塔(Karl Schlechta)一样,在严肃的版本中证实,这个妹妹本人及其在 1893—1945 年间创立的尼采档案是多么肆无忌惮地通过"伪造的文书……论战、沉默或者造谣"应付所有批判,歪曲这位哲人的生平和作品:"明显的删减和篡改……还有对细节的任意改动。"

不过当初人们是如此轻信,如今则把所有责任都推给了这位妹妹。当初人们毫无底线地把她膜拜为一位"超凡高贵、善良、精心料理尼采著作的女人",而如此却同样没有底线地说她"诡计多端、铁石心肠,是权力意志的化身";无论过去还是现在,误导都是前所未有的。

这些却并不适合形容海宁斯:无论是她对丈夫的生平和作品画出过红色标记,还是说她的善良与对巴尔最真挚的关怀至少是个错误的评价。来自天主教方面的批判,说她"想把她的丈夫变成一个圣人","本质上不重要",施米特说(Typoskript,页 13.)。他为她的天真辩护:

> 凭什么一个忠诚的妻子不能认为她的丈夫是个圣人?而且还是巴尔!

施米特认为,没有什么理由"批判"。我说,有理由"谨慎阅读"(同上)。施坦克为了他的书《达达主义的创始人巴尔的生平与作品》努力做到谨慎,[1]他对巴尔的上帝之路开头几章作了如下评语:

---

[1] Gerhardt E. Steinke, *The Life and Work of Hugo Ball, Founder of Dadaism*, Den Haag-Paris 1967.

> 采用这一素材并未影响本书作者对巴尔的童年和青少年时期进行现实主义的阐释(页12)。

施米特希望,假如我们的谈话付梓出版,可以对我提到的瓦格纳夫人以及尼采胞妹作进一步的解释;对海宁斯的偏见——说她对待巴尔就好像那两位女人对待自己的丈夫或兄长一样——如此强烈,令人惊讶。我满足了这个愿望。也许施米特和施坦克跟我一样,认为瓦格纳夫人以及尼采胞妹令人费解并且别有用心,而海宁斯则只是自己不明白并且出于善意。

当施米特回忆起海宁斯,回忆起她"非凡的女性气质"以及"同这样一个男人的关系"时,他两次用"感动"这个词。友谊(施米特在这里也有所保留地地用"这种特殊的友情"这一说法)、婚姻,和谐……不一而足;他喜欢引用我说的"天作之合"。为了证明这点,还说到她同巴尔的笔记,就像一个人的一样;他认为海宁斯完全有理由这样说,即在《呐喊与回声》中。

这一处在"公元1925年罗马"那一章,并且,客观地说,同改写后的《德国知识分子批判》(针对巴尔的《宗教改革的后果》)有紧密的联系。埃米·海宁斯介绍说,他们之间存在着一种"神秘的关联",一种他们自己"也根本不知情的交流";那种交流与他们"就像一场梦,既无法施加魔法演变出来,也无法令其停止"(口袋书,前揭,页208)。一次旅行回来后,写了下面几句话,

> 我忽然……完全以他的笔迹写字了。尽管我使出浑身解数要保持最大的距离来模仿,就像他从来没有以相似的方式来到我面前那样。(页208及以下)

她自己的笔迹"跟巴尔的根本无法相比"(页209)。接下来说的"相会",宣布了两种真正的共生,二合一的心理;这在我们后来的谈话里有所提及,跟巴尔的《宗教改革的后果》有关:

我在这期间写了两首诗。胡戈认为一首是他写的,不过他说不出创作的具体时间,而我甚至清楚记得当时是什么事情给了我灵感……然后胡戈说,他只是想要写这首诗,它在他眼里既熟悉又陌生,他一定是弄错了。

　　也许他没有弄错,我说出来,只是为他把他的诗付诸笔端。有关版权归属的争议让我们觉得很有趣,我们决定把《林中圣人》(*Heilige im Walde*)视作"我们共同的诗"。(同上)

这样的素材"当然很有主观色彩,或者随您怎么说吧。"为了矫正,秉承原稿批判的精神,我参照美国人施坦克的传记研究——施米特打断我的话,似乎急着对施坦克发表观点。他说,施坦克的书是献给一位贝尔特公爵的,在天主教季刊《词与真》当中,此公爵"对艾格尔的批判十分苛刻,对埃米·巴尔也如此";施坦克的书"某种程度上继承了这些批判"。

　　他做的是考据批判吗?艾格尔不算考据,埃米·巴尔的"所谓考据":"我们的谈话应该对此正本清源一下"。如今我的注释也要指出,施坦克的确做了一些正本清源的工作,并且进行了一定的查缺补漏。施坦克说,

　　写一本关于巴尔的书,这个主意是在读到贝尔特公爵的一篇名为《没有传说的巴尔》(*Hugo Ball ohne Legende*, in: *Wort und Wahrheit*, September, 1952, pp. 716—719)的文章之后才有的。是莱因哈特(Kurt·F·Reinhardt)教授令那篇文章引起本书作者的关注。(Steinke,前揭,页9)

这位学术型教师施坦克,而不是公爵,也觉得那本书"很复杂"。施坦克接着说(同上):

　　不用提作者或书名,贝尔特公爵的文章……就是对欧

根·艾格尔那本名为《胡戈·巴尔:走出混乱》(*Ein Weg aus dem Chaos*, 1951)的书进行的一次攻击［公爵于1953年写信证实了这种说法］。《走出混乱》于1951年在奥尔腾出版。公爵指责欧根·艾尔格不假思索地接受海宁斯的做法——通过在丈夫身上塑造诗歌传奇的光环,把他变成一个圣人。

施坦克曾细致入微地做过调查。比如,他曾旅行到大主教那里(巴尔于1905—1906年曾在此生活),目的是找些旧报纸,跟巴尔在那里的旧识谈谈。施坦克遵循这种方法,地毯式地"检视关于巴尔的所有资料"(前揭,页9)。一方面他知道:"事实上,关于巴尔根本就不存在可信的二手资料"(页11及以下)。另一方面他又看到,"如果不彻底检视有关巴尔的考据,就不可能诚实准确地评价他后来的生活和作品"(页12)。他当然研读过"布洛克豪斯"谈话词典(卷XIII,1903)中的 Pirmasens 那篇(页19,注释8)。

他找到了1906年7月14日的高中毕业考成绩。其中,当时的校长这样说巴尔:"他的德语作文很有可读性,有见地,但是表达不够明确直白"(页25,注释19);施坦克说,老师"很了解他,因为除了最后两篇作品,老师认为他的写作都具有真实性"(页25)。这例外便是《拜占庭的基督教》(1923)和《赫尔曼·黑塞》(1927);《后果》(1924)从根本上是对1919年《批判》的简化,《逃离时代》(1927)包含1914—1921年间的文章。

施坦克这位纯粹以务实方式工作的科学研究者,实际上只写到了达达主义——"写到达达为止,我们这么说吧,到1919年,直到逃亡到伯尔尼之前,"施米特插了一句,也准确预见了巴尔后来的轨迹。这个参考段落中的所有引用,除了那三处是我自己的认识,都来自施米特(记录稿,页11—15,第一个引文来自页14);施米特在注释中的引文也在那里。我引用施坦克的结论:

什克尔　这一处写的是：埃米承认，《后果》严重损害了巴尔在德国的声誉。她甚至对巴尔出版这本书表示惋惜。他说："……我的确看出来了，这是在拆自己的台。"①——我们再次来到1924年，再次回到《宗教改革的后果》这本书。您当时跟巴尔谈过这本书(……)，您知道的。

　　［批注］我划出了一个lapsus memoriae，也就是插入的那四个字"我以为是"。施米特一开始就说过（记录稿，页4），他们"首先"谈论的是，"他该不该出版他的那本《宗教改革的后果》"。在这段谈话的前一行里（记录稿，页16），施米特一句铿锵有力的"是"佐证了我的话。我在此想要研究的是间接证据——说巴尔让这本写于1919年的书去迎合1924年已经改变了的立场；现在，我还要尊重他原来的表达；另一个话题稍后再讲。

　　施米特　这本来就是我们原定的话题，问题在于，在这样一个节骨眼上出版《后果》一书，这样做明智吗？换句话说，就是制造《德国知识分子批判》的第二个版本。

　　什克尔　可以这么说吗？书中可没写还有第二版。

　　施米特　他自己倒这么说过。

　　什克尔　这一版写得更谨慎，人们于是怀疑……

　　施米特　是的，写得十分像外交官（记录稿，页15—16）。

　　［批注］巴尔的确作过注："这本书的四章写于1914—1918年"(Ball, *Die Folgen der Reformation*，前揭，页3，位于该页目录下方，下文凡引此书简称《后果》)，分别叫作"奥格斯堡告解"、"理智的自由"、"普鲁士与世界精神"、"无处不在的伤风败俗者"。

　　论题方面——反路德、反康德、反国家哲学家黑格尔，反对巴尔所痛恨的马克思和拉萨尔，假如这四个题目与《后果》相一致，它

---

① Steinke，前揭，页238。施坦克引用埃米·海宁斯的《呐喊与回声》(*Ruf und Echo*, *Taschenbuch*，前揭，页210)。

们也就被改写了,也就是跟《批判》的章节一致。在《德国知识分子批判》(*Kritik der deutschen Intteligenz*,以下简称其为《批判》)中有四个章节:(1)"闵采尔反马丁·路德",(2)"新教哲学与法国大革命的自由概念",(3)"巴德尔与基督教在法国和俄国的复兴"。

此外,红字"内容"还标示出"导言:知识分子党派的原则以及评注"(同上);还有一个前言(页 V 及以下),位于内容目录前面,在第(4)章结尾与注释之间,同样在"未标示内容,后记"(页 237 及以下)。就连"文本都完全一样,只是满篇充斥着惊人的删改痕迹,还有特别细小的补充"(记录稿,页 17)。

为明确起见,我在此谈话过程中加入一些内容,当我发觉,形容词"惊人的"必须具有双重性:惊人的,既指勾划的篇幅,又指其带来的影响,在某些地方甚至改弦易辙,将《批判》的矛头转向了《后果》。施米特"……想说个例子"(记录稿,页 17)。他说的这个例子,无论在政治还是在宗教上,都击中了一个急迫的判断。

《后果》中的文字涵盖页 5—145,代替了《批判》中页 14—235 相似的内容(小写的);注释从 82 页缩减到 13 页;此外在《后果》中,没有了《批判》中的前言(2pp.)、导言(13pp.)、后记(2pp.)以及索引(5pp.)。施米特说"这本书的四分之三",被巴尔"搁到了桌子底下"。我说这是一部"未完成之作",他说,"不只是未完成,那就是一本残缺不全的书"(记录稿,页 24)。①

施米特 比如,他干脆抛弃了针对教宗和罗马教会的激烈抨击,这些都曾写在《德国知识分子批判》……[按:我给出了一行对共产党人和无政府主义者不可或缺的修饰语]。**整篇跋**[针对的批判]都是冲着教宗来的。

请好好想想吧:有人在 1917—1918 年写了一本书,1919 年初

---

① 1919 年之后,直到 1970 年,《批判》才在慕尼黑出了第二版;第三版于 1980 年在法兰克福问世。《后果》1924 年之后没有再版过。

以《德国知识分子批判》为名出版,其目的、目标、内容、主题是:我们必须确定,谁来为1914—1918这场世界大战负责。这是个道德的罪责问题。

有罪责的是罪犯,唯一有罪的是这个路德宗的、普鲁士的、德意志的、由唯心主义哲学主导的、军事化的德意志帝国。有罪的,是普鲁士德国。在后记中,他却这样写道,真正有罪的是教宗。这简直疯了!

［批注］巴尔还批判马克思跟普鲁士沆瀣一气,跟施米特的反驳一样,在巴尔看来,跟普鲁士德国合作的人,不管是马克思、拿萨勒还是拉特瑙,统统是"敌人"。巴尔在《批判》的后记中说:"中欧列强的神权政治体系批判补遗"将说明,罪责问题在最高机关针对教宗权,作为针对军事托管体系(以上帝的侍奉者和代言人)的最后一道屏障;

> 作为"欧洲最高财富"的捍卫者面世,恰恰当她失败的时刻来临,如此令世界的良知陷入混乱,并且尝试颠倒黑白,哪怕是做出伤天害理之事。(页237)
> 一种多产天性的国际化,一种世界和人性道德的统一,只有在新教-天主教的上帝和君主专制国家的经济基础、不受拘束的财政、神学支柱、不可或缺的专制教宗权被扫除之后,才能够实现。(页238)

什克尔　1919!

施米特　是1919。1924年就无声无息了,束之高阁了。这的确令人难以置信。

什克尔　这的确可疑［按:此处(记录稿,页18)我采用"嫌疑"这个词,在这个词上我(页16)被打断］——我认为,巴尔恰恰在指责您,施米特先生,没有看到他在改宗后的神性生活与《宗教改革》之间的内在关联。还有一种可能是,巴尔现在想让这本旧作与他的

新立场产生共鸣。施坦克也曾这样说过:他想把这本书纳入体系。
［批注］施坦克,"为了让他的《批判》和他的天主教立场保持一致,他决定重写"(前揭,页237)。关于所谓的针对施米特的指责,参见巴尔于1925年3月25日写给孚希特万格的信:

> 我对施米特的态度感到极度失望。当然,他从一开始就没有对我隐瞒他的判断。不过他也知道,我写的东西出自一个改宗者之手,还知道我在跟他同志般的通信往来之后,没有想到,被他的学生［瓦尔德马尔·居廉］以阴险的方式说三道四。自从［科隆人民报］刊发了居廉之后,通信就中断了。由于这次交谈包含了一些我听说的施米特在阿格奴佐的事,我必须承认,他出于尴尬而沉默。(H. Ball, *Briefe*, 前揭,页208)

那位居廉(Waldemar Gurian),当时是施米特的"得意门生"(语出巴尔于1925年2月11日寄给施米特的一封信;巴尔,前揭,页202),是一位改宗的犹太人。他应该是1934年逃到瑞士,并且成了施米特的一位激烈反对者。在《语汇》当中,施米特两次提到他(22.1和29.6.48),前揭,页88、173。第一次时,编者评注说,

> 有段时间是施米特的学生,后来以流亡者身份以及天主教流亡者杂志《德国书简》(*Deutsche Briefe*)共同执笔人身份,于1934—1938年向那位"第三帝国大法官"展开攻击。早在1924—1925年针对巴尔的《宗教改革的后果》所发表的一篇评论文章中,他就已经为巴尔和施米特这段友情的破裂埋下伏笔。因为巴尔错误地以为,是施米特授意他的得意门生写了这篇差评。参见夸力迟的《施米特的立场与概念》。①

---

① Helmu Quaritsch, *Positionen und Begriffe Carl Schmitts*, Verlag Duncker & Humblot, 1989, S. 62, 101, 110.

后面还见 Kennedy，前揭，页 145 及下。肯尼迪在页 146 注释 8 提到了施米特遗产（RW265—460）中的通信；我引用她对一封信的复述，是卡尔·穆特于 1927 年 11 月 7 日写给施米特的：穆特写道，

> 当施米特在穆特那里打听巴尔的时候，巴尔已经是个"濒死之人"。穆特接着说，巴尔从来没有理解过施米特在"宗教改革手册"这件事上的表现，这令他十分心痛；而巴尔一定带着这份痛心走完一生。穆特还说，面对不只是来自天主教媒体的批判，还有里特斯为《历史杂志》所做访谈（*Historische Zeitschrift*, 1925，页 297）中的一般性的批判，施米特或多或少担当了导演。穆特发现这一切都难以置信："我一再尝试让他别那么想，有一次，他妻子提醒我想起来的，我甚至说到了跟踪狂，但是无济于事。……我觉得他的精神生活已经完满了。"

"保持一致"（to bring in line with）这个词，简化了巴尔的心理动机和写作动机；尽管他当时正中了一般性的判断，但是他歪曲了事实（如果不是以无礼的方式，也算是不快乐的方式）。巴尔本想要看到《后果》和《圣人生活》同时出版，让负面与正面评价凑到一起。

施米特无疑警告过他，让《后果》和《批判》一个接一个来，管他是毁是誉；他还尝试，用言行阻止他出版；这段谈话稍后就会出现。巴尔一定预计到来自新教方面的排斥，这不会妨碍他的生活；而天主教方面的指责，对他造成了最深的伤害，他既不想要也不能够接受。他没有重视施米特的想法，把他当成坏消息的使者进行惩罚。居廉恶化了这一局面，他发表了施米特的私人观点，对此难脱干系。

施米特 没错，是的。这正是 1924 年夏天，我们在阿格诺佐

交流的重要话题。……［按：有一段关于造访黑塞的内容被删掉。如果是巴尔本人，他大概会留下这段，从而令黑塞能"认识他一下"；但黑塞和他"对浪漫派的态度太不一样"，他们之间的对话也不会有什么成果，更没有可能去谈《后果》了。］**他该不该出版这本书？而这个主题也是巴尔和海宁斯在信件中详细讨论过的，特别构成海宁斯的自传《呐喊与回声》的主要内容（**记录稿，页 17—19）。

［批注］施米特想要尽快跳出《呐喊与回声》中对他来说尤其值得一提的一处，我从这部自传里引用一点，"为了制造一种印象，人们该如何读它，它有可能希望如何被读"；他，施米特，可以作为"所谓的……第二素材"（记录稿，页 19）。海宁斯说过，出版《后果》"并不明智"，如果"考虑到这本书对外界会产生怎样的影响"。诚然她低估了"这本书将会对他（巴尔）的名誉造成多大的损害"；她的警告"力度不够"（Hennings, *Ruf und Echo*, 页 207）。

随后她又写道，他真该听她的话，向她证明"一种令人惊叹、仅仅由爱而生的信任"；她是这样开始思考的："'让我成长，不在你身旁凋零'，他对我乞求道，那时候他还很喜欢听我说……"（Hennings, 前揭，页 208）。于是海宁斯对他的责任感"更加强烈"。假如她对他的"语气再强硬些"，假如她说"别出这本书"，那么那也许会接受。

施米特　"别出这本书"，这正是整个问题中最有意思的部分。**海宁斯在自传中提到这一笔，谈到了巴尔最致命也最审慎的决定，他没有逆着妻子的意愿而做出的决定。而该女士描述这件事的方式，她叙述的方式，令我如此感动。**……［按：在这里有这样一句话："我刚刚对这位伟大的艺术家、作家、诗人埃米·海宁斯充满敬仰，我说出了自己的看法"（记录稿，页 20）。只是，施米特既不是"刚刚"也不是在谈话之前才表达出这样的意思。他谈到海宁斯时的语气，似乎在向我们暗示，他说的就是他本可以说的东西。］

对我来说，这一笔是整个世界文学中最伟大的篇章之一：就像丈夫和妻子彼此契合，整体诞生了；尽管在一个如此重大、关键的问题上存在意见分歧。这个整体却在这样一种观念共同生活中求同存异。妻子对丈夫说："你对你所有的事情要承担起责任。"而巴尔试图把决策权推给她。他说，我们是一体的，我们血肉相连，灵魂相通。

什克尔　他说，她是个成大事的人。

施米特　他说，是因为你，我才决定出这本书。而她说不是。这里面没有写吗？

什克尔　是的，写了。

施米特　真令人匪夷所思，恰恰在此处，她说"求你，别耽搁了"，或诸如此类的话。[她说得]如此明白无误，怀着满腔的爱与奉献，一秒钟都没让自己的理智迷失在他的判断和洞见中。

什克尔　她说得如此容易。当她写道："胡戈开玩笑说，假如我写的不是《宗教改革的后果》，不是从你身上推出整个负面的批判，就好了。"这可不仅仅是个玩笑。我记得……

[批注] 参见 Hennings，前揭，页 209。引文中的句子联系注释 38 中《林中圣人》的版权归属之争。对于巴尔的调侃，海宁斯这样回应：

不，不，我反对，他只想要一个人包揽，在这种情况下，我必须坚决拒绝这个责任，不过这事对我来说也没那么容易。

施米特　……他开玩笑的。她跟巴尔说过——在一封信里写过，我想是 1922 年的一封信。当时，好像是 1922 到 1923 年的那个冬天。当时她责怪巴尔说："我觉得人们对发表过的东西进行删减修改是不对的。彼拉多不是说过，我所写的，我已写完。"那也算是最美的一段（记录稿，页 20—21）。

[批注] 事实上，海宁斯直到 1924 年夏天去 Rigi-Klösterli 看

望疗养中的巴尔时,才写下这封信。参见她的书《巴尔:书信与诗歌中的一生》,在施米特的回忆中稍有改动的那句话的上下文(口袋书,前揭,页172)是:"由于你跟我说了你受得了什么,那么请允许我也告诉你,我受不了什么。"

你对宗教改革后果的头痛来自何方,我现在可想而知了。假如我再次想起,你用老版本出了那本书,我就特别难过。就连比拉多,那个有些虚弱不过还算谦逊的先生,都说"我写下的就是写下的!"……现在你想把新近的认识写进这本书,把过去的还有上帝知道最糟糕的部分删掉。你要变成你自己的残酷剪刀手,你总是有的放矢。

事情过去以后我还是很悲伤,因为你知道你在做什么。如果你能用更好的内容代替删去的原文,那没错。可是你用来补缺的都是什么啊?你根本就是想抹去路德的罪行,你这样做,就像这本书故意要以某种方式触怒"当代的天主教徒"。那也没错。

施米特又补充了一些内容(记录稿,页21),是海宁斯当时在信中写的;"天主教的后果……同样糟糕";她说她不喜欢他讲路德的那些话;当他把自己同她的关系比作"布伦塔诺跟卡塔琳娜·埃莫里希",她说"这跟路德没关系"。① 海宁斯的信已经明显把巴尔变成了根本问题,却在表面上把克莱门斯·布伦塔诺作为中心话题。几句话之后,看上去还是在打趣,但语气已经很尖刻,海宁斯生气了:

关于安娜·卡塔琳娜·埃默里希(Anna Katharina Emmerich),关于这个虔信上帝的、被玷污的少女,我尊敬所有正

---

① 参见埃米·海宁斯在1924年夏天去Rigi-Klösterli写的文字。

派的人,可是你给我讲了她跟布伦塔诺的事,我受不了。由于你告诉我你受得了什么,请允许……。(前揭,172页)。

这些话跟前面提到的一样,没有完结,又使用"也没错"作结:

可是你跟布伦塔诺说,他的天分的优势,他浪漫派的高度,在埃默里希那里全化作腐朽。(腐朽,此处有多重含义。)我不喜欢这样。他一定心怀悔恨地倒在她身边,目的是成为幻想者的秘书,为了把那人的诗歌变成理智的德语,在我看来这样说就像一场罪过。……他常年守在一个痛苦的人身边并且为那个轻声的口述者做笔录、改诗稿,却没有人对他表示过感谢,把他叫做伪造者,却把埃默里希称为作者。……

人们尽可以用神圣来形容他,他创造了一个女圣人,而究竟谁才是受苦的人,埃默里希还是布伦塔诺,这竟成了一个问题……我倒是看不出布伦塔诺对路德、对宗教改革的丝毫反拨。你再找个例子吧。(前揭,页172及下)

就这样,关于布伦塔诺与埃默里希,路德与宗教改革,巴尔与他的宗教改革后果,这里说得更加详细;还有一些私人的内容,然后这封信就结束了。①

在《后果》中,关于布伦塔诺,巴尔并没有写那些让妻子不悦的文字。假如他写了,海宁斯定会火冒三丈。在讲述了诺瓦利斯、荷尔德林、弗里德里希·施莱格尔之后,有这样的话:"还要提到一位浪漫文学家:克莱门斯·布伦塔诺。"这个名字涵盖了二十页,其中仅有一处提到了卡塔琳娜,而且毫无恶意,另一处有巴尔的评论:"他迈出了浪漫派和天才关键的一步,教会和天主教。"《后果》,前

---

① Anna Katharina Emmerich, *Das bittere Leiden unseres Herrn Jesu Christ*, aufgezeichnet von Clemens Brentano, 1833,至今再版多次。

揭,83 页)。

这几行字在传记和心理层面的重要意义,对比《批判》即可知:他在这本书里对布伦塔诺只字未提。还是在诺瓦利斯之后,只不过这次不是第二章,而是第三章,出现了同样的话题:"还要提到一位浪漫文学家:格奥尔格·毕希纳。"巴尔对他的评价是:"他投身政治,'就像找到一条逃离精神困窘与痛苦的道路'"(《批判》,前揭,页 104)。若是把革命与宗教这两条道路相比较,便会发现,巴尔两条路都在走;这些评价也适用于他自己。

决定巴尔生活轨迹的心理过程的那个转折时刻,被施米特叫作"支点"(记录稿,页 4),也就是荣格所定义的反向 Enantiodromie[对立转变]:

> 赫拉克利特哲学中把这个概念描述成事件的对立游戏(Gegensatzspiel des Geschehens),即从反面去观察一切。……我用这个词来形容潜意识里的对立,按时间顺序。这种特殊现象几乎无处不在,只要意识生活里被一种绝对的单向所占据,乃至随着时间推移,潜意识里会出现一种同样强烈的相反立场。这种反向立场首先受到意识的遏制,后来,随着意识原先的方向被中断而得到表达。①

荣格贴切地以保罗皈依和尼采"对瓦格纳先是膜拜后又鞭笞"为例;假如荣格认识巴尔,他一定也会把巴尔的改宗归入这种现象之中。毫无疑问,巴尔知道荣格的这个概念,而且用到了他的改宗,也就是他的那本《后果》上。以 Enantiodromie[对立转变]的视角看,巴尔应该会重新思考对施米特的指责。

施米特还强调过一次,他觉得[海宁斯]这个女人独立的程度多么令人惊讶,判断力多么正确,多么敏感,"就在这一处"(记录

---

① 荣格,*Psychologische Typen*, Zürich 1921,页 619 及以下。

稿,页22)。我再次提到《呐喊与回声》,在她的这本自传里,海宁斯提到了一件事,兴许我们的谈话对此有"正本清源的作用"(记录稿,页22)。它涉及到巴尔的一次"机会"。他已经很出名的论文,部分已经付梓出版,这次以一笔可观的数额出售。①

有某个"人物"——谨慎起见,海宁斯没有透露中间人的名字——希望"巴尔出于不可知的原因而不出版他的书。"如果巴尔接受他"或许出于善意与诚意"的建议,就会看到益处:再写一部使徒行传,或者可以去研究"他最喜欢的题目《驱魔术与心理分析》(*Exorzismus und Psychoanalyse*)"。"他不知道为什么有人提这个建议,他不能接受。"他非拒绝不可。

埃米·海宁斯于1948年去世。她的自传1953年才问世。四年后,1957年,安娜玛丽·许特-海宁斯放弃了这个名字;她在编纂《巴尔书信集》(*Hugo Ball, Briefe*)时收录了一封长信,那是巴尔1925年2月写给施米特的,但是"并未寄出"。其中有这样的话:

> ……您以最迫切的方式建议我不要出版[《后果》]。您竟贸然让我把已经改好的部分搁置不动。而关于给出版商的补偿,以及退回的部分稿酬,您让我不必操心,您来搞定。在经过深思熟虑之后,我拒绝了这个贸然之举,我觉得这僭越了友谊。(前揭,页202)

对居廉博士评论的指责此起彼伏,施米特对他也产生了信任危机。巴尔的回应:"我只是很想知道,您想通过这封信跟我说什么"(前揭,203页)。从遗产(RW265—460)中,我们知道了施米特的反应(参见Kennedy,前揭,146页,注释8):他在"安娜玛丽·许特-海宁斯编纂出版的书信集里面第一次"看到了这封信,并因

---

① Hennings, *Ruf und Echo*, 前揭,页209;这篇文章里,其他被引用部分都在页210。

此很激动:"1925 年没有寄出,1957 年却印出来还出版了!"就巴尔的最后那句话,他说:"要是他真的很想知道,那他为什么没有寄出这封信?"参见接下来的两段对施米特谈话的节选。

  施米特 这个建议是我提的。
  什克尔 您就是那个中间人。
  施米特 我不是中间人,这里没什么可牵线搭桥的。仅仅出于我自己的[考虑],仅仅是为我自己,出于友情,出于对巴尔的爱,我才提了这个建议[这里施米特第一次用了"友谊"这个词,而且用"爱"予以深化。但是这两个词的意思被他用来形容同巴尔的关系时说过的其他词——相会,不太亲近的第三人——限制在这个要素上]。我强烈要求他不要那样做,因为我了解时局。而他对时局根本一无所知[这里的意思是,巴尔撤出政治领域:"他没有看到",施米特这样回答我的问题"对政治天主教主义……没有做出回应","他在想别的事情。他完全心不在焉"]。他哆哆嗦嗦,忽然就退隐到某个我找不到的地方;对我而言,这不可理解。而这个提议根本就不是什么秘密;那是件极为简单的事,不会影响到多少人。

  不过无所谓,我只想说,他就是这样决定了。我无法改变,海宁斯也无法改变。他就这样作出了决定,而且是在痛苦的、数月的考虑之后,在徘徊纠结之后。那段日子一定很难熬。他本来就病着,这下更重了。他患有一种最可怕的头疼病,是他的信、我们的谈话所致。头疼折磨了他好几个月。对这段删节,他自己都没有什么察觉。要么他对旧文本[《批判》的]未经修改就出版——在某处做了解说,要么就是详谈了他的新境况。一目了然。可就那么删了?(记录稿,页 23—24)

  [批注]巴尔把他的书改得没法阅读(见《批判》和《后果》在注释 47 中对比的页码)。人们若对比《后果》和《批判》,能看出什么呢?作者从前曾反对教宗,现在不反对了。"这样一本书能读吗?"

(记录稿,页24)我表达一下我的惊讶,为什么海宁斯不支持他出版,却不告诉他原因;他们俩一定争论得难分伯仲。

施米特无视这段细节,还在想那本书:巴尔一定知道他在干什么,孚希特万格就赞成将《后果》付梓出版。"我最终看到,人们无法改变事态"(记录稿,页24)。作为法官,他也不喜欢去插手别人的事,那毕竟不是他自己的事情。为此,施米特给我念了巴尔的一句话:这本书必将有一个不平凡的命运。"他早就知道"(记录稿,页25)这一次,施米特一语中的,巴尔"在大约于23—24年冬天的一封信中"写下被引用的那句话:在"给罗马的埃米"的一封信里。①

在给他妻子的询问和建议之间——她的牙疼好些没有,她想从罗马去北方,去阿西西和佩鲁贾;她有没有找到古罗马广场——巴尔写了一段令人动容的话,甚至他自己也感动其中。这几行字包括引用的内容,非常有意思:

> 我开始审视我的《批判》,只是我的进度并不明显。这本书让我如此不安,以至于无法仔细思考每句话。我必须让自己假意清净一下了。否则我看不懂,对此我感到十分惊讶。我只想认真看看我的文章,我的脉搏却躁动不安。就是现在,我还是在思考。我删掉了80—100页的篇幅。这本书的命运一定不同寻常。现在,我的心狂跳不已。(省略号来自海宁斯)

接下来的,未经删减印出的信——"埃米给胡戈"的信,"那不勒斯的旅行,1924年1月"——可以算作回答(前揭,页168及以下):私人内容(牙疼、佩鲁贾、古罗马广场)受到了攻击;没有一句话、一个词可以令巴尔如此受挫。直到又过了三封信之后,在对布

---

① 参见 E. Ball-Hennings, *Hugo Ball. Sein Leben in Briefen und Gedichten*,前揭页168,有缩略。

伦塔诺的省略(前揭,页 172 及以下)中,海宁斯才谈到《后果》;接下来的话题是夏天。安娜玛丽·许特-海宁斯把巴尔写于 1924 年 1 月的信收录进来(前揭,页 178 及以下),然而她并没有把它补充完整。

施米特　妻子的任何劝说都无济于事。这样的我,我自然也不能再一味劝说他,对不对?因为我们并没有那么亲密。于是,约见的火花是 1920 年突然迸发,持续到 1924 年。我就那么退了出来。也许我必须得自责,我本可以再劝劝他。我担心即便那样做了,还是[无济于事],除非他的妻子这样跟他说:别做,胡戈!而在他去世二十年后,他的妻子在自传《呐喊与回声》中这样大谈此事[巴尔于 1927 年 9 月 14 日辞世。埃米·海宁斯应该是在 1947 年。她去世前不久写完了《呐喊与回声》],并且说,"我"[按:指海宁斯]**本应该更坚决地劝服他,等等**;假如事情是这样,我认为——我不想说,陌生人,却又不是那么亲近的人——两人之外的第三者,能起到什么作用呢?(记录稿,页 25—26)

[批注]我忠实于记录稿页 25 的措辞。也许人们会把相会和在某年换成复数:"这是 1920—1924 年间众多相会中的一次突发的火花。"然后回去谈论某些从 1920 年开始从一次会面开始变得越来越有规律的相会,持续五年时间。按照施米特的说法,"相会"这个词要从隐喻(而且是单数)的层面去理解:作为两个灵魂的相会,而不是两个偶然碰面的人的那么几次相会。早在第 8 页的谈话中,施米特就说过:"我根本没察觉到,它就已经结束了",这里的"它"毫无疑问指的是跟巴尔的相会;他没法说清一系列见面的具体地点和日期。当他面对巴尔的固执不再说话时,他似乎看出了相会走到了尽头,而不是此后无数次的再相会:

好吧,他一定知道。我倒是根本就没察觉到[发生了什么事]。最后我发觉的时候,一切已经晚了。……就这样发生

了。……我就干脆抽身而退。(页 24 及以下；作者补充)

同巴尔的关系就这样被定义为一种相会，就像火花忽然闪灭，无声无息。施米特后来(页 25 及以下)又说，他尽管不是"陌生人"，但总归是个"不太亲密的第三人"；他这样说是在明确表示，他们的相会并没有为一段友情续写出新的篇章。

施米特认为，他"是出于对巴尔的友谊和爱才提出这个建议"(页 23)，与下面的说法毫无冲突：他想对巴尔表示他的友情和爱，就像人们对待自己的朋友和心爱之人所该有的那样。假设施米特"拒绝巴尔的《德国知识分子批判》"，他就是"那个时代错误的朋友"——施利希汀为巴尔的作品集《艺术家与时代病》做的后记中曾这样写(前揭，457 页)；这样说不仅仅是含义不明，简直就是居心叵测。

肯尼迪却坚持认为，施米特与巴尔交情甚好。尽管看上去"这简直是天方夜谭"。主张最不可能的事，不怕徒劳的做法，将这位女作者带入了一个更加大胆的构想之中——解释推动并承载这段所谓友谊的原因，提供一片同属于施米特和巴尔的土壤；二人可能会在这土壤上生根，并结出相同的果实；一个跟另一个的《政治表现主义》在她看来就是证据。她是什么意思呢？这样形容巴尔是恰如其分。在《逃离时代》的草稿中有这样的话：

"从表现主义中"，他［热内·希克勒］说，"我想创造一种世界观，一个彻头彻尾的激进主义。"我也想尝试一下。(巴尔记录于 1916 年 11 月 18 日，巴尔，前揭，页 133)。

这是一段中的最后一句，巴尔谈到了他同希克勒的关系：

希克勒带着几瓶酒过来。我们要庆祝婚礼吗？……深夜，月光下，我们惺惺相惜。……而日光下，我们看到的却又是彼此完全不同的面容。

《逃离时代》的目录中有十二条是关于希克勒的。值得一提的是 1917 年 11 月 9 日（前揭，页 211 及以下）：希克勒"让我有了一个想法……写一本关于'德国知识分子'的书。我们约好，我给他写一个纲要。"11 月 14 号有言：

> 纲要写好了。可是怎么样呢？我的思考付诸笔端就变了样。它应该是一本关于当代知识分子的书，结果却成了德国发展的缩影。……我觉得，此时值得大惊小怪；我的全部内心紧张不安。一阵电流击穿我的身体。（页 212）

1919 年那本《德国知识分子批判》就是这样诞生的。

希克勒（René Schickele, 1883—1940）直到世界大战一直被视作表现主义诗人；1915—1919（同弗兰茨·布雷）联合推出反军事化的时评杂志《白色传单》（*Die Weißen Blätter*），从而创建一个表现主义的讲坛；战后，他成了著名的小说家。政治上，希克勒的作品于 1935 年在德国遭禁，他本人介于社会主义和左翼自由主义之间，曾经是和平主义者、反民族复仇主义者。

希克勒希望施米特有可能像巴尔一样记录自己说过的话；这个施米特也想过，不过完全不可思议。表现主义也许在美学上也令他着迷，也许他是个非或反资本主义者，或看上去早年是这样的，也许激进思想曾在政治方面刺激过他，不过，他既不是一个表现主义者，也不是市民恐怖主义或激进主义者。而世界观——请允许我这样说——他早就有了，在天主教的信仰中。

三　施米特的天主教主义

我的这个批注将介绍施米特的天主教主义。这里我先解释一下令人愤怒的事：肯尼迪想把施米特阐释成受到美学影响、知识分子作用以及诗人和艺术家们的政治推动，却对魏斯只字不提。他的文章本应含有大量的人名和关系，却唯独不提这一位；尤其是当她从天主教方面影射巴尔的时候，偏偏对魏斯的事讳莫如深。

也许肯尼迪知识匮乏，也许她判断力有限，不过，不管怎样都令人不仅仅是气愤，而且还感到荒唐；因为，就在施拜尔的研讨课上，同一个小组的报告人里（她1986年时也曾发言），就有这样一个口头报告"施米特，一位糟糕而又有失颜面的基督教埃庇米修斯之真实案例"。报告人是威廉·尼森。

在1988年6月，这篇文章发表不久，估计那本关于施米特的论文集《对立复合体》就出版了。① 一些内容肯尼迪自然早就知道并且十分重视，即便她并没有读过或听过。尼森写道，

> 1920年前后，施米特遇见了施瓦本天主教诗人康拉德·魏斯，如今，无论从作品还是私人交谈中，再也读不出这场相会将有多么开诚布公或意味深长……不过确凿无疑的是，通过同康拉德·魏斯见面，施米特收获了一种崭新的、类似神话的维度，这只会令他的天才更加大放异彩……
>
> 施米特与魏斯的相会并非那种法官对诗人的膜拜，也不是诗人对法官之精准的钦佩［引按：此语影射很明显］，而是两个人好似在彼此身上发掘出一个深埋已久的宝藏，不是因为肯定对方的作品，而是靠挖掘而生。施米特在诗人身上发现了他一直在寻觅、经过神话这条路上的辗转、终于找到的那条思路，像观察一个幸运水晶一般。（前揭，页184及以下；没有给出名字）

---

① *Complexio Oppositorum. Über Carl Schmitt*, hrsg. von Helmut Quaritsch, Berlin 1988, 施拜尔行政科学高专1986年第28期特别研究班报告和讨论文章汇编。

尼森又说起关于施米特同巴尔的关系，

> 现在很奇怪，作家魏斯凭借1933年前后的一部记录史实的日记，就写出了一本书《基督教的厄庇米修斯》（*Der christliche Epimetheus*, Berlin 1933），并把其中的神秘形象阐释成当前基督徒的原型。……魏斯在他的《基督教的埃庇米修斯》中影射的是施米特的（迄今这部）作品。（页189；没有给出名字）

这里没有机会去和尼森共同追溯魏斯的历史神学及其对施米特的投射，只要历史神学还是对时代史的一种神学化，就存在问题。尼森用到了施米特在1946年监禁岁月里写过的一句话：

> 尽管多伯勒是个天才，但是在1932—1934年这段时间，我还是选择了魏斯，而且完全是下意识地。（页191）

在《从囹圄中获救》中，施米特承认：

> 我的道路可能有些模糊不清；但我的情况值得一提，有赖于一个名字，一个伟大诗人的名字。这是一个糟糕的不光彩的然而又真实的基督教埃庇米修斯。[①]

在《语汇》（前揭，页165）中会发现同巴尔的这种关系；我在1948年6月16日为这篇谈话所写的前言中（注释10亦有补充），除了刚刚引用的那句话——"在这儿所有人都离我而去，就连巴尔也是"——还有一句："只有魏斯和忠诚的朋友还留在我身边。"记忆中这篇稿子包含打开施米特"全部思想和发表物"的"神秘钥

---

① *Ex captivitate salus*, Köln 1950, 页12。

匙";"争取更具有天主教色彩";它与秘钥有关。

巴尔与施米特是朋友还是敌人,对某些人来说应该无所谓。肯尼迪应该不会按照她的想象对施米特进行放大或缩小,直到完全相符。她问,

> 施米特也属于那个世界吗?那个巴尔和埃米·海宁斯所在的世界?那个世界里还有许多坐在施瓦本咖啡馆、后来逃亡瑞士的人。(Kennedy,前揭,页153)

对这个问题的肯定回答,把她引向了尼古拉斯·松巴特。她盛赞松巴特对1914年以前德国知识分子世界的重建,"一个辉煌的构想,令施米特和希特勒这两个施瓦本咖啡馆常客走到了一起"(同上)。作者引用尼克劳斯·松巴特:"两位女士的群像"(载于:《信使》1975),以及《柏林青年》,前揭,"与卡尔·施米特散步"一章。① 松巴特对"介于男人同盟与母权神话"之间的施米特持怀疑态度:

> 有时候听上去就像是无稽之谈,有时候还有点真理的意味,儿女们还必须经常赞同作者的说法,他正确地看出了介于帝王时代与纳粹时代之间的德国战士、政客、国家理论家们在精神上是多么敏感。假如不是把这一切太当真的话,倒是不错的消遣阅读。

这个理由有点牵强? 是吧,也许吧;除了这些"可怜的理由",肯尼迪无法用别的办法来解释这个历史谜团(同上)。这句话没什

---

① 按照松巴特的论点(按肯尼迪,前引书),最终,施米特"决定支持普鲁士、支持建立一个国家,反对女性化、艺术性的东西",同时还提到了他的书《德国男人和他们的敌人》(*Deutsche Männer und ihre Feinde*. 前引书,多处提到)。参见《法律历史杂志》(*Rechtshistorisches Journal*) 11/1992,页468。

么内容,这符合它的片面性。按照肯尼迪的看法,施米特也不仅仅跟浪漫的乃至无政府主义的"某些艺术家"交好。除了皮特·汤米森——魏斯不算——还有另外一些跟他要好的人:居特斯洛(Albert Paris Gütersloh),此人的小说《日与月》(*Sonne und Mond*,1962)受到施米特专政概念的影响;特奥多·赫克尔;雅克布·海格纳;恩斯特·布洛赫,施米特在 Duncker & Humblot 出版社有可能用过此君的《乌托邦的精神》;还有埃里克·佩特森。① 施米特的性格中还包含着交友广泛这一点。她可能承认,

> 事实是,施米特从未失去对艺术和文学的兴趣,至少有段时间,他与某些艺术家圈子走得很近。(肯尼迪,同上)

一段寒酸的结语,不过还可以补充:施米特字里行间已经透露出,他是半个波希米亚人,是个完全的非市民;此外,他跟第一任妻子离婚,那位罗马人罗塔自己解除了婚姻关系——"我们对于促使这个梵蒂冈人取消 1924 年婚约的原因所知甚少";他有"外遇",结过两次婚(肯尼迪,前揭,页 151)。不过,可以参见吕特斯(Bernd Rüthers)的《第三帝国时期的施米特:科学是时代精神的定心丸吗?》:"围绕此事存在诸多不确定和传说。"② 吕特斯提到了肯尼迪的例子,他接着说:

> 反面是对的。这场婚姻从市民法律的层面被解除,申请从宗教含义上解除婚约,遭到了现存教会法的拒绝。……关于这场短暂而又影响深远的婚姻事件的表述存在不实,这最终可能对施米特生平中的重要一章造成歪曲。

---

① *Bausteine zu einer wissenschaftlichen Biographie*, in: *Complexio Oppositorum*,前揭,页 71 及以下;另可参见同一文献页 101 及以下,汤米森报告之后的话。
② *Carl Schmitt im Dritten Reich. Wissenschaft als Zeitgeist-Verstärkung?* 2. Aufl., München 1990,页 38,注释 42。

仅仅从施米特和海德格尔表面平行的人生轨迹来看,吕特斯就已经伪造了施米特的履历:

> 两个人……终于还是出于十分具有个人色彩的动机脱离了天主教。……施米特这边,申请教会解除他的第一次婚姻未果……这件事在他退出天主教问题上起了决定性作用。(页38)

吕特斯知不知道,他这么说与众所周知并已得到证实的情况不符?1926年施米特再婚时,教会就已经对他下达了破门令。这项禁令一直持续到1950年他的第二任妻子去世,这并不意味着脱离教会。芭芭拉·尼希戴斯从神学的角度作了更为细致的描述:"由于再婚,施米特尽管没有被教会开除,但却被教会中的圣礼会开除"。① 施米特从未放弃过天主教信仰,尽管他知道圣礼存在缺陷。他尊重教会的职能,但却总是不理会教会机构。莫勒在1986年追忆施米特的天主教生活时说:要想把施米特理解成一位教徒,也许"可以借助法学与政治边缘人这样一个形象:宪法与宪法实践的形象"。②

顺便力荐下这篇出色的博士论文——芭芭拉·尼希戴斯首先介绍了施米特同那位本是新教徒、1930年改宗天主教的神父佩特森之间的关系;跟友谊相比,他们之间更像是一场相会:对于施米特的中心问题——政治神学以及相关讨论而言,这是一份重要的文献。③

我用一句话汇总的内容,被肯尼迪分散在许多话里面,既不分

---

① Erik Peterson. *Neue Sicht auf Leben und Werk*, Freiburg-Basel-Wien 1992, S. 728, Anm. 52.
② 参见莫勒的报告 *Carl Schmitt und die Konservative Revolution*, in: *Complexio Oppositorum*, 前揭,页146及以下。
③ *Im Gespräch und Konflikt mit Carl Schmitt*, 前揭,页727—762及多处。

正误,又不分轻重。后来的"事件":说的是施米特跟卡特琳恩·穆雷的亲密关系。我们看到:

> 当施米特去波恩的时候,她也跟着去,他执导她的博士论文,《丹纳与英国浪漫主义》(Taine und die englische Romantik, 1923)。

虽然说是指导,可这个澳大利亚女人早在1920年就已经在恩斯特·罗伯特·库尔提乌斯的指导下获得了博士学位。我们不知道的是:施米特向Duncker & Humblot出版社推荐了她的博士论文,后来于1924年出版;她为此书向他致谢(页III),他称赞该书为"杰作"。① 我们读到这样的话,

> 卡特琳恩·穆雷恋爱了,爱得痴狂,然而,对于像施米特这样一个扎根于德国文化的男人来说,她并非合适之选。

这是一个女性政治学者在一份时政杂志上写的。卡特琳恩·穆雷多年"期待婚姻,他们共同的熟人(爱尔兰的吉尔曼神父)把这叫作'愚蠢'"。肯尼迪有一次提到了关乎政治的并且可能引起轰动的史料,但她大概仅将之视作一则爱情故事。施米特传记的最可靠作者皮特·汤米森对这段时间有着完全不同的记录(Complexio Oppositorum,前揭,页87及以下:没有给出名字):

> 有一天,施米特跟我讲,他曾想加入爱尔兰解放战争的志愿军。……施米特就爱尔兰问题与之交谈最深入的人,是澳大利亚神甫伯纳德·麦基尔楠。

---

① *Die geistesgeschichtliche Lage des heuigen Parlamentarismus*, 2. Aufl. Von 1926, S. 31, 脚注1。

麦基尔楠(McKiernan 不是肯尼迪写的 Kiernan),从 1923 到 1925 年在爱尔兰康复期间,"遵循一位来自汉堡的专家建议"同施米特取得了联系,也许"受到了他的同胞卡特琳恩·梅雷……的鼓舞"。"麦基尔楠在爱尔兰政府是否有能力将最高权力拱手让与外邦"跟执政的兄弟们发生了争吵;为了得到一份司法鉴定"施米特于 1924 年 3 月 26 日被问到了三个问题"。(第一个问题:"一个国家是否有权放弃它的独立?")汤米森接着说:"除非施米特回答了,否则必须仔细思考并惋惜他为什么不表态。"

根据肯尼迪的描述,她不想把施米特写成一个巴尔般的人,一个喜新厌旧的人;矛盾的是:她说施米特选择了"国家",巴尔选择了"施米特和教会"(肯尼迪,前揭,页 155);事情就该这么简单。但巴尔决定改宗,跟施米特根本没关系。巴尔的所谓改宗发生在 1920 年的夏天。1920 年的首次接触之后,接下来同施米特的深入交谈则是 1921 年 10 月巴尔搬到慕尼黑以后的事了;巴尔在 1923 年夏天之前并未采纳对施米特著作的研究(见 1923 年 11 月 23 日写给海宁斯的信;另可参见安娜玛丽·许特-海宁斯,前揭,页 171,于 1923 年 12 月中旬写给妻子的一封相似的信)。巴尔的文章《认信的改宗》(*Die religiöse Konversion*,1925)中看不出受到施米特的影响;他援引了荣格的《心理类型学》,其中 Enantiodromie[对立转变]是 57 个基本概念中的一个。

巴尔是 1920 年代才知道施米特的。他也不会选择"施米特",尽管后来他们频繁往来;假如她真这么做了,他就会迫于施米特的压力放弃出版《后果》。认为施米特选择了"国家",一个具体的国家,充其量是在 1933 年——持续了三四年;他从来没有追求过抽象意义的国家。他反对市民阶层,反对大资产阶级,而不反对市民国家中的公民。他如果是个反自由主义者,也就几乎不能说明他脱胎于一个自由主义者。

肯尼迪硬塞给施米特和巴尔的根据,顶多证明了二者存在对立;对于一次令彼此热血沸腾又不为外界所知的骤然冷却,这个根据太牵强。是什么令巴尔与施米特相会,之后却没有像朋友一样越走越近,反而各奔东西呢?

什克尔　看上去他本人在您面前非常不确定。有一封信[按:1925年2月11日],是他写给您的,但却没有寄出。

施米特　**有这回事。不,但(……)在那次见面和这封未寄出的信之间,还有许多他寄来的信,其中也谈到过此事**[按:我删去了一句失败的、被施米特改过的句子开头,后来的缩略版为:"不,但是还有些信,他此前——在这次相会和那封未寄出的信之间,他还给我写过许多封信"],**不过很明显,他不能那么做;即便我试图影响他,他也没有怪我**[按:施米特此处说的,在巴尔——尤其在发表了的——信中却并非如此]。

[批注] 安娜玛丽·许特-海宁斯(前揭,页187及以下),除了1925年2月11日那封未寄出的信之外,还收录了巴尔写给施米特的四封信;这四封信都写于罗马,时间是1924年10月4日、11月19日以及1925年1月4日和27日。10月和11月的信与我们的话题关系不大,而另两封1月的信则谈及《后果》以及对该书出版的反应。1925年1月4日,巴尔写道(页194):

> 您关于《宗教改革的后果》的消息着实令我高兴。我感觉到您对这本书的喜爱,这对我而言已经是成功了。有些作家属于鞭策型,甚至他们自己鞭策自己。您假想我也是那一类的人吧。……就居廉博士,我十分感谢他友好的兴趣。您见过他吗?或者他也是您研讨班的一员?我可否借此机会请您代我问候他?

1925年1月27日巴尔写道(页197):

> 关于我那本讨厌的宗教改革后果,现在有了第一批天气

预报。这是一个充满教益的机会,但我却并不期待。我保持着足够的距离,好让您不至于被我偶尔插入的内容所打断。……祝您身体健康,亲爱的教授先生,也请您对我继续保持友爱。这听上去很幼稚,因为它就这样发生在转瞬即逝的地方。

1925年2月6日和9日——在2月11日那封写给施米特的言词激烈的控诉信(但却没有寄出)之前——巴尔在给穆特(《高地》)和孚希特万格的信中,抱怨过居廉讲的话。在另一封给孚希特万格的信(3月25日)中,巴尔直接指责施米特;见我在注释51中引用过的段落,是通过跟施米特交谈、并通过巴尔的信方才得知的内容;安娜玛丽·许特-海宁斯不能把巴尔在这件事上对施米特所写的全部信件拿来出版;她将四封信付梓,他说这是许多封。

当然,这种遴选还透露出另一个原因,为什么施米特中断了通信联系,那是尴尬的沉默:他应该听到了巴尔对他发出的严厉指责——有话不敢自己说。有人在刚刚的一封信里批判了他,而且是令人十分恼怒的批判,充满教育意味;在稍后写给别人的信里,那些"天气预报"几乎没有变得更糟糕。对于这样一个人,他还能写什么呢?安娜玛丽·许特-海宁斯并没有看到究竟发生了什么事,1961年7月5日对施米特的答复证实了这一点(肯尼迪从施米特的遗产RW265—460中引用):

> 尊敬的教授先生,假如您真的给我父亲写信,会令我非常伤心。因为,难道不是吗?他也知道,他,我的父亲,尊敬并且爱戴您!真正令他感兴趣、被他珍视的朋友寥寥无几。当时在罗马,居廉博士批判《宗教改革的后果》之后引发如此巨大的失望,乃至您都不再写信了。

就算我们有"片刻"功夫可以接着说,施米特也不想"如此深人"这个话题。一方面"这本书扮演了这样一个角色",另一方面施坦克——作为德高望重的科学家,在研究中未受到左右——"也遭遇了这个关节点"(记录稿,页 26,参见施坦克,前揭,页 237 及以下)。施坦克仅仅表达了事实,并未进行阐释。

我很想找到问题的答案,为什么巴尔逆着妻子的意思出版了那本《后果》。施米特认为,施坦克须在《胡戈·巴尔》第二卷中重新提到这点,他的整个研究都是随之展开的。"现在事情变得极为有趣"(记录稿,页 27)。我还是坚持那个问题:为什么巴尔原本不想出版最终却还是出了?

施米特　这个内在冲突,是整件事中最折磨人的。对他来说也是。在有关巴尔的言论中,更令人惊讶也更有分量的是:他为什么最终还是出版了?

什克尔　这是他一贯的风格。一个改宗者。它不仅改过一回宗教信仰,而且整个一生都在改宗。他依靠改宗而生,一辈子都在改来改去。

[批注]在这个方面,可以解释一下 1925 年 3 月 25 巴尔寄给孚希特万格的信;也许,巴尔对施米特的指责在其中到了顶峰:"但是他也知道,我的文字是出自一个改宗者之手。"

20 年代中期,施米特在敌友问题上运用了他的政治概念及其原则;然而,这却是一位天生的改宗者。当然,施米特——他自己尽管更像是个异端,而不是一个早晚要改宗的叛教者——在巴尔的《后果》中看到了"一个改宗者……的文字";很有可能,他当时把该宗当作巴尔的本质特征。正因如此,他没能够把巴尔的改宗看成缓和局势的举措。

巴尔本人一定很清楚这个本质特征。1926 年 3 月 14 日他写信给孚希特万格(巴尔,《书信集》,前揭,页 244 及以下):

新书已完成。它叙述了那部自成一体的第一卷,那部我命名为"改宗"的书。眼下这十二段……囊括了 1913/14—1917 年(对戏剧、艺术、政治、哲学的讨论)。

几行之后可以看到这么一句惹眼的话：

> 人们将第一次看到，我的这些书——复数因为包含了《圣人书》——以及我的观点溯源至何处，有哪些民族主义动机。(页 245)

施米特 改宗者，是的。人们可以用各种各样自相矛盾的或正面或反面的词——您会怎么说呢？——来证实。对巴尔的描述令人吃惊，它们干脆把他描绘成 Refraktär，叛逃者，一个经常放任不管独自逃跑的人〔按：拉丁语 refratarius 从词源学上讲来自 refragari，反对某人或某事。词形上相近的词 refractio，引申自 refringere 的现在完成时 refractum〕。1917 年他就这样逃离了达达，那么甩手而去，径自去了伯尔尼，然后一头扎进政治事务，不是吗？让达达自生自灭，看都不看一眼。

〔批注〕米歇尔就给一篇关于巴尔的文章命名为《不羁者和他的话》。① "不羁"(refraktär)这个词的确罕见。在 1991 年版杜登词典里，这是一个形容词，医学术语，拉丁语词源。在 19 世纪的语言表达中，除了"不羁"几乎找不到第二个更好的词来形容巴尔的性格："一个难以驾驭的人，反叛者；逃避束缚和要求的人"；②海泽也用异端的来再现形容词"不羁的"。

1917 年以及到伯尔尼的详细年表，参见海宁斯的《胡戈·巴尔》，前揭，页 259—263；巴尔，《艺术家与时代病》，前揭，页 437—441。我引用巴尔本人的话，即《逃离时代》中的两条。1917 年 9

---

① *Der Refraktär und sein Wort*, in: Zs. *Der Kunstwart*, Oktober 1928.
② Joh. Christ. Aug. Heyse, *Fremdwörterbuch*, 15. Aufl., Hannover 1873.

月 7 日,他在伯尔尼写下:

> 从这里出发,让主编[《自由报》]看看,我曾顺带跟他谈过,然后他去贝阿腾山旅行去了。现在我觉得自己被遗弃在这个陌生的城市。在苏黎世是美学的一半,在这里是政治的一半。我觉得自己被分成了两半,而我最终为政治牺牲了美学。

1919 年 9 月 22 日(页 202):

> 希克勒的新杂志[按:即《白色传单》]将在 11 月出版。我留在伯尔尼。

自由出版社于 1918 年 8 月在伯尔尼创办,1919 年 1 月推出《德国知识分子批判》;1919 年 9 月接手了《自由报》。从 1918 年 8 月起,巴尔担任这家出版社文学部部长,1919 年 9 月起领导整个出版社,直到 1920 年 3 月出版社关闭。《自由报》每周两期,1917 年秋开始,巴尔就为这份报纸撰写时政文章。当时共事的还有布洛赫、艾斯纳(Kurt Eisner)、克莱尔和伊万·高尔(Claire und Ivan Goll)、科尔布(Annette Kolb)、卡尔·冯·奥西茨基。

什克尔 一年后,他又甩手离开了伯尔尼。

[批注]对上个批注中提到的日期,我必须更正一下:巴尔从 1917 年秋到 1920 年初总共约两年半的时间都呆在伯尔尼。我觉得施米特和我在此不谋而合地给巴尔的履历提了速。无论我们强调与否,这份生平的内容和方向都是真实的;巴尔的传记展示出一个不安的转变,而不是水到渠成的自我转换;重复的 Enantiodromie[对立转变]。然而这不是一个瞬间行动,它步步为营,掩饰了其中的不安。

施米特 义无反顾地。这是典型的巴尔作风。是的,假如您把这叫作改宗的话。

什克尔 一次出逃,我不想称之为开小差。

施米特 是啊,但他自己却说:逃离时代。那其实就是说,时不时从他所在的环境中逃出来。

[批注] 看巴尔那本书的副标题,他会不会反驳施米特呢?尽管不是最初的书名页,但在衬页上写着《逃离时代》,下面是拉丁语。我引用了此书从开头到结尾的几处;如果把这几处放在一起,会清楚地发现巴尔的逃避性格。

> 我观察到,如果我不用非理性之物让自己免疫,那我就没法从事我那丑陋的(政治理性主义)研究。如果我喜欢一种政治理论,我担心它过于幻想化、乌托邦、诗性,还担心因囿于自己的美学圈子而被取笑。(1915年7月3日,前揭,页37)
>
> 逃离时代,在尼采那里已经(出于嘲讽者和无神论者的品味)得以实现。还有一个更坚定的逃离,必定跟基督教修院制度相一致。如此可以反对一个无药可救的疯狂世界。……自从乡下人先后变成诗人、哲学家、反叛者和花花公子以后,时序就给了他自愿的贫苦,最严苛的禁欲,假如不是他想要的消失——他在其中看到了最高境界的奇迹。这位社会主义者、美学家、僧侣:三个身份一致认为现代的市民教育对世风日下负有责任。这个新理想将被所有三个新元素所接受。(1921年1月3日,页294及以下)
>
> 阿格奴佐(Agnuzzo)有七个字母,这七是一个神秘数字。(1921年4月15日,页299)
>
> 我的批判是一种拒绝,一种逃避,逃向对决定这场逃离的原因所作的隐约命名之中。(1921年4月21日,页308)

这三段来自《逃向深渊》(*Die Flucht zum Grunde*)选段。
黑塞的一个朋友着重表达了一个(深化抑或升华的)版本：

> 不要说"逃离时代"，换个说法，或者不要给"逃离"这个词赋予狭隘的可怜的含义，好似这个英勇无畏的人是个胆小鬼或者开小差的人！他要逃出"现实"的那个地点并不是抽象的，不是梦，不是不负责任或者用生活和思想的现有形式玩小孩的把戏，也不是中世纪和经院浪漫派的戏剧！相反，巴尔一直在寻找的正是最高的现实，达到最旺盛的生命，在上帝诞生的地方，在人类为了最炽热的实践他的可能性而卸去所有游戏和虚荣的伪装，为了重生而献出他的生命。(黑塞，《全集》，12卷，法兰克福1970，页407)[①]

什克尔 不过，总是朝着新目标(记录稿，页27—28)。

［批注］施米特说，谈起巴尔，总是扯到达达时代：说多亏了达达他才存活下来，而不是天主教和改宗；达达提升了他的知名度，即便"新左派"(记录稿，页27)也这么说。也许新左派为无政府状态(假如不是无政府主义)、幻想(假如不是幻想作品)、神秘主义(假如不是神秘学)、精神分析(假如不是驱邪术)、对教会的信仰(假如不是僧侣狂热主义)等元素的融合——这些东西都是巴尔及其改宗所固有的——所着迷。这些所谓的左翼中有一些人早已为《圣人与巫师》(亚历山大·大卫-内尔)工作，而不是在机构的漫长征途中等待煎熬。

现在，巴尔几乎别无选择，就像歌德：他服务于采石场，在那里每个人或漫不经心或别出心裁地拿走文化、艺术、其他哲学的碎石

---

① 引文引自 Manfred Steinbrenner, *"Flucht aus der Zeit?" Anarchismus, Kulturkritik und christliche Mystik-Hugo Balls "Konversionen"*, Frankfurt a. M.-Bern- New York 1985, 页11。

块,带着它们就像带着论证时用到的武器,抛向一切(政治上)不正确、道德上不正确的立场。就连一个从思想和语言灾难里艰难出世的新右翼,现在也发现了他们的巴尔,博多·施特劳斯在"Anschwellender Bocksgesang"一文中写下他的希望:

> 右翼希望能跟百年来"反对变革的文化概念"(巴尔)彻底一刀两断,这个概念继尼采之后令我们的思想生活充斥着大量玩世不恭者、无神论者、犯上作乱者,并且对政治、批判和一切有争议之事怀着狂热的虔诚。(《明镜周刊》,1993/6,页205)。

但是,博多·施特劳斯要么没有详细研读过他的巴尔,要么就是把那个说法——简短地讲就是"世俗化的、反宗教、反对变革的文化概念"——使用并不得当,完全滥用了。这个转折大概占据1918年4月19日四页的篇幅,记在巴尔的《逃离时代》里;一则引文(前揭,页223及以下)表明,巴尔实际上究竟在逃避什么。他写道,

> 在德国,文化和文明的对立总是一再浮现,总会出现这样的情况,我们德国人拥有文化,法国人却只有文明。在德国的低地里:我们有旅行卫生用品包,他们有的是坐浴盆。这种争论也许可以得到缓解。
>
> 德国人理解的文化,是一段几近模糊的记忆:旧式的帝国与主教的联系,还有那些庄严仪式,正如它们在使徒威严的"文化使命"中被改写和演示的那样。这个文化使命一度包含:1.对非基督教的边疆地区(所谓的边缘民族)进行占领和传教,2.建立垦殖园、教士学校、要塞,3.在占领地区设立军事监察局。

在那个美好的旧时代里,我们德国人并不会受困于保持和平与和平执行之间的差异;我们嘴上说平息,而实际上说的是打仗。巴尔接着说:

> 使徒威严对所有从属于它的人都是可怕的[引按:为了避免误解,更清楚地表达就是:恐怖的,引发恐惧的,吓人的;"了不起的"这个词的词义是娱乐场和军校学生的语汇],而诸如此类的 heiliges majestotso[神圣威严]如今还深埋于德国人的性格之中,无疑促成了军队招募令。这些记忆也是对德国君主制度的解释,对于天主教而言,当新教的宗主教(Summepiskopus)侵犯使徒尊严之际,君主制的光环并未消失。即便是抽象的,也总会从属于一种严格的神学尊严。

威严不再,一种旧时权威,神圣的涂油仪式,军事后盾,民心所向,也可以做到。博多·施特劳斯接下来大概不再指斥:"如果人们不再谈论'文化'",现在文化正大踏步前进。这是不是一个德国式的、欢迎变革的(devotionsfreudig)文化概念呢? 是不是博多·施特劳斯所期待的那个呢? 文明绝对不是。据博多·施特劳斯说,巴尔在1918年表达了他的希望,即文明是

> 世俗化的、反宗教、反对变革的文化概念,这个概念包含了启蒙,人权和一个机械-工业化的-脱离上帝[不是没有上帝]的世界。舍勒和松巴特以各自的方式成为这种说法在当代的代言人。

最初提出这个反题的人,是浪漫主义者们。他们首先用它们的文化概念来对付法国,不同于松巴特最近针对的"斤斤计较的"盎格鲁-撒克逊人,这一点毋庸置疑。伏尔泰这名启蒙学者、反基督教者,是浪漫派的宿敌。他们想要在政治中象征性地看到操纵世界的超自然力量;一如既往地,把奢华的掌

权者当作上帝派来的总督。

与之相反,巴尔说:"对法国来说……上百年来的浪漫派反题不再有效;法国……回溯以往这三十来个天主教宗帝",可以说,"我们叫作文化的东西,在那里可以同样有效。"但实际上却不是。尽管如此,巴尔问道,这一切有什么用处呢?

> 我们有一个皇帝,打仗的时候甚至有两个,当我们上百次为正义而采用暴力,按照现代的定义,成为流血的堂吉诃德:——我们拥有文化,我们跟亲爱的上帝紧密相连,其他人都是劣等人,都是二等人类。

对德国文化没兴趣? 这是右翼的希望,这是右翼的愚蠢,更确切地说:政治浪漫派最恶劣的一种愚蠢,不配这个名字。还有其他种类的政治浪漫派,他们的发言人尽管有唐吉诃德,但他们是不流血的。政治天主教主义和天主教浪漫派决定了施米特与巴尔(那个20年代的巴尔)相会的开端与结局。肯尼迪(前揭,页161)正确地评价道:

> 就施米特而言,从魏玛共和国之初,对德国的局势就缺乏现实性的判断,巴尔《宗教改革的后果》已经证明了这点,这标识出长期以来的浪漫主义。

肯尼迪把巴尔的立场理解为"一个浪漫主义者拒绝在魏玛早年看出天主教的政治现实"。

我想,也许向美学的转变已经算是巴尔的第一次改宗。于是施坦克这样看:他称"向达达的皈依……是美学上的造反",紧随其后的才是"通过对天主教的再度皈依成为宗教反叛者"(记录稿,页29)。参见施坦克(前揭):

> 巴尔的美学反叛的所有舞台都可以被轻易地识别为同一个根本问题的变形，这个根本问题是他研究尼采的心得：戏剧是点燃人们心中革新社会的酒神式元素的最佳方式。（页223）

> 事实上，他在改宗之后所遵从的极端严苛似乎说明他投身教会是另一种形式的反叛。（页225及以下）

不妨比较巴尔的文章Die religiöse Konversion[认信的改宗]，该文首先发表于《高地》（22期，第2卷，9/10，六月/七月1925）；重印于《艺术家与时代病》（前揭，页336—376）。巴尔在文章中首先谈到了德·桑克蒂斯（Sante de Sanctis）的《认信的改宗》（*La conversione religiosa*，Bologna 1924），并从弗洛伊德的抑制和升华这两个基本概念出发探讨了改宗的问题。

不过，我补充一句，政治上的反叛走在了宗教之前。也就是说，介于美学与宗教反叛（达达与再改宗）之间，是巴尔的政治反叛（*Kritik*），第一次。是的，政治在先，宗教在后："接下来还会发生什么呢？"（记录稿，页29）现在，又是政治反叛：1923年《拜占庭的基督教》，1924年则是《宗教改革的后果》。巴尔并不认为这两本书的观点针锋相对，而是互相呼应。1922年，在给《拜占庭的基督教》所写前言的笔记（未发表的片断）中，巴尔把使徒行传称作"对我第一本书（*Kritik*）的补充"：

> 两本书时隔四年，此间是不懈的工作，首先就是我的性格方面。德意志精神、德意志道德，还是这个题目。但是反叛的姿态不见了。政治（物质）问题被排除在外。一种令人迷狂的神学，一种神学理论（我在其中试图搜集一切更高价值），汹涌而来……

> 当时我信仰一个"知识分子的教会"，一切自由与生命力的神圣化都以此为基础，我至今仍怀有这个信仰。但是我不

再跳出教条和法规去看这个理论……我不再跳出大教会的传统去看待它。

假如巴尔在"第一本书里已经阐明了宗教改革以及随后的阶级制度给德国的教育工作带来的分裂",那么,他现在所关注的一定是,"回到一个时代的理论中来,在那里,基督教和古希腊理念之间的平衡已经取得巨大的成功":早期神学家,早期基督教,早期拜占庭教会。假如他当时"遭遇一个所谓野蛮的野性,遭遇一种德意志不屈不挠的历史个性,遭遇那种典型的反叛精神,那种……在宗教改革和后来 1914 年的战争中所表达的反叛",那么,他现在说他,

> 已经认识到,德意志英雄概念赖以生存的这种狂热,所谓的条顿人的愤怒,只能导致解放一个超自然的、彼岸式的、象征性的世界观。我在教堂中也看到了这种世界观浓重的色彩。

而他为了

> 使一个来自深远历史的英雄概念能够在德国重生……有意赋予一种神圣教义;我希望,这个神圣教义下的英雄主义高于自然的英雄主义(Naturheroismus),还希望,前者较之后者的优越性也能得到世人承认。①

无疑,巴尔强调圣人书与《宗教改革的后果》之间存在着联系。他在 1925 年 2 月 6 日给卡尔·穆特的信中写道:"尽管事情显而易见,但《科隆民众报》大概并未看出我这两本书之间的关联。"

---

① 见 *Der Künstler und die Zeitkrankheit*,前揭,页 300 及以下。

1925年2月11日,巴尔在给施米特的信里又说了相似的话:

> 他[G.博士]得出否定的结论,因为他没有留意到《后果》和我的《拜占庭基督教》之间存在关联,也不想看到这种关联,尽管这两本书是互为补充的。

至于两本书在哪些地方互为补充,他在1925年12月21日给《奥格斯堡邮报》编辑汉斯·罗斯特博士(在杂志《美好未来》中撰文评论过《后果》)的一封信里写道:

> 我的《拜占庭基督教》是对新教的一次更为严厉、更加彻底的攻击。人们早晚会看到的。《后果》里没有写的,都写在了那里。从这个意义上说,两本书互为一体。二者辅车相依,互为解释。至于为什么会是这样,我会在另一本眼下正在写的书中给予说明。(引文来源:《巴尔书信集》,前揭,页199、203、236)

对于这本计划中的第三本书,海宁斯在《呐喊与回声》中(前揭,页216)有过记述;我把她的话跟施坦克的内容(前揭,页238)做个总结:

> 巴尔在罗马写了一系列文章给天主教杂志《高地》,其中最重要的几篇为《改宗》[1925]、《政治神学》[1924]、《艺术家与时代病》[1926]。所有这些文章,尤其是最后的这篇,暗示出他的兴趣发生了新转向。他刚刚揭示出狄俄尼索斯阿瑞俄帕吉塔中的等级制,现在又在准备写一本关于驱魔的书,要在其中展示出魔鬼的等级。他的目标仍然是通过揭露一种困扰我们时代的邪恶精神,达到一次"改革"。

埃米·海宁斯撰写她的自传时,那是四十年代末期,她把晚近历史中恶的人格化称作邪恶精神的一种,魔性的一种(前揭,页218):

> 巴尔把对魔鬼的拒绝视作这个时代最严重的病症之一。魔鬼胜券在握,如果人们不相信他,因为在这种情况下人们就不怕他。……如果人倾向于以往,那么恶就几乎总在不知不觉中占据人的身心,就像皮卡德(Max Picard)在他的书中,尤其是那本《希特勒在我们中间》(*Hitler in uns selbst*),所揭示的那样。

1924年的那本,施米特强调,"无论如何也不是……宗教性的",而是"政治性的"(记录稿,页29)。我毫不隐讳地也基于巴尔对罗斯特的表述,跟施米特一同把《后果》视作作者第二次政治反叛的证据。就连像《圣人生活》这样一本表面看起来纯宗教性质的书,其原旨思想中也或多或少可以读出政治的意味(见巴尔于1926年3月14日写给孚希特万格的信)。没有人比瓜尔蒂尼的话更确切地指出这种原旨性:

> 这本书是对自由思想观念的一次猛烈而凌厉的攻击,贯穿始终的不过是一个思想:通过心理主义与历史主义粉碎有限中的绝对,消解自然中的超自然。他[巴尔]认为一切有限性都在绝对专制中分崩离析。①

像瓜尔蒂尼这样的一位天主教权威人士,警告巴尔在《拜占庭基督教》中激进表达出的业余神学,然而这几乎没有对他产生深刻

---

① R. Guardini,"Heilige Gestalten. Von Büchern und von mehr als von Büchern",见 Zs. *Die Schildgenossen*,April 1924,页25及以下,引自施坦克,前揭,页236、242。

的震撼。从巴尔 1925 年 2 月 9 日写给孚希特万格的信中可见,对于瓜尔蒂尼针对《后果》所做的批判他心知肚明:

> 瓜尔蒂尼教授先生对我保持距离而且对他当时写过的话感到愧惜,对此我非常遗憾;由于我并不了解他的想法,我就不能说这究竟是在针对我还是针对他。我们对所谓的"文化"有相反的看法。G 先生对这种文化抱有期望(假如我听得没错的话),而我反对这种文化并且认为,药方只能来自最严格的闭门自守。(《巴尔书信集》,前揭,页 201)。

只有黑塞给了他一丝安慰。黑塞公开赞美巴尔及其著作,包括《后果》一书。黑塞仍然是他的朋友。1926 年 3 月 24 日,巴尔写给孚希特万格,

> 我还想告诉您,黑塞在给他的《中世纪史》所做的序中把《宗教改革的后果》称作一本具有拓荒性质的书。(《巴尔书信集》,页 245)

我反对施坦克提倡的这种简化——说巴尔现在又信天主教了,说《后果》按照天主教精神重新编纂了。其中提到针对施米特的指责,由于谈话转向了另一个话题,于是补充巴尔本人的最新看法。在 1927 年春的一封信中,他对姐姐卡罗琳娜抱怨道,最近"得接受一次迫不得已的来访",这次来访"证明他是个骗子"。他觉得来访根本就没有意义,管他什么先生,"就不该来,最好别来。我真不喜欢这一套。"巴尔言辞愈发激烈:

> 几年前有一位波恩来的教授,此君给我留下了最为糟糕的记忆。(……)人与人之间互相理解明白真是一件艰难繁琐的事,对此我深有体会。于是人们付诸文字。我希望我这个

人彻底死掉,不存在才好。(《巴尔书信集》,页 294)

四 天主教与政治

什克尔 情况并非如此。这里又是政治闯入了他的天主教思想……

施米特 ……他的天主教思想,没错。不过这说明,政治是他一生中最投入的领域(记录稿,页 30)。

[批注] 这次会面之后,巴尔在 1926 年吁请,收回他起初在 1924 年写的那些针对施米特的政治观点。在《施米特的政治神学》一文中,巴尔盛赞道:

> 《政治的浪漫派》是施米特第一本不仅只写给专业人士看的书。一种非凡的形式力量,试图把浪漫派中的幻想性谎言癖简化为政治标准。……这个话题不是泛指。这本小书的目标不是浪漫派,而是政治的浪漫派,而且说到底只是德国的浪漫派,再具体些也就是亚当·米勒。为了抓他这一只兔子,对整个圈子进行围剿。你还可以发现,施米特说了些子虚乌有的话。
>
> 不过,这恰恰体现出他的高明,用一种巨大的定义艺术、决策艺术和编目章法,把所有话题中最富想象力的东西按逻辑组合在一起。于是,亚当·米勒也许就成了人们口中的浪漫政治或浪漫神学里面最有艺术气质、最特别的一个代表人物。(《高地》,前揭,页 266)

仅仅两年以后,在《艺术家与时代病》一文(同时也在《高地》杂志 1926 年 11/12 月号发表)中,巴尔针对同一个主题、同一个人,发出了完全不同、既非褒扬亦非肯定之音:

人们打算传播同时代人的思想,费尽心力要给浪漫派的精神下定义。其中用力最猛的是波恩教授施米特(《政治的浪漫派》,1919)。这本著作提出的问题,深深刺入到想象中的非政治话题的对立面。施米特尝试清理浪漫派。他从亚当·米勒出发,把一道意识形态的弓,折回到马勒伯朗士那里。笛卡尔学派世俗化了的恩宠概念,即机会主义,被他称作决定性因素。

他攻击浪漫派最大的弱点,攻击他们的政治,并且把浪漫派同国家标准联系起来,这样他就轻而易举地揭示出一种半吊子式的价值混乱。他的理据依然是杜撰出来的;因为那样一来,按照歌德自己的供词,他也成了一个机会主义者;这位疏密大臣把即兴诗看作最悦人的诗歌形式。①

对于巴尔把机会提升到哲学概念,联系歌德的例子,人们会觉得离谱。他所探讨的机会并不是给人偷盗之机,而是其"本身就是最大的盗贼"。于是它盗走的不仅仅是他"心中"残存的爱情。巴尔忽然说出了下面这些逻辑上逼近死角的句子:

> 相反,人们可以说,浪漫派不能从政治上进行定义,因为它本身就不想要得到政治性的理解,因为它预先就是反抗政治的。亚当·米勒跟那些人不一样,他要确立的政治标准有着完全不同的含义。那些人更想要通过浪漫化扬弃政治。(同上,页111)

巴尔 1926 年的文章,谈到施米特,结论就是机会主义。一个擅长辩论的头脑一定会喜欢把这个概念作为施米特的"决定性因

---

① H. Ball, *Der Künstler und die Zeitkrankheit*, hrsg. von H. B. Schlichting 前揭,页 110 及以下。

素"——就像巴尔说的施米特对亚当·米勒。卡尔·洛维特在1935年不仅把政治决策主义称作施米特的政治决策主义,而且还为机会主义这个词附加了投机的含义。有这样一处(同上,页32)写着:

> 施米特用来形容政治浪漫派、尤其亚当·米勒浪漫派的基本概念,是具有讽刺意味的机会主义;他用来形容政治神学的……是自治性质的决策主义。可以看出,就连非浪漫的、非神学的决策主义,在施米特看来也只是相时而动的另一面。

这当然不能不证自明,不过另一种说法,说卡尔·施米特的决策主义是非神学性的,不过是一个破产的诡计;对于施米特已经宣称之事,干脆通过否认予以剥夺。肯尼迪做出又一个惊人之举,她不想把《政治的浪漫派》理解为"关于第一代浪漫派的评论",而是作为理解"施米特一代人的关键小说",认为他本人曾在"巴尔的友谊"(页161)中扮演重要角色。但这种理解是错误的。

巴尔自甘蜕化为机会主义者,卡尔·洛维特令他疲惫不堪,而施米特一定把这件事算到了自己头上。由于"缺乏那种因果关系",他立即把浪漫派看作"完全盖棺定论"的(《政治的浪漫派》,前揭,页120),洛维特还指责他在所有政治行动中缺乏事实原因(Sachgründe),说这位浪漫派,施米特,在次要的事情上迷失了自己,"把每件具体的琐事看作莫测后果的原因……,看一眼甜橙就令莫扎特创作出《唐璜》"(页120及以下),巴尔用歌德的即兴诗作出了回应。巴尔在言辞上奋起反击之处,洛维特从道德层面加以严厉鞭笞、贬低。

与此同时,巴尔所依赖的哲学机会主义,具体到姓名也就是马勒伯朗士,施米特在四页之后(页124及以下)也提到,除了马勒伯朗士,还有科迪默和赫林克斯。从更长的历史看,其源头追溯不到他们任何一个人身上。重点是机会主义,如施米特对传统的概括:

"一种特别而新型的形而上观点"(页124),一种他不得不接受的观点。

这位拉丁学者把机缘的(occasio)当作"有利的机会"(因此一位瑞士的二手商人直到今天还会提供机缘,不过因此还有某某人嘲笑莫扎特的甜橙,或者另有人对"机缘巧合"的含义进行发挥,把这某某人叫作投机者)。而一位哲家则紧随笛卡尔的脚步,陷入了思维与广延这样一个疑难;它们在理论层面截然分离,在实践层面则告诉人们,我的思想可以影响我的身体,要么我的身体可以影响我的思想。上帝提供了虔诚的、神学层面系统化的出路,施米特写道(页124及以下):

> 随机的解决方案……消除了困境。它视上帝为每个心理和生理过程的真正肇因,上帝促使那些灵魂与身体现象达到难以解释的融合状态;一切都算在内,意识过程,意志驱动,肌肉运动,都是纯粹的[纯粹机缘性质的]上帝使然。事实上,行动的不是人,而是上帝;我们什么也没有做,假如不是借助一种至高无上的力量,如科迪默所言;他所说的是自然现象,而不是恩宠效应(也不是巴尔所说的"笛卡尔学派世俗化了的恩宠概念")。

"上帝的插手,"施米特认为,"在每个细节中都有本源的效力,正确的效力。"

无疑,施米特对于上帝在我们生活中以及自然万物中的无所不在并不表示反对;最终他认为"决定紧急状态"的自治性无异于万能的主在显灵(《政治的浪漫派》,前揭,页11、49)。用浪漫派著作中的话,令他对机会主义思想家有反感的、"决定性的"东西,在于"结构的特殊性"。他接着说,这是因为:

> 投机主义者没有对二元主义进行解释,而是任其存在,不

过却通过绕进一个包罗万象的第三条道路,而令其变得扑朔迷离。如果每个心理和生理过程都只是上帝所为,那么对灵魂与肉体交互作用的假设所造成的困境,就不会自行解决,也无法对问题作出决策。话题从二元流向一个更加广泛的、更高更真实的统一。……机缘体系的上帝从实质上有构成真正现实的功能,在这个现实中,肉体与灵魂的对立遁入无实质。

浪漫派并没有退出视野;因为,如施米特所写(页127):

(即便)在浪漫派那里,一个"更高的第三者"也会扬弃那些对立,而且,彼此对立之物在"更高的第三者"中消失,对立成为这个"更高的第三者"存在的契机。性别的对立在"总体人"身上消失,个体的对立在更高的有机主义中,即国家或民众,国家的分裂通过更高的有机组织——教会。

正如施米特在机会主义中揭示出浪漫派的一个固有特征,他在对待反题的浪漫式行动中明确了一个特有的对立结构。在他看来,"高度浪漫地设定并叠加诸如男人和女人、城市与国家、……肉体和灵魂、人与事、空间与时间……理论与实践、浪漫与古典等等一切可能的对立面",以及所有在第三方调解(tertium reconciliationis)下的融合,都是口头的理性(raison oratoire;页191及以下)。

施米特不仅在说,浪漫派的理性是反题式的理性,而且也表达出(尽管只在页193的注释里出现过一次)浪漫派的理性不是什么,并且通过看似漫不经心的一句话:"就连麦茨格这样一位优秀的哲学家"——指麦茨格《德国理想主义伦理中的法律与国家》(1919,页260)——也听得出"穆勒的对立中包含着黑格尔式的'冥想概念'"。

通过这句话,其实也算不上是句话,施米特很早表示出,他本想如何思考这些根本的反题：比如那著名的同时也背负骂名的敌友对立说。在他的《政治的神学》（前揭，页 22）中，有另一个隐含的表示。施米特从克尔凯郭尔的《重复》中的一大段里引用了这句话："正当的例外，普遍来说就是宽恕"（未留标注）。那么，朋友与敌人在黑格尔的意义上是一个思辨性概念吗？

1945 年以后，施米特在《从囹圄中获救》（前揭，页 90）中，或者在私人的《日记》（前揭，页 217）中引用了多伯勒的一句诗，他还为那些在他眼中可以进行思想交流的人把这句诗写进自己的书里："敌人是我们的根本问题。"① 这句诗体现了黑格尔对有支配作用的普遍性所作的定义：是种普遍性，是自己，也是自己的反面，它自身包含着特殊性。我们姑且假设，是否有些句子和命题在施米特那里——从《政治的概念》(1927)到《游击队理论》(1963)，作为一个政治的概念，其原则叫作敌友，在插注中补述——在这样的方式下要推测着来读呢？② 我希望在别处可以系统阐释这个假设）只有很少的文字可以阐明施米特同黑格尔的关系，比较莱茵哈特·梅林的博士论文《同情式思考施米特沿着黑格尔足迹所走的思想道路：天主教根基与反马克思的黑格尔策略》。③

"这有一本书——"，施米特此前提过（记录稿，页 28），不过中断了，而且他倾向于认为，是达达而不是天主教令他存活下来。现在，他重新提到那本书——其中"一处表达"，一处令他"舒心的"表达（记录稿，页 30）：普罗森克写的《苏黎世的达达主义者们》（汉堡论文，波恩 1969。除了苏黎世之外，纽约、柏林、科隆和汉诺威的达达主义者们也值得一提。一些艺术家还更换了阵营）。施米特

---

① *Hymne an Italien*, 2. Aufl., Leipzig 1919, 页 65。
② 见《关于游击队的谈话》（前言）以及后面的文章《施米特谈朋友与敌人》（*Freund und Feind. Über ein Gespräch mit C. S.*）。
③ Reinhard Mehring, *Pathetisches Denken. Carl Schmitts Denkweg am Leitfaden Hegels: Katholische Grundeinstellung und antimarxistische Hegelstrategie*, Berlin 1989。

引述道:巴尔有"当艺术家的野心,并且也证实了自己为此做好了准备。不过他又是短暂的一腔热血"(普罗森克,前揭,页86)。

施米特把最后一句说了两遍。我问,那可否叫作肤浅。当然,"有点"(记录稿,页30),不过,每个人都会注意到这份传记。海宁斯在她的《巴尔的上帝之路》中没有描述什么道路,"那是一种徘徊往复"(记录稿,页31)。① 我认为是跳跃,是"从一端到另一端"(记录稿,页31)。如果是跳跃,那么既不是心血来潮,也不是玩世不恭,更不是辩证的跳跃:

> 现在,辩证,那么就跟在黑格尔那里一样走得太远,在他看来,这不是件好事。(记录稿,页31)

《德国知识分子批判》充斥着对黑格尔的攻击;略举一例(前揭,114页及以下):

> 黑格尔[抓]向"世界灵魂"并且通过正题、反题和合题把它变成普鲁士臣仆和国家的自我意识。这对于世界灵魂是一个艰辛的过程,对这位教授亦然;这个过程有点黑暗,但是结论对于经纪人来说却很值得。
>
> 黑格尔以前就知道:一切反革命的东西,也是理性的,普遍的义务兵役制,威廉三世在"自由战争"之后用来抚慰人心的东西(1814)——就连这个他也得归宿到那个思想上,忘记了自己对法国人在1806年的好感,归宿到世袭君主制,长子继承制和两院制。德国"理想主义"就这样成了那种秘密内阁,头上飘着理性和启蒙的旗帜,而内心却是其以为带着防毒

---

① Emmy Hennings-Ball(sic!),《巴尔的上帝之路:一本回忆之书》(*Hugo Balls Weg zu Gott. Ein Buch der Erinnerung*)作为海宁斯回忆录三部曲的第一部,于1931年出版于慕尼黑。

面具的国师,向统治者的性虐狂传授被施了魔法的对象。

施米特觉得奇怪:"没有发展……只有突变,如你所愿"(记录稿,页31)。可是,没有人会怀疑巴尔的真诚。

五 政治表现主义

施米特　这正是不可思议的地方。而且还一直保持这个印象,一个人在一个完全混乱、完全破碎的时代如何徘徊进退,又如何保持真诚,并非心怀不忠,而是在持续不断地被迫往复在两极之中。忽然间,他必须义无反顾,忽然间他又必须一笔勾销。这表明——在我看来切中要害——政治事件不是短暂的投入,因为他还是不顾一切地回到政治上来。为什么他不回到达达那儿呢?

什克尔　我看,他有令人惊叹的——

施米特　后来他这样说达达:一场笑剧,对我来说就是一场笑剧。他就这样跟达达分道扬镳。

[批注] 参见巴尔在《逃离时代》(23. V. 1917)中的说法:

> 达达主义,一个面具游戏,一场哄笑?那背后是浪漫主义、但丁主义以及——19世纪魔鬼理论的合题?

从此处起,我引用的都是新版(苏黎世1992),与卢塞恩1946的第二版不同,继续沿用1927年的第一版(彼处页166)。后面的句子引发了这样一个问题,达达主义的哄笑在多大的程度上同样暴露出他们的惊恐。1916年3月11日,巴尔在记事本里这样写道:

> 许尔森贝克在9号读着,伴随巨大的鼓声、吼叫、哨音和哄笑……他的诗歌是一种尝试,用这个时代的裂缝和跳跃,倾

其所有恶劣和疯狂的情绪,把这个无法命名的时代之整体套牢在一种发人深省的旋律里。从奇幻的堕落中,咆哮着一种无边无际的恐惧。(前揭,85页及以下)

另可参见巴尔于1920年7月23日的说法:

其德语表达中的自由:有非常浓重的德国腔。我那不可遏制的……自我意志几乎无人可及。这副意志在政治领域冲到了无政府主义,在艺术领域则到了达达主义,而达达主义本来曾是我的初始基础,或者倒不如说,是我的笑柄。(前揭,页270)

这后面紧接着下文"这就是 D. A. D. A.——达达"的批注中引用的话(从"瑞士的道德气氛"开始)。

什克尔　他同政治的关系就是这么奇怪。尽管他为人极为忠诚,但是他又严重缺乏对政治的客观感受。
施米特　是的,没错。
什克尔　也许是宗教,我不大敢说。
施米特　对,对,对。
什克尔　在他后来的做法与以往的投入之间,有着耐人寻味的关联。我记得《逃离时代》中有一处——我记不真切是何时写的,我想,是21年吧——他说的时候还参照了许尔森贝克:"我当时获得了一个灵感:狄奥尼修斯·阿瑞欧帕吉塔。"狄奥尼修斯·阿瑞欧帕吉塔(D. A.),那个被视作《拜占庭的基督教》之核心的人物——

[批注] 1921年7月6日,巴尔写道:

今天,"狄俄尼索斯"在第一个版本中已经翘辫子。那一共是 4 段，76 页。但是我知道这样不好。还有许多我不知道的历史层面。这神秘本质和灵知教派无疑成为解码的关键。(《逃离时代》前揭，页 297)

托名狄俄尼索斯(Dionysius，约 500 年)，所谓的伪经作者(Pseudepigraphen)，也就是说，在那些当时教会故事常见的文字里，为了提高声誉而假借他名，通常是一个圣徒的名字(彼得和约翰)。他本人是一个用希腊语写作的僧侣，后人按雅典议事会成员 Dionysius 之名称呼他，因保罗的一则布道让他皈依了雅典议事会所在地阿瑞俄帕吉塔(Areopagit)山，由此也被称为托名狄俄尼索斯(Pseudo-Dionysius)或者托名阿瑞俄帕吉塔(Pseudo-Areopagit)。他的书于 9 世纪译成拉丁语——如《论神的名字》(*De divinis nominibus*)和《论教会层级》(*De caelesti hierarchia*)，其对中世纪基督教产生的影响不可估量。托名狄俄尼索斯堪称西方神秘学的创始人，不过他的"定义的'神秘'，同感觉、狂喜、异象……没什么关系"，同时他的"'顿悟'并非口语当中所表示的那个'神秘的'过程，而是被逻格斯昭示"。①

什克尔 这就是 D. A. D. A.——达达。
[批注] 此处我凭记忆引用。详细参见巴尔在 1921 年 6 月 18 日：

> 当我看到"达达"这个词，狄俄尼索斯这个词两次浮现在脑海。D. A.-D. A.(关于这个神秘的诞生写的 H...k；我本人也是从以前的笔记里看到。当时我玩拼写游戏和语言炼金术)。(《逃离时代》，前揭，页 296)

---

① Kurt Flasch, *Das philosophische Denken im Mittelalter. Von Augustin bis Machiavelli*, Stuttgart 1986, 页 76 和页 79。

H……k 指的是胡尔森贝克（Richard Huelsenbeck）。1920 年 7 月 23 日，也是在那一天，巴尔直截了当地把达达主义称作"我的笑柄"。那天的笔记中有这样一段：

> 瑞士的道德氛围，我总是觉得很压抑，不过这种氛围对我整个来说是有好处的。我学着理解这种疏远的症状及其缘由；我明白，这个碎化成虚无的世界，是对魔力的补充；如果语言是一个封印，是生命的最后一个支点，那么这个世界也是对语言的补充。（前揭，页 270）

施米特 是的，太棒了。
什克尔 只是泛泛而谈，不过很有代表性（记录稿，页 32—33）。

[批注] 在交谈中，有那么几分钟，巴尔的宗教贡献占了政治贡献的上风：我说，他自认为"自己是一个神学家"（记录稿，页 33）；人们也许会把他称作业余神学家。我记得，瓜尔蒂尼尽管对《拜占庭的基督教》给予肯定甚至盛赞，不过他也提醒巴尔，一个平信徒神学存在风险："平信徒的风险，"瓜尔蒂尼说，

> 是思想的激进主义，个人良知和瞬间投入下的极端主义，是出于责任又变得对生活理想不负责任，出于良知而失去对现实的评判和鉴别力。①

瓜尔蒂尼急迫地警告人们当心巴尔粗野的"拔高"、"品评"、"结论"，那打动他的，奇怪的是，他开诚布公地对他说：

> 有时候在阅读时我好像感受到精神（Pneuma）的力量，不

---

① R. Guardini, *Heilige Gestalten*, 前揭，页 27；转引自施坦克，前揭，页 237。

是那种有别于身体的"精神",而是保罗所说的那种异样的、来自上帝的、在基督和整个人类中扎根的东西……人们不可能用比这更高的评价来形容一本书。(页26以及页236)

瓜尔蒂尼切中了要害,施米特赞同道(记录稿,页34);巴尔"……以一种可以说夸张而不容争辩的方式把自己放在了神甫一边……,统治阶层一边。"在巴尔眼里,狄奥尼修斯是一位僧侣,"他臣服于神甫,以等级-教会制度为先,先于僧侣的任何伟大的苦修业绩,也先于任何殉道"(记录稿,页34)。

巴尔对施米特的描述"很可能……从历史和教会史上是正确的"(同上)。按照巴尔的说法,狄俄尼索斯本人也这样看待下层僧侣:

> 狄俄尼索斯有意把昭示能力当作教职人员的专业领域,而不是冥想式的僧侣理想。按照他的交代,解救是"与人为善的耶稣所具备的一种昭示力量",他首先传达给天使。与之类似,与人为善的天使是神迹的最高宣讲者;神父是他们的化身。……
>
> 教士理想达到此番高度,而僧侣的臣属地位并不令人惊讶。等级的弱点显露无遗。教士的等级[主教、神父、祭司]本身……与启示的本质和目的琴瑟和鸣。神父的优势在于,他们从象征的层面生活在最神圣之处,并且享受着圣坛中的现实。……
>
> 僧侣则不同。他们还要同俗世斗争。他们还要远离人群。他们首先要争取稳固的地位,然后教职人员才能往上升。他们的热忱在于准备修炼灵魂的力量,在于禁欲。禁欲,是沉着心性和通晓神灵的第一步。为了提高内在修养,他们逃进了孤独。但是那个尚未遗弃的尘世还在追逐着他们,并搅乱他们的想象力。他们忍受着二元主义、善恶对立、内外对立。

世界在他们眼中是可恶的,周遭的一切都如同着魔。他们怎么能够把可见之物与不可见之物完美融合呢?①

年复一年,巴尔越来越明显在逃离时代,他也在逃离这种生活,这种逃离,这种分裂。在当时教会的历史条件下,首先有这样一个问题亟待解决:由教会规定的一般性(神父)就职仪式或者还有殉道,能否赋予教职人员以尊严和威望。

在狄奥尼修斯时代,这个问题,总的来说,是这样被决断的:没有什么——"即便是有强大的人格魅力,即便得到公认,也不行"(记录稿,页34)——能取代神职人员圣礼的位置;罗马教廷作为"完全制度化的教会"(同上)只允许神甫有最终的教条式以及礼拜仪式的发言权,只有神甫被赋予主持圣礼和赦罪的才能。

针对"完全制度化的教会"这种表达还可参见施米特的《罗马的天主教主义》和《政治的形式》(根据1925年慕尼黑的第二版所出的新版,1984,页23及以下):

> 教会有其特殊的合理性。……就连马克斯·韦伯都说,罗马的理性主义在这种合理性中得到继承;合理性懂得超越酒神崇拜和狂喜,不惮于冥想。这种理性主义存在于制度性中,具有法律的性质;它的伟大功绩在于,它把神职制度变成了一种职业,不过也是以一种特殊的方式。……
>
> 这个职业依赖于个人魅力,于是神父包含了一种威严,从这个具体的人身上散发出来。尽管如此,……他的威严跟现代的公务员不一样,不是去人格化的;在一个连续不断的链条当中,他的职务成为了人格化的使命,人化的基督回来了。

施米特此处用括号括上了"只有神甫被赋予主持圣礼和赦罪

---

① *Byzantinisches Christentum*, 2. Aufl., Frankfur a. M. 1979, S. 197 ff.

的才能"这个注解(记录稿,页 35),在阿瑞俄帕吉塔之前就被争论数百年的问题——个人魅力对抗职务——中,"[教会布道者兼]法学家德尔图良(约公元 160—225 年)支持魅力说。有趣的是,恰恰是这位法学家看出了彻底制度化的局限"。

引文最后一句所暗示的观点也波及到了天主教徒兼法学家施米特。这在施米特与(改宗天主教的)神学家佩特森之间所起的作用不可小觑:

> 专门从法学思想的角度思索神学的可能性,德尔图良堪称鼻祖。……要对神学与法学之间的关系获得总体认识……作为对具有统治一切的意义进行的测试,法学家德尔图良在制度化的关键时刻,坚持殉道者的个人魅力,并且反对把个人魅力完全转化成职务魅力。那是救赎史和世界史的节点,"教会之外没有拯救"被神圣的居普良写就。……
>
> 德尔图良发现了教会的法学理论,居普良首先作出归纳,"完善了"法律组织,① 而恰恰是法学家德尔图良反对这种法学上的完善,他坚守殉道者非职务层面的魅力;对此,居普良出于对教职人员职务魅力的维护予以否定。艾哈特指出(II,页 165),净化这个词从居普良开始,就从"技术层面"将教士与民众、平信徒区别开来。②

施米特　您知道这里说的是什么?

什克尔　我也看出了分裂……

施米特　这个矛盾令人惊讶。巴尔置身僧侣与神甫的矛盾之中,如今是平教徒,梵蒂冈对此束手无策。

---

① Arnold T. Ehrhardt, *Politische Metaphysik von Solon bis Augustinus*, Tübingen 1959, Bd. II, S. 134—181.

② 参见 Carl Schmitt, *Politische Theologie II. Die Legende von der Erledigung jeder Politischen Theologie*, Berlin 1970,页 103 及以下。

[批注]梵蒂冈第二次公会(1962—1965)对所谓罗马天主教教义的现代化问题在某种程度上有所放宽,首先礼拜仪式要顺应我们时代的需要(通过采用各自国家的语言、而不是拉丁语进行礼拜仪式)。如果僧侣(平信徒)-神父之间的对立局面"没有任何改变",那么阿瑞欧帕吉特所说的天使、教士、平信徒彼此间的等级以及教会秩序,至今就仍然有效。弗拉什(Kurt Flasch)写道(前揭,页80),

> (狄俄尼索斯)……为天上半人半神所属的秩序带来了多样性,三乘三得九,合奏。把神的启示从上到下带到很远;天使的最底层致力于人类的最上层,也就是教会。教会等级由两三个层面组成:一边是大主教、神父、副主祭,另一边是僧侣(通常不是神父)、信徒、新入教者[获得受洗资格者]以及忏悔者。

存在着神甫与平信徒的区别,神甫和平信徒的区别,一直都有。存在着一般的神职人员;这无济于事,在神甫与平信徒之间历来就存在一个本质性的区别,而且并不能通过个人的努力就可以逾越。未获得身份的神甫可以主持圣礼,而一心向神的平信徒却不能,这就是巴尔的处境——

[批注]一般神职人员——区别于专业神职人员——向所有信徒敞开。按照天主教教义,这是彼得在第一封信里就定下来的,其中(2.9)基督徒叫作"国王的神职队伍"。梵蒂冈在不触犯等级秩序的前提下,强化了这则教义;参见约瑟夫神父(Joseph. A. Jungmann SJ.),针对神圣礼拜仪式组织建构第49款:

> 信徒不应该在出席圣事时……无所事事。……相反,他们有义务主动参与,此外,如一些人希望的那样,"通过他",跟神父一同献上祭品。虽然未提一般神职人员一词,不过却在

事实层面对之予以强调。从圣经理念以及最古老的传统出发,长期以来令人恐惧的担忧——距离上层神职人员过近——得到了克服。①

什克尔　千真万确……

施米特　一个苦修者。在马克斯·韦伯和社会学中,僧侣和神甫分别被称作个人魅力和职务魅力。在这个僧侣-神甫问题里,在这场关于本质的冲突中,巴尔倾注了巨大心血,几乎是义无反顾地站在了神甫一边。

什克尔　反对他自己。

施米特　反对他自己。在我看来这点最关键,隐含在《拜占庭的基督教》中。如今他在我这里遭遇了一个耶稣会士。他当然首先从概念性入手。他根本不是按概念思考,而是在图像中思考;他很惊诧,拥抱一个朋友兼兄弟。这股兴奋劲儿其实只持续了半年。当他文章写完,他就致信妻子:在恶补法律数月之后,我又向往诗歌和绘画了,于是读起了波德莱尔他们,放松放松。

[批注]巴尔在一封给海宁斯、落款为"阿格奴佐,1923年12月初"的信的开头写道:

> 喂,我的小埃米,情况变了。我把法律那摊子扔掉了,把我在家里能搜到的所有诗歌集都放到了榻侧。日记也重新翻出来,我从头看到尾,看我迄今为止都做了什么。我要么把它们定格为"流亡日记",……要么放弃出版一部日记的念头,去写一部发展小说。……首先这副可爱的灵魂想在被法律折磨之后回归美好画面和英雄气概。我同时阅读海姆和波德莱尔。我感兴趣的是,他们为什么如此晦暗绝望,如此悲伤。

---

① 《神学与教会辞典》,第2版,增补卷《第二次梵蒂冈公会》,I,弗赖堡-巴塞尔-维也纳,1966,页10。

(《巴尔书信集》，前揭，页168）

值得一提的除了这封信的内容，还有它的日期。在1923年11月23日的那封信里，巴尔才对他的妻子提到施米特堪比康德：

> 你可以跟勒瓦斯蒂说，我写的是一位伟大的德国法学者、哲学家，在天主教方面他就像一个新式的康德（至少我这么看他）。他像苏格拉底一般伟大而博学。他们应该记住他的名字：施米特，波恩教授。他最重要的作品有……
> 他还是一位伟大的艺术家、批判家，引用过多伯勒。他的《政治的浪漫派》远近闻名，对罗马的 Luftgespinste[空中阁楼]做出了毁灭性评论。（《巴尔书信集》，前揭，页171）

是的，令他难忘的是法律概念，这正是他无法潜心从事的东西（记录稿，页35—36；在页36上写着"可能的"。我认为存在的更合适）。

六 关于"政治的神学"

[批注] 施米特说，巴尔由于天生的图像思维禀赋而无法投入到"法学概念"；他还要补充说，巴尔如果真的去搞法律，就会令他的天主教存在（改宗后他完全存在于天主教中）变得可疑（见施米特的话，记录稿，页36）。尽管如此，巴尔还是在1924年，笼统地说，认识到这个连他自己都无法接受的概念性有多重要，以及它经由《政治的神学》一书作者的激化所产生的后果。他在那篇评施米特《政治的神学》的妙文中说：

> 施米特的法学理论对政治神学所做的说明，实际上是在采纳并应用他最得心应手的一个类比，政治规范与神学规范，

> 神学与法学。……自笛卡尔和莱布尼茨以来,就存在这种类比。……在施米特笔下,在提供史学知识之后,这个类比首先是为了确定,神学是法学的最高形式,全部法学概念都包含在神学当中,并从神学概念而来。"当代国家学中的一切精辟概念",《政治的神学》第三章中有言,"都是世俗化了的神学概念。不仅仅按其历史发展,因为这些概念从神学而来,转嫁到了国家学上,全能的上帝成为万物的立法者;而且就其系统结构而言,具有这方面知识对于从社会学角度认识这些概念十分必要。"(巴尔前揭文,页281及以下)

无疑,巴尔对这位《政治的神学》的作者做出了正确的评价,他可能感觉到这位作者的法学抽象化对他本人日益造成威胁;尽管他并没有明显地批判施米特的抽象,不过他肯定令两人的关系更加疏远。同样不容置疑的是,在科学体系的机构与不可比拟的事情之间作类比,比如同人的比较,只可能引发滥用和曲解。

巴尔很清楚,这位法学家的激进的概念性,如施米特所理解的,应当展示出一个时代形而上(对应神学)与法学(对应政治)之间在结构上的类比性,并且成为一种法律概念中社会学的前提条件。此处参见《政治的神学》中的一段。施米特写道:

> 与社会心理学解释完全不同的是,社会学概念。我们建议用社会学,而不是像主权这样的概念;相比之下,前者更具有科学说服力。(前揭,页58及以下)

这本书的副标题是"主权学说四论"。

> 除了出于对法律生活的现实兴趣而对法律进行抽象定义,还包含对终极、激进系统化结构的发现,以及把这种抽象

概念的结构同某一个时期社会结构的抽象化进行对比。

"某一个时期"指17世纪的君主制时代。施米特接着说,

> 那个时期主权概念的社会学也就是去揭示,君主制时代的社会政治状况符合当时西欧人的整体意识形态,通过从法学上塑造历史政治现实,可以找到一种概念,其结构与形而上学概念的结构相一致。
>
> 这样一来,君主制就为当时的时代意识赢得了同样的证据,一如民主制为后来的时代所做的那样。这种法学定义下的社会学之前提条件是激进的抽象性,也就是说其影响一直蔓延到形而上学和神学领域。形而上学营造了世界的一个时代,它的结构对于这个世界来说,就像政治组织形式一般醍醐灌顶。

施米特的哲学命题,"现代国家学说的所有精确概念"都是"世俗化了的神学概念",不过这种世俗化只是基于神学和法学之间的类比,也就是基于其系统性;要揭示这个哲学命题,必然是纯法学层面的,假如参与讨论的是法学家。直到四十年以后,布鲁门贝格采用多方例证,试图证明世俗化这个概念的不可阻挡,"历史过失之范畴"。这一命题又经历了一次哲学批判。[①] 四年后,施米特在《政治的神学续篇》(前揭,页109—126)的后记中给出了回应;我只引用他针对例证比比皆是所给出的重要论据(页110):

> 布鲁门贝格将我的论点同一切宗教的、终末论的、政治的观念等杂乱并列、混为一谈(18页),可能会引起误解。应当

[①] 参见 H. Blumenberg, *Die Legitimität der Neuzeit*, Frankfurt a. M. 1966, S. 18 u. S. 60 f。

注意的是,我所研究的政治神学并非在某种深奥的形而上学中游走,而是借助特殊概念去探讨一种调任的经典案例。这些概念曾经出现在对"机会理性主义"的两个历史上高度发达并且高度程序化的职务结构的系统思考中:一个是天主教会及其整个司法合理性,另一个是在霍布斯体系中作为基督教之前提的欧洲公法下的国家。

又过了四年,布鲁门贝格对施米特的回答作出了反击:所谓的类比——比如在《政治的神学》(前揭,页49)中:"紧急状态对于法学的意义,就如同奇迹对神学的意味"——无异于一种比喻①。这个回答听上去很费解,布鲁门贝格是一个比喻的行家,他缔造了暗喻这种修辞方法。尽管如此,还是有机会反驳甚至完全有这种可能。施米特并没有把紧急状态叫作奇迹,相反,他说,在法学结构体系中,紧急状态这个概念占据着一个类比的地位,如同神学结构体系中的奇迹概念。他举的两个例子,天主教教义和欧洲国家法,容许如此高度的程序化,乃至人们有权在一个严格的、遵循数学逻辑标准的意义上去谈结构;如此一来,同时出现了(经院神学中的)比例类比。

施米特漫步于同时代的哲学,比如首先在1911年提到过费英格(Hans Vaihinger)的《仿佛哲学》;施米特以《法学拟制》(*Juristische Fiktionen*)为题阐释了费英格的理论对于法学理论和法学实践在方法论上的重要性。② 他大概参考过不少著作,如罗素的《数学哲学入门》(Bertrand Russell, *Introduction to Mathematical Philosophy*, 1919, 德文版 1923);他早就知道中世纪的类比说。

关于哲学,值得一提的还有施米特哥廷根现象学家汉斯·利普斯所具有的浓厚的、刨根问底式的兴趣。施米特不仅仅在他的

---

① 参见 *Säkularisierung und Selbstbehauptung*,法兰克福1974,页103—118。
② *Deutsche Juristen-Zeitung*, XVIII, Jg. Nr. 12, 1913年6月15日,页804—806。

《宪法学说》(1928)中提到过《认知现象学研究》,并且称赞这些研究可以"直接用于法学"。① 利普斯的其他作品,如《论刑罚》(*Über die Strafe*, 1924)、《审判》(*Das Urteil* 1929),不仅在语言和逻辑层面、而且在法学层面也对施米特产生影响,《案例、实例、案件以及诉讼案件同法律的关系(1931)》,令施米特"受益匪浅",还有《责任、归责、刑罚》(1937)等。这些作品对施米特来说都特别重要。引言部分可参见尼希戴斯关于佩特森的专著,后者同利普斯和施米特是朋友(前揭,238—242)。

如果能看出激进抽象化的哲学旨趣,看出施米特的术语,那么肯尼迪斗胆在施米特和巴尔之间所做的某种类比,将会令人联想到施米特的那句"杂乱并列、混为一谈",这一次是政治和美学观点。这位政治学家在她的"某种深奥的形而上学中游走",即便不至于引起恼怒,却也的确"引起误解"。仅仅是例证,特别是贬义。

肯尼迪的看法则完全相反:她秉持着激进概念性的意义和实体,推进伪结构类比这个可疑的游戏,即演绎巴尔与施米特的理念(显然与施米特和康定斯基的社会学理论并行),一个概念性的,一个视觉色彩的("色彩社会学"被巴尔用来形容康定斯基的色彩理论。如果这个词对两种社会学均适用,是不是二者有一种类比结构?),它们无论如何也不会相会;画家的画笔与法学家的鹅毛笔将这个世界划成了两块,各自在抛物线的两端,彼此渐行渐远。

这位政治家悉心钻研巴尔 1917 年在苏黎世达达画廊所发表的演讲《康定斯基》(*Kandinsky*)。② 她写道:"《康定斯基》的关键篇章是一则关于艺术家美学理论的评论。"不过三四行之后(肯尼

---

① *Untersuchungen zur Phänomenolgie der Erkenntnis*, Zusatz zu Kap. 1: Gleichheit und Identität, 1927/28.

② 关于"康定斯基"的报告收录在巴尔的《艺术家与时代病》中,前揭,页 41—53。

迪，前揭，页157），她就从平地直上云霄：

> 巴尔在对康定斯基作品的阐释中，通过一个"色彩社会学"理论与实践，与施米特的政治思想相衔接。

巴尔写道：

> 康定斯基仔细思考了色彩的和谐，色彩的道德与社会学。他把结论以表格的形式从理论上称为"艺术中的精神"。他追随德拉克洛瓦、凡·高以及斯克里亚宾（此人尝试创立色彩的音阶）批判家萨班尼耶夫，提出很有文学价值的色彩心理学。康定斯基懂得色彩具有养生的、野性的、发动机般的力量。他把这些元素汇集成绘画的通奏低音……
>
> "对我造成强烈印象的最初那些色彩，是浅浅的嫩绿、白色、朱红色、黑色和土黄色。"假如人们知道这些颜色意味着什么："绿色在色彩王国里，就相当于人类王国中所谓的资产阶级，它是一个饱和的、不变的、不会扩散到任何方向的元素。白色：一个世界的象征，在这个世界里，所有色彩的物质属性和实体都消失了。这个世界对我们而言是如此高远，乃至我们都听不到那里的声响。……红色：这暖暖的红色唤醒了诸如力量、能量、进取、坚定、欢乐、胜利的感觉，它令人想起铜号的声音，伴随大号的和鸣。"——于是人们也就知道，康定斯基用色彩去思考，在他晚年的世界里找到了童年。（《康定斯基》，前揭，页50）

要读这篇关于色彩社会学或心理学的文章，读者须具备较高的素养，用歌德那简洁而动听的标题再合适不过，"感官-习俗效应"。[1]

---

[1] *Zur Farbenlehre. Didaktischer Teil*, 6. Abt.

与之相关,康定斯基把音乐变成了色彩的游戏。这里,也仅仅是这里——当然不是跟施米特——可以说是类比或者平行。

> 这个领域已经有很多理论建树和实践经验。在诸多的相似性中,人们想要为绘画找到一种建立对位法的可能。①

康定斯基想起了温可夫斯基的"一种特别精致的方法":

> "用大自然中的色彩去描摹音乐,画出自然的声音,看出声音的色彩,听出色彩的乐音。"另一方面,斯克里亚宾用一张并列的表格总结音乐和色彩的声调,跟温可夫斯基夫人的物理表格相似。斯克里亚宾把他的原则令人信服地应用到了"普罗米修斯"当中。

人们还会想起,康定斯基和马克在《协奏曲理论》(1911)中采纳了勋伯格的理念,即变奏只是彼此远离的合奏,它们从各自的色彩基调中分离。

在这个结构中,按照巴尔的论证,康定斯基与施米特的《政治的神学》(1924)之间显示出一个令人惊讶的平行。令人惊讶的是,她竟然无视图像艺术与法律技术之间的差异,假如考虑到两部作品之间间隔七年,而巴尔又处在完全不同的时代背景下的话。"施米特与康定斯基理解当今世界的内在建构"——肯尼迪又回到了平地上来(Kennedy,前揭,页157),但马上又忽然腾空而起——"并把这建构超验于其各自的氛围:康定斯基的'色彩社会学'构成了施米特'激进概念性'的反题。"

反题?这是一个前言不搭后语、几乎算是悖论的词,连隐喻

---

① Kandinsky, *Über das Geistige in der Kunst*, 10. Aufl. Bern o. J. (初版1912年),63页,注释1。

的味道都没有。而肯尼迪希望人们重视她的每个字,一直到脚注:

> 人们将《康定斯基》中的段落拿来与施米特的《政治的神学》中的相比较(……),假如把最后两段("画家"和"舞台策划与艺术")①替换成一篇关于施米特的文章的结尾部分,其中谈到了国家(IX)、法律(X)、法律形式和代表(XI),②那么二者就能彼此融合,又不至于造成巴尔论证的分裂。(Kennedy,前揭,页157)

她说巴尔在理智层面太过诚实,施米特则太智慧,以至于他们不会把艺术与法律这两门根本不同的东西混淆在一起,更别说融合。假如巴尔用法学来阐释画家、用美学来阐释法学家,施米特定会笑破肚皮,这两个人也永远不会相会。对于那种被亚里士多德抨击过、阻碍缜密思考的"跨界",施米特是不会拍手称赞的。③

那两次,无论是1988年的文章,还是1986年的演讲,肯尼迪关心的都只有一件事:正直的表现主义。④ 两次当中,无论她是否

---

① Ball, *Kandinsky*,前揭,页47—52以及页52—53。
② Ball, *Carl Schmitts Politische Theorie*,前揭,页275—278,页279—281,页281—283。
③ 在证明中并不确凿的来自另一领域的论题(metábasis eis állo génos)经常在类比的结论中出现;在法学的逻辑讨论中尤为明显。参见 Ulrich Klug, *Juristische Logik*, 3. Aufl., Berlin-Heidelberg-New York 1966, S. 97—123。在早期的作品中,比如《法律与审判-法律实践作用之研究》(1912),施米特就已经熟谙其学科的逻辑问题。
④ 肯尼迪以《施米特与"法兰克福学派":20世纪德国的自由主义批判》(*Carl Schmitt und die Frankfurter Schule. Deutsche Liberalismuskritik im 20. Jahrhundert*)为题,第三次提到施米特。不过,这部作品在此并不赘言。见 Wolf Lepenies (Hrsg.), *Wissenschaften im Nationalsozialismus*; Zs. *Geschichte und Gesellschaft*, 12. Jg., H. 3, Göttingen 1986, S. 380—419。

误解了施米特与巴尔的关系,无论她是否错误地把表现主义艺术、文化批判(而不是形而上学)阐释成决策性概念的起源,她总是用一个方法:在结构上游来游去,用类比的方法。其实,应在相似的与半相似的结构之间做出区分。在半相似性中,比如法学与艺术(绘画、文学)就是这一类,可以采用塑造确切的概念以避免严格的可比性造成的损失。①

某种程度上,肯尼迪在方法论层面实施一种对概念的去激进化,但她的说法总是受到条件限制的。她自然承担了其学科的原罪;如施米特所写,"社会学或政治学好比'精确的'方法,而不是一门与神学相容的科学"(同样也不与法学相一致)。② 然而,肯尼迪在1986年却除了深思熟虑的批判之外,也收获了深思熟虑的喝彩,在那篇紧贴其阐释的讲话中,第一句话就为《方法问题》作出了有力证明——史宾纳(Helmut Spinner)如是开篇:"在肯尼迪女士的报告中,我看见一种迷人的努力——用元法学的视角去观察施米特的著作……"(*Complexio Oppositorum*,前揭,页253)

君特·马什克对施拜耶报告所有的反驳之一是:

> "表现主义"在我看来很成问题。表现主义的基调不是敌友,而是和平主义的,反战的,是"噢,人类啊"……表现主义的意识形态以及整个政治氛围同施米特相去甚远。……"政治概念"的主要问题并不是形而上的,而是在于,这本小册子成了德国的"第二准则"。它意在以道德暗示和人文思想来遏制战胜国列强,"政治的概念"表达了一种抵抗思想。他想揭示的是,一个民族是如何被魏玛、日内瓦、凡尔赛摧毁的。
>
> 费希特和克劳塞维茨在1806年以后——这是切入点,而

---

① 参见伯特兰·罗素,《人类的知识》,IV. 3 "结构",VI. 6 "结构与因果定律",VI. 8 "类比";以及罗素的《物质分析》,XXIV "科学推论结构的意义"。

② Carl Schmitt, *Politische Theologie II*, a.a.O., S. 99.

非"形而上学"。当然还有马基雅维利。1927 年施米特关于马基雅维利的文章发表,很可能是马基雅维利逝世四百年启发了他想出"政治的概念"。显然,施米特的思想也出于某些形而上学和美学方面的考虑,他还怀有一定的心态,这种心态在理论和情境中试图得到证明,生根发芽。(*Complexio Oppositorum*,前揭,针对肯尼迪 1986 年报告的讲话,页 262)

元法学这个词,假如不是通胀的潮流所致,会是一个严谨的术语,符合元数学的要求:如其所定义,它会是一个建构性的元数学理论,"只要它作为公理,那么它就以整个数学为对象。"① 最近流行把科学称作元科学。汤米森(Piet Tommissen)把元法学的这个概念引入了关于施米特的争论中;他的报告 "Carl Schmitt en de evolutie van het Duistse katholicisme" 中有这样的说法:"一个简缩的修订过的德国版本:施米特,从元法学视角观察"。② 我没有读过这篇文章,不过,我认为汤米森的元法学这一术语应该是被误用了。1986 年在施拜耶,他说:

> 我有意把纯私人领域排除在外,是基于这样的事实,我对阿尔科芬历史没有什么特别的感觉,不喜欢心理史角度的阐释。(《对立复合体》,前揭,页 73)

肯尼迪所说的,在注释 81(卡尔·施米特、卡特琳·穆雷以及爱尔兰问题)中有提到;而且,假如不是针对艾伦·肯尼迪的话,汤米森的"心理-社会学阐释"起码也刻画出了她的全部优劣。

在维特根斯坦看来,元数学无非是"乔装的数学"(其他理论特

---

① Paul Lorenzen, *Metamathematik*, Mannheim 1962,页 7。
② 载于:*Kultuurleven* 1973,页 759—774 以及页 898—910。参见汤米森的"学术传记的基石(1888—1933)";载于 *Complexio Oppositorum*,前揭,页 71,注释 2。

性中的一个)。

我可以遵照一定的规则玩象棋。可是我也可以发明一项游戏,自己制定游戏规则:我的棋子现在就是象棋的规则,游戏规则就是逻辑定律。然后我就又有了一盘棋,而不是一个元游戏。希尔伯特所做的,[在所谓的针对数学公理的元数学证明理论中]是数学而非元数学。那又是一种计算,跟其他的计算一模一样。(1930年12月17日的话)[1]

然而,这位政治学者却既没有从法学上谈论法律,也没有去叫板法学;反过来,她所说的内容以及表达的方式,也够不上理论。所以她宁愿选择一个法学家为对象,此外,还有这样一位,本人也认同元法学思想,假如这个词的确有意义的话。[2] 然而,肯尼迪主要还是扣住了当时的生活、社会环境以及时代精神。她的贡献无论对人还是对事都在法学范围之外,于是她也许不知道施米特看出了什么:假如巴尔沉浸在法学概念里更久些,可能会面临来自天主教的哪些危险。

纵然如此,迈尔——自从出版了《施米特、施特劳斯以及"政治的概念":隐匿的对话》(1988),就变得举足轻重——针对《政治的神学续篇》指出:

这部作品的完成,……只是围绕政治神学的众多传说中的一则。另一则尤其受到欢迎,把政治神学简化为纯粹世俗

---

[1] Ludwig Wittgenstein, *Schriften 3 Wittgenstein und der Wiener Kreis von Friedrich Waismann*(对话,插图本),法兰克福1967,页136等,尤其页120及以下。希尔伯特(Davitd Hilbert,1862—1943)创造了元数学这一概念。
[2] 要说施米特论述元数学的著作,《政治的神学:主权学说四论》(1922)肯定算在其中。另外还有《罪责与罪责种类:一项术语研究》(博士论文,1910),《法律科学思想的三种类型》(1934),《欧洲法学形势》(1943/44)(1950)。

理论或者变身为一门不太重要的科学理论及概念史命题,这个命题在神学和法学中以特定的"契合"、"类比"、"结构同一性"为对象。施米特让这个传奇充满力量,他把1922年的《政治神学》描述成一个"纯法学的作品",他针对这个题目的所有表述称作"一个徘徊在法学史和社会学研究之间的法学家之言"。①

施米特明确表示《政治的概念》新版(1963,页 13)的读者是"宪法专家和民法学者"、"懂得欧洲公法的人",这一举动也算是"从科学上自我定性以及为自贬身价辩护"(迈尔,《隐匿的对话》,前揭,页 11 及注释 2);此外,巴尔作为第一个撰文谈论施米特的作者,"当时还不知道施米特的政治神学(1927 和 1933 年之间修订再版了政治的概念)的核心内容"(迈尔,《何为政治神学?》,前揭,页 12,注释 13)。对于施米特本人,我给出谈话中未提到的四句话(记录稿,页 40);此外引用《政治的神学续篇》,前揭,页 99 及以下,有关于对话的详细书面记录。一切都说明,施米特的科学概念及其理论、施米特的法学概念及元法学概念,都有待讨论。迈尔在 1993 年的《施米特的学说:四论政治神学与政治哲学的区别》回应了上述期待。这个副标题让人想起另外那个著名的"四论"。

施米特 因为那样一来,这个关于平信徒的问题就会过于尖锐地作为一个问题凸显在他的存在当中[按:我在这句话里看出对多伯勒的那句"敌人是我们的根本问题"]。如果他能意识到这个问题已如此严峻,他将如何回答这个问题——而且是在一个,该怎么说呢,存在性的事件当中——我也不知道。

---

① 迈尔,《何为政治神学? 对一个争议概念的入门阐释》,"Was ist Politische Theologie? Einführende Bemerkungen zu einem umstrittenen Begriff",作为阿斯曼的《埃及与以色列人的政治神学》一书的前言,载于:*Themen*(西门子基金会内部复印资料),LII 卷,慕尼黑 1992,页 8 及以下;另可参见页 9 注释 2。

［批注］在施米特看来，托可食人族（toto coelo）其他的问题才是存在式的。"现在他（巴尔）遇见了我"，施米特在对话中（记录稿，页36）说道，"一个法学家"；1947年10月3日，他在《语汇》中写道，他是"一个法学神学家"（前揭，页23）。假如法学一词是政治一词的暗语，那么，巴尔肯定不能容忍"那个被他当做兄弟去拥抱的人"（记录稿，同上）所提出的政治的概念。可信度有多高呢？迄今为止没人否认巴尔的能力，他能在政治领域多少与施米特志同道合，阐述并评价政治神学；可是1924年，巴尔从法学视角把施米特的早期作品视作对自己的"法学折磨"（juristische Schmalkost）。相比于那些取材施米特的批判家自己狭隘的标准，他有一个更为全面的、也是在元法学意义上的司法标准吗？

我从迈耶（Martin Meyer）的《历史的终结？》（慕尼黑-维也纳1993）摘抄到这样一个关乎法学（-神学）的句子（页177及以下）：施米特关心的"与其说是［教会的］内容……倒不如说是［它所代表的］秩序机构"。假如迈耶的话只是最小程度地谈到施米特——因为从整体上看，他一定忽视了一个有信仰的天主教徒，尽管如此他还是应该尖锐批判这位天主教徒——那么它也就接近了那个偏见——说法学以纯形式主义示人。巴尔这类并非法学界的人士对这个观点矢志不渝。

迈耶的话当然对施米特的影射十分有限，而1924年，巴尔在阐释施米特政治神学及其"天生的法学才能，更别说他的形式思维"的时候（前揭，页264），认为迈耶的话无懈可击；更加无懈可击的是，说《后果》一书某种程度上超过了他。有理由推断，巴尔没有去迎击天主教会，而是把当下存在的冲突转嫁到了这位天主教法学家施米特身上，去迎接他们的会面。施米特让巴尔自己的问题明显有了敌对形象。

"如果他能意识到这个问题已如此严峻……"，巴尔会如何回答？这个如果把我们引到了另一个问题，同样误解的问题。尽管如此，我是说，我们应该稍作思考，如果巴尔1929年还活着，他会对墨索里尼和梵蒂冈之间的拉特兰协议作何反应?1929年2月的《拉特兰协定》解决了所谓的罗马问题。

这个问题发轫于1870/71年,当时罗马跟意大利王国合并并成为其首都,教宗在意大利军队面前退入——按他的说法是被囚禁——梵蒂冈。为了维护天主教会的宗教独立,教宗斯图尔(HI. Stuhl)认为无论是一纸条约还是1871年颁布的教宗保障法,都差强人意,他坚持国家主权,别无他求。大约60年之后,在拉特兰公会上,意大利才承认宗座(HI. Stuhl)是万民法主体(Völkerrechtssubjekt),把梵蒂冈城建成一个有主权的教会国家,并且保证罗马天主教的国教地位;宗座这一方则承认意大利王国的首都为罗马。在意大利共和国1948年宪法第七条中,再次确认拉特兰条约的合法性。

一个比所有其他问题的背景更紧迫的问题,巴尔究竟对法西斯持何种立场。巴尔和妻子去过意大利,而且一去就是很长时间。1925年他们去了罗马的Anno Santo,后来待在农村;施米特说:"我在所有信件中没发现一处提到法西斯"(记录稿,页37)。关于施米特同法西斯的关系,我引用Helmut Quaritsch的《施米特的立场和概念》,第2版,Berlin 1991,页63,注释116,原文如下:

> 他对墨索里尼的惊叹,对意大利制度的敬仰,溢于言表;参见胡伯(Ernst Rudolf Huber),载:*Complexio Oppositorum*,(FN 2),页106;汤米森,同上,页92……一个了解本地的人当然会把领袖视作"十分伟大的人"(见G. Schöllgen,*Ulrich v. Hassell*:1881—1944,München 1990,页64及以下)。施米特和哈塞尔(Hassell)都不大算法西斯,就跟科尔(Alfred Kerr)算不上共产主义者一般。后者于1932年发表过这样的看法:"苏维埃共和国乃我所知道的最伟大的幸事之一。"(见Walter Huder, in: Th. Koebner编,*Weimars Ende*,Frankfurt a. M. 1992,页307。)

胡伯在他的 Speyerer 报告中，对汤米森的说法给出了肯定：

> 1926 年一次针对墨索里尼的暗杀行动失败，当时我去拜访施米特，把这个消息告诉他，他说：假如刺杀成功了，那对于他而言，将是政治领域最大的不幸。

考虑到墨索里尼给施米特的头衔，他重复的那句"法西斯这个词我从来就没看到过"（记录稿，页37）不应该受到苛求：那个词，当然不是政治，只出现过一次；在1925年1月10日的一封给黑塞的信中，巴尔写道："在罗马一直像过节一样。当教会盛事将歇，法西斯就会扛着大旗亮相"《巴尔书信集》，前揭，页195）。像罗马主显节那样的轰动？

巴尔对帕皮尼挺感兴趣，同未来主义者有过一些交往。帕皮尼（Piovanni Papini，1881—1956）是20世纪前半页最有影响力的意大利作家，他致力于意大利文学的创新，集诗人、小说家、批判家、散文家、传记作家、文学史家于一身。1912年的自传小说《一个完人》(Un uomo finito)为他带来了早年的声誉；1958年，承接上一部写就的《重生》(La seconda nascita)在作家去世后出版。令人惊讶的是，他从基督教的反对者转变成了信仰者，并于1921年皈依天主教。巴尔对帕皮尼的兴趣，在同海宁斯的通信中略有提及；此处我引用她的《巴尔：书信与诗歌中的一生》（前揭，页128及页146）。1923年10月，巴尔写信到佛罗洛萨：

> 赶快去找阿瑞戈·勒瓦斯蒂［意大利作家］。你会明白这意味着什么。帕皮尼是当今意大利最强大的作家。他们可以从我这里轻易拿走什么。佛罗伦萨的出版社叫做瓦莱西……翻译我的书［《拜占庭的基督教》］……实在太难了……你可以跟勒瓦斯蒂讲我的《知识分子批判》。

> 帕皮尼写了一本差不多的书。*Crepuscolo die filosofi*

（后被我改为 Crefoscolo die Philosophie，即《哲学家的黄昏》）。我崇拜或者说曾经崇拜过布洛瓦（Léon Bloy）和赫罗（Ernesto Hello，19 世纪天主教神秘学家，影响过布洛瓦），我们在 1916 年就已经发明了达达主义，这些会令帕皮尼感兴趣的。勒瓦斯蒂在一篇文章中讲过意大利人也有相似的东西。

1923 年 12 月，海宁斯回信道：

> 阿瑞戈·勒瓦斯蒂跟我说过，帕皮尼对你很感兴趣。这个帕皮尼，反正据我所知，是意大利最有名的神秘学家。他的皈依就够令人瞠目。皈依，我不喜欢这个词，还是回归更好。宗教皈依并不是决定进入精神生活，而是一次突然转变……
>
> 胡戈，我希望，做你的乖小孩，尽其所能。我觉得我的旅途只是为了给你和你的书招徕顾客，假如果真如我所愿，那我倒是得了一份让我幸福的差使。

马里内蒂（Tommas Marinetti，1876—1944）通过几个宣言（从 1909 年起）在帕皮尼（Papini）的理论支持下，创立了未来主义。他要求在艺术和文学上同传统一刀两断，在这点上跟达达主义相一致；在瓦尔登（H. Walden）主编的杂志《风暴》和费穆菲特（F. Pfemfert）主编的杂志《行动》中引起了反响，鼓舞了 1910—1912 年间的俄国未来主义如马雅可夫斯基、克勒勃尼科夫（Chlebnikow）等人；赞扬斗争与战争、技术与速度；其要求蔓延到政治领域，并得到墨索里尼的支持。

墨索里尼称赞马里内蒂为"意大利的天才先锋"。他追随这位失势的专政者，1943 年到了意大利北部，至死都是法西斯主义者。巴尔同马里内蒂的交往似乎主要在 1915—1917 年之间。这段时间，在日记《逃离时代》中，有七次提到了马里内蒂，而帕皮尼只有一次，而且还是无关紧要的事。这七次里，两次（前戏 1、2）只提到了名字,两次(1916年6月4日和1917年4月14日)在伏尔泰小馆和达达画廊计划中;一次(1915年5月12日)在《福斯报》(Vossischen Zeitung)的一篇引用里,因为柏林第一个"表现主义者之夜","根本上说是站在马里内蒂一边来针对德国的抗议"(巴尔附言:"不,那是一次告别。")两次具有重要美学意义,一次是1915年7月9日(前揭,页41及以下):

> 马里内蒂把他的《自由的词语》寄给我……那是纯粹的字母牌;打开这么一首诗,就好比展开一幅地图。句法错位,字母纷飞,只是救急拼凑出来的。再没有语言了,文学占星者和文学教宗如此说。必须重新找到语言。最深层次的创造过程也被解体了。

另一处来自1916年6月18日(前揭,页102):

> 为了词语而放弃句子,一群人拥趸着马里内蒂和他的《自由的词语》。他们从词语自动所属的句子(世界观)中不假思索地把这个词挑出来,用光和空气滋养这个大城市词汇,还给它温暖、动力和无拘无束的自由。

我只能暗示巴尔在此表达的立场。他写道,

> 我们其他人,又前进了一步。我们为孤立出来的词汇寻找预言般的意义,赋予其大脑中的热血。奇怪啊:被灌输了魔力的词汇预言并生出一个新句子,不受制于任何传统含义。(同上)

可以看出,巴尔同马里内蒂及其身边的未来主义者的交往都是非政治性的,纯美学层面的,至少从书面文献看是这样。不过,巴尔看出了《自由的语言》中强烈的暗示,并没有被说服。而一个詹姆斯·乔伊斯也跟其他人一样深陷那片烟雾。

"他缺乏客观精神吗?"我问施米特(记录稿,页 37,我修改了此处的"原创性"一词,文字记录员在旁边也打了个问号,这里实际上说的是"客观性"。这处更改在记录稿页 39 还有提及;彼处我说的是"巴尔对客观的政治现实缺乏认识")。在一个不太坚决的"不"之后,施米特推荐诸如施坦克这样精益求精的研究者进一步考察这个问题:它是一项值得做的工作。

当然,根据巴尔有可能做出的反应,我的问题是有价值的;因为拉特兰协议在我们这反响或许差些,但在所有天主教徒那里都获得追捧。后来的主教约翰二十三世,1919 年看到了"天命的手指",即共济会不能继续分裂梵蒂冈和意大利。"天命的手指"——按施米特的说法(记录稿,页 37 及以下)——出自后来的教宗在 1929 年 10 月从索菲亚写给他的姐妹的信中;事实上,按《政治的神学续篇》(前揭,页 79),日期为 1929 年 2 月 24 日,施米特用了另外一种说法表达同样的意思:

> 让我们赞美上帝!一切,兄弟会,也就是说:魔鬼,在对抗教会和教宗的 60 年里所做的,都付之一炬。

隆卡利(Angelo Giuseppe Roncailli, 1881—1963)1925 年起在索菲亚担任保加利亚的教宗特使,1934 年起在伊斯坦布尔担任土耳其和希腊的教宗代表,1944 年教宗驻巴黎大使,1953 年成为威尼斯红衣主教、宗主,他在位期间召开了 1962 年的第二次梵蒂冈公会。

1933 年,当曾经的马克思主义者、自由思想家墨索里尼签订"伟大的和平条约"之际,卡斯(Ludwig Kaas)主教(帝国协约的推动者)称赞这是顺天意而为之(记录稿,页 38)。施米特坚信,约翰是作为虔诚的信徒才说这番话(即不是作为神父;他认为卡斯也是这样)。教宗1929年10月从索菲亚写给他的姊妹的信,内容只有少数几行卡斯的话可以在《政治的神学续篇》(同上)里找到。施米特写道,卡斯主教

> 当时是德国天主教的政治领袖(1928年起担任中心党主席),教宗的书记教士、教会法教授,1933年初出版了三卷本……外国公法和民法杂志,撰写文章《法西斯意大利的条约类型》。他将墨索里尼当作"受内心感召的国君",受到辨识天分的指引;通过这位早期的马克思主义者和自由思想家,才能完成对历史的那种修正,"就是信徒所说的天意,却被人人称作是理性"。

卡斯和希特勒的副总理冯·巴本(Franz von Papen)呼吁,1933年7月在宗座(Hl. Stuhl)和德意志帝国之间缔结条约,一方面承认教会的学校制度,另一方面剥夺天主教的政治权利。这一做法在纳粹期间以及纳粹之后饱受争议。天主教哲学家邓普福(Alois Dempf)的《神圣帝国》(Sacrum Imperium,1929)警告梵蒂冈不要签订条约;1934年,他在瑞士匿名发表文章《德国天主教的信仰困境》,其中清晰讲述了条约的问题所在,认为应保持长远的目光。① 在联邦德国,围绕所谓专政条约的争论一直持续到联邦宪法确定之前,这个条约1957年被公认有效。这句话,若要准确理解,须结合政治神学的背景(以及施米特同佩特森的谈话)来解读;此处并不着重商榷政治神学。参见《政治的神学续篇》(前揭,页78):

> 在一个完全不同于天主教平信徒的政治神学环境下,一

---

① 收入 Vincent Berning/Hans Maier 编:《邓普福:1891—1982,哲学家-文化理论家-反纳粹预言家》,Weissenhorn,1992。

个天主教神职人员或高级教士就会发挥作用,出于职责所需代表教会参政,而不必拘泥神学教条。

教宗使节隆卡利(Roncalli)的"政治表达","从神学上讲并非教条式和无可指摘",施米特后来写道(页79),还有"卡斯的文章……也不是教条式的"(页80)。两个人的私下表述,无论是书信还是文章里,尽管并非官方宣言,也不能被当作纯粹的私人意见。

巴尔会怎么说呢?也许,容我多言,他什么都不会说。是的,对于这类假设的问题,不会有答案;他,施米特,害怕这样的问题。此处要为施米特(记录稿,页38及以下)补上这句话:

> 问题是:假如莫扎特活到七十岁的话——在巴尔的事情上我想做个类比——他会写出什么样的歌剧呢?

这个类比是说:都是假设不存在的情况——也许是反向(Enantiodromie)的问题?——都是英年早逝的天主教艺术家。在这种情况下,这个问题恐怕永远没法回答,一个过了35岁的莫扎特可能会在多大程度上是天主教色彩的,在脱离与兄弟会的关系之后(1785年的《共济会诉歌》,在去世的1791年《魔笛》和《自由共济会小康塔塔》):他,就连"天使",也会为他的乐曲"感到喜悦"——如著名神学家卡尔·巴特猜测的那样,作为新教徒,他在这里有局限:"假如他们在对上帝淋漓尽致的赞美中不演奏巴赫的话。"①可是,假如莫扎特没有脱离兄弟会,又会如何呢?施米特(记录稿,页38)说:"我很担心这个问题。"如果人们对这个问题忽略不谈,那么,倒是可以从多伯勒那里找到安慰:

---

① 根据尼希戴斯的《佩特森》,前揭,页439及以下;另可参见卡尔·巴特,《莫扎特:1756—1956》,第10版,苏黎世1978。

莫扎特 1791 年《安魂曲》中基督的呐喊，震动了黑夜。然后莫扎特就归西了。（Lucidarium in arte musicae，第 2 版，Leibzig 1921，页 83）

所谓"天使般圣洁"，见页 81。

什克尔 要不是缺乏对客观政治现实的敏感，说不定巴尔会得出一个结果。可惜事实证明他的确缺乏政治敏感。
[批注]"我不敢说"，是否巴尔也"缺乏客观性到令人压抑的程度……也许是缺乏宗教感"（记录稿，页 32）。施坦克（前揭，页 224 及以下）对此表示赞同，并引用米歇尔（W. Michel），后者也承认这点缺憾：

> 米歇尔在他关于巴尔的文章《不羁者与他的话》中，对那些自由不羁的人的精神状况进行了细致入微的分析，比如巴尔，的的确确是生活的背弃者："这些出格的人，这些自由不羁的人，这些临阵脱逃者，无疑也是真实世态的一部分——从后世者的视角来看。
>
> 但是，这改变不了这样一个事实，即他们的个人决定——从本来所在的关系中逃离、中断、放弃，是个错误的决定。这种放空，就体现在巴尔和跟他一样的人身上。"那是一种不在当下的放空，不去适应环境，不去回答上帝提出的问题；这是一种背弃式的放空。背弃者总是声称，他的逃离是为了达到更高远的回眸，可是实际上他在回避眼前的具体问题。上帝向人类提出的问题总是在既定的秩序中接受考验。……

施坦克总结道，"巴尔的一生表明，他在每一次转折时是如何受困于魔鬼与风车的咒语。"

施米特 是啊，没错。这过于明显的心不在焉［按：记录稿，页 7 注释 19。就巴尔对天主教中心党参与执政不做任何反应，施米特的解释是："他没有看到。……他当时在思考别的事情。他根本就心不在焉"］；**踏入政治的脚步——从一个要么理论要么具体的政治实践思想来看——有些力不从心，这个时代批判。**

［批注］记录稿页 39 写的是："具有'时代批判'"。其中"时代批判"被磁带抄录员简写了，可能因为她以为这里的强调表示它是书名。我觉得，这不是一个书名，肯定不是随口提到《德国知识分子批判》，相反，很可能是一个影射。施米特 1912 年（在《莱茵兰》杂志，Jg. XXII，页 323—324）谈到了拉特瑙同年出版的《时代批判》(*Kritik der Zeit*)；他的评论标题就是时代批判。还有可能是另一个影射。他在文集《整个欧洲对柯特的阐释》（科隆 1950，页 101）中写道："克尔凯郭尔在 1848 年之前那些年里的著作……是对这个时代最伟大最激烈的批判。"在一处脚注（同上）里，施米特明显以加强的语气补充道：

> 赫克尔（Theodor Haecker）把时代批判这个书名理解成 1846 年克尔凯郭尔的一惊世之作，并于 1914 年 7 月在《燃烧炉》杂志发表了一篇同样惊世的后记（第 2 版，Innsbruck 1922）。这么高密度地使用时代批判来形容巴尔的两本政治书籍《批判》和《后果》，一定是施米特情不自禁作为，因为人们对这两本书根本就无法作出有价值的对比。

这是有政治悖论构成的如此混乱之物：天主教的保皇主义者如果是法国人，就被拥戴，如果是德国人，那就是耻辱；拿破仑·波拿巴刚被定为 19 世纪最大的恶魔，转眼就翻身。这些悖论此起彼伏。我理解，朔普的一名博士生写过关于政治神学的文字，巴尔也提到，要谈谈这些悖论，可自救者，去自救吧！

［批注］巴尔对拿破仑的说法有两处，一处在《德国知识分子批

判》里,另一处在《宗教改革的后果》里。在1919年的那本书里,巴尔写道(前揭,页227及以下):

> [直到尼采]最后被自己抛开的东西所束缚,失去了那种对自己的最高的控制力,个人的把控力;就在同近代历史上最伟大的撒旦拿破仑(Napoleon Bonaparte)相遇的时候,他陷于崩溃;他不得不看到,的确需要最严苛的暴政专制、束缚、驯服。

在1924年未完成的那本书里写着这句话(前揭,页145),那是最后一句——有两处小的改动:"最高的"改成了"下一个","不得不"改成了"急迫地";还有一处大的改动,简单说也就是:"当他同拿破仑·波拿巴相遇之时"。

所谓"这些悖论",按施米特在《政治的神学续篇》(前揭,页17及以下、页18注释2)中的说法,指诞生于1918—1933年间的"严重危机"中的"危机文学","对于德国基督教神学,这场危机是紧随第一次世界大战的后果而来的"。[①] 施米特1970年写道:

> 这本埃尔朗根-纽伦堡大学哲学系的博士论文(1967),至今只在正文的第一章和第二章增加了一些相关的注解(记录稿);第一章是"作为宗教战争的世界大战",第二章是"革命与教会"。

七 如此分裂、充满悖论、如此支离破碎的时代

什克尔 是啊,他本是一个完全不碰政治的人,却又献身于政治。我不敢问他同神学和宗教的关系,说不定也一样。

施米特 这个政治神学的问题,如果我可以为自己说句

---

① Robert Hepp,《政治神学与神学政治:世界大战与魏玛共和国中的新教世俗化研究》。

话——我们谈的是巴尔,而不是我本人……

什克尔　但你也是作为《政治的神学》的作者,来谈巴尔的。

施米特　如要我来谈谈《政治的神学》,我要说那不是一本神甫之书,而是耶稣会士之书。而政治在此被叫作法学;这是为了打造概念,因为我谈的是概念,是神学中概念的建构。神学是一门科学,也必将成为一门科学。

[批注]在此需要提及《政治的神学续篇》(前揭,页 99—101)。施米特首先关注的是佩特森创立的"神学与政治的反题"中的"概念性结构"。

> (神学)跟宗教或信仰或神圣体验都不是同一回事。神学要成为一门科学,并以科学的姿态长存于世,只要另一个完全不同的科学概念无法把宗教及其神学推进世俗深渊并将之作为过时或精神病从心理分析的角度予以消灭。与神学这门科学对立存在的概念,在这里是另一门科学,它不仅仅是一门辅助科学或者方法。

施米特问:"哪个?"他抵制政治:"……不是科学";否定社会学和政治学:"……作为'抽象'方法,无法成为与神学相容的科学";甚至排斥形而上学、("公元初年的")史学、人文科学:

> ……仅仅是神学的姐妹学科,那——尚未消解在历史学当中的——法学,就跟在基督教中世纪一样,从纯粹的决疑论发展演变成一门系统的科学。

施米特引证新教教会法教师索姆(Rudolf Sohm, 1841—1917)及其天主教的教会法阐释家巴利昂(Hans Barion),最后还有韦伯(《经济与社会》,第 4 版,1956,页 481):罗马教会"在世俗法律与神圣秩序之间存在着独一无二的关系:世俗法律的标准法恰恰成为理性化道路上的引领者,而且是按照天主教会的理性'机构'特征,它同样是独一无二的。"

"我关于《政治神学》所说的一切,都是一个法学家对一个在法学神学和法学实践方面水到渠成的系统结构——神学和法学概念的亲缘体——所做的表述。"(《政治的神学续篇》,页101,注释1)

什克尔　巴尔曾说过,对他来说,神学是奇迹哲学。①

施米特　奇迹哲学,这真是奇特的表述。总之不是神学[记录稿,页39—40]。

[批注]在记录稿页40中,一个句号后面,我把它放在分号后面:"这是为了塑造概念,因为我在讲概念,神学的概念结构。"因为从事神学正是这位神学家该做的事;施米特为自己解释道:

> 我可不敢以非神学家的身份同神学家们讨论三位一体的神学问题。柯特已经给我们提供了一个伤感的实例。(《政治的神学续篇》,前揭,页101,注释1)

施米特把这种克制从个案变成了普遍:

> 我应该以平信徒而不是非神学家的身份参与天主教问题的讨论?像柯特那样,为了接受教训?在我没有价值的领域,我也应当无所求。我,作为法学家,也就是说,脱离神学色彩的一级科学家?可怜的柯特!(《语汇》,前揭,页71;29.12.47)

柯特(1809—1853)是天主教国家学和历史哲学家,保守派议员,西班牙外交官,施米特眼中的"我的保护神之一"(《语汇》,页

---

① 参见 Ball, *Die Flucht aus der Zeit*,前揭,页255(1919年11月25日):"这位神学家是个天才哲学家,而且是最好的一个。"

21)。参见施米特在注释 164 中提到的那本书,其中(前揭,页 10)就有针对佩特森的那句话:

> 现在我算是知道教训了,基督教的三位一体说不可能产生一种政治神学。

还附加了(也许是认真的?)一句:"对此我毫不怀疑。可是……"三位一体说是佩特森"实现每种政治神学"之学说的主要论据。①

每个人都谈俗世神学,瓜尔蒂尼也这样暗示过。② 我认为,巴尔是个魔幻师,而他的魔鬼研究也促进了这一趋势。是的,平信徒可以去研究魔鬼学,而对神学,平信徒却做不了什么贡献,他可以为之提供"灵感"。我引用过施坦克暗示说,巴尔染指恶魔学。海宁斯在《呐喊与回声》中对此有详细而富有启发性的描述:

> 他想把一个魔鬼等级与他在《拜占庭基督教》中创立的狄俄尼索斯式的天使等级并列在一起。这对他意味着,让灵魂堕落的精神疾病,它们有具体的名字,并是乌烟瘴气。在精心调研之后,他注意到,精神病患者,也就是精神错乱者,尤其是那些忽然从事艺术的人,比如普林茨霍恩在他的《疯者艺术》(1922)中表现的那样,受到了宗教天性之蛊惑,神性在他们身上即便发生了病变,依然会以扭曲的形态爆发出来。那些病人通常之前从来没有或很少关心自己的灵魂以及如何治疗灵魂,于是人们可以说:最严重的疾病是由压抑而来。由于否定

---

① 该话题参见佩特森的《作为政治问题的一神论》(Erik Peterson, *Der Monotheismus als politisches Problem. Ein Beitrag zur Geschichte der politischen Theologie im Imperium Romanum*, Leipzig 1935, 重收录进:E. P. , Politische Traktate, Freibug 1951, S. 45—147);施米特,《政治的神学续篇》,前揭;Barbara Nichtweiss, *Erik Peterson*,前揭,页 722—830(第 11 章,"神学的政治维度")。
② 见对瓜尔蒂尼的引用,记录稿页 33 及以下(尼希戴斯,注释 127)。

灵魂和灵魂需求而生……

我们一起读了贝尔纳诺斯的《撒旦的太阳》(*Die Sonne Satans*, 法文版, 1926; 德文版 1927, 也是在巴尔有生的最后一年), 胡戈对这本书的评价是: "……这本书或许值得一读, 也许我可以抽空分析一下驱魔术"……1927 年 5 月, 他还在日记里优哉游哉地写道: "……我想住在一座小小的德国大学城, 在那里, 我可以更轻松地结束这本驱魔之书。" (前揭, 页 270 及以下)

"写一本早期驱魔术以及现代精神分析的书, 这个念头早在胡戈去罗马之前很久就有了"——海宁斯协助他:

我把格莱斯的"神秘学"(《基督教神秘学》, 四卷本, 1836—1842) 章节为胡戈找出来, 在他给我指出他对哪些地方感兴趣之后……首先是内心生活的恶魔化, 人类灵魂的光明与暗淡……《高地》的出版者 (Carl Muth 教授) 建议胡戈重新出版格莱斯, 不过这个建议被他拒绝了……

人们会担心, 他尤其钟情于传染病式的癫狂 (epidemische Besessenheit), 并由此同我们时代的癫狂联系起来, 就像他在《艺术家与时代病》(1926) 已经暗示的那样, 他可能会对中世纪的魔幻性进行过度的曝光, 尤其是他对此的态度越发坚决和明确。……

那种癫狂症患者同周围的世界和社会发生冲突, 首先由于精神错乱而伤害自身, 住进了疯人院。巴尔把精神分析的轰动性成功完全归结于对魔鬼的重新发现, 只是用了个新的疾病来命名魔鬼造成的罪恶而已。他发现, 早期的驱魔人作为深谙灵魂世界的人, 比一些精神分析师懂的要多……更会医治灵魂疾病。(《呐喊与回声》, 页 216 及以下)

巴尔已经为这本列在计划之中的书,这本将魔鬼学(Dämonologie)、驱魔术(Exorzismus)与精神分析的经验与知识融为一体的书,取了名字。参看他于 1925 年 11 月 26 日写给本笃会神父贝达·路德维希的信(巴尔,《书信集》,前揭,页 229);后来,巴尔不得不痛苦地意识到,这本书令他再度身陷困境,横遭诋毁:

> 我在信里是不是跟您讲过,我要写一本关于驱魔术的书?经过几个月对笔记和研究文献的搜集,我终于走到了这样一步田地,就是无法以自己的方式继续这项工作。出版《拜占庭的基督教》那家出版社不接受这本书,于是我希望能从罗马方面得到一点欢迎和支持,因为我曾见过科泽尔出版社的一位先生。
>
> 可是,我处处碰壁。在那家出版社,有一位很有影响力的先生,对我爱答不理,因为他认为,我的书违背天主教核心利益,他担心我会带来新的宗教裁判和女巫迫害运动。最近我又迷上了魔鬼,我自己都快要疯癫、快变成一个蒙昧主义者了。此外没有别的选择。我简单说吧:我听说,我的书,我思想的承载者,遭到了最强烈的抵制,甚至在某个僧侣组织内部。

接下来是两三句看上去既天真又虔诚的话:

> 于是我进了圣依纳爵(hl. Ignatius)的教会去问我们亲爱的圣母玛利亚。她向我提议,先把我的书搁进抽屉,去写我的日记。这就是我现在忙碌的事。

巴尔是否还记得,他在 1916 年的伏尔泰小馆里吟唱赞美诗,他的声音"以僧院哀歌般的古老方式收尾",那种弥撒曲的风格,好像天主教会……令他痛苦?巴尔可否想过,在天主教人士——无论是政客还是僧侣——那里，自己或许有一天会变得难以被接受呢？

佩特森说，"不是神学家'作出决策'，而是教会的执事。神学家们只是为决策做准备工作或助阵"（引自 Nichtweiss，前揭，页824，注释448）。佩特森本人于 1930 年从新教改宗到天主教，1934 年，玛利亚·拉赫修道院院长认为他"没有能力"，"对如此地道的天主教概念，如［神秘的］秘密作出判断"。① 佩特森并非教会授命的神学家，不过他的改宗却可以作为修道院院长的一个论据。

在一个完全制度化了的天主教堂里，平信徒的处境很艰难。在我看来，巴尔的宗教境遇跟他的政治立场一样，来自"同样的天命"（记录稿，页41），施米特认为巴尔在教会的地位更有影响力。他看出了神父真正的敌人：不是战士，因为神父与战士——不仅在基督教、在佛教中亦然——是一体的。施米特可以引征韦伯。韦伯区分出三种不同向度的"适应过程"，早期的——避世、追求拯救、和平主义——佛教发展出的：

> 除了要适应当世的经济条件，满足平信徒想要一个菩萨的愿望，还要满足婆罗门知识分子阶层的宗教冥想之需。拒绝一切对无益于救世之物作冥想，就像佛那样，是很难做到的。

对其他道理学说的纪念都熔化在所谓的大乘佛教之中，韦伯接着说：

> 现在，伦理起初的有机相对化终于忆起了薄伽梵。菩萨，比如克利须那神，重新出现于尘世，并且能……按照尘世不同

---

① 参见 Nichtweiss，前揭，页 420—426，尤其页 424 注释 294，页 846 注释 124。

习俗的需要出现在任何形式、任何职业当中。不仅以人形,也以动物……假如是人的话,能胜任任何仪式性的正当职业。首先就是以战士的身份,而且是毫无疑虑地。这种理论能最广泛地适应尘世之需。①

在宗教的正当性中隐藏着教徒与战士的和谐统一。

巴尔这位僧侣叙述了同神父之间的关键分歧,他为自己而禁欲,发了三个誓,这誓言令他散发出魅力,于是谈到了精神禁欲者克里马克斯(Johannes Klimax)和了不起的苦行僧西面(记录稿中出现了两次"克里马克斯":第一次[什克尔,页41]是正确的,第二次[施米特,页42]是抄录员的笔误。从对话的走势看,施米特说的无疑是西蒙)。

克里马克斯(约525—605年),西奈修道院(Sinai-Kloster)院长;柱上苦行僧西蒙(Symeon der Stylit,约390—459),叙利亚僧侣,在巴尔的圣人三连画里,这两位是在阿瑞欧帕吉特两侧的人。约翰的别名来自希腊语书名《天堂阶梯》(*Klimax tou paradisou/Scala Paradisi*),这是一本由他撰写的苦修之书,战胜苦难,修炼美德,一种心灵治疗教育学。西蒙还是一个苦修之人、行圣迹者、圣人、赎罪者。他在斋戒和苦修方面胜于所有其他僧侣,掉进一个干涸的水塔,里面有蟾蜍和蛇,七天不吃不喝。

三年后,他斋戒四十天,在一个封闭的帐篷里。最后,他走出来,到山上,摞石头,六尺,十尺,二十尺,三十尺,四十尺:一根在当时闻名于世的柱子,因为它,他被叫做柱上苦行僧,也就是站在或者住在一根柱子上的人。因为他真的是站在那个柱子上,站了三十七年——虔诚者们说是四十年——无论风吹日晒,始终在祈祷;盲人,麻风病人,跛脚者,世界各地的残障者和病患都到他这来

---

① 韦伯,《宗教社会学论文集卷二:印度教与佛教》,第2版,图宾根1923,页271及以下。

朝圣。

巴尔"本人就是泰辛的苦行僧"(记录稿,页42),在另一座象牙塔里;在施米特看来,"苦行僧西蒙"这一章带有童话特征。"阿瑞欧帕吉特"是很重要的章节,"对这位僧侣所遵从的神父大唱赞歌"(记录稿,页42)。最后是关于这三位的使徒行传,关于巴尔自己:他究竟留下些什么?

> 施米特　眼下,还留下些什么？我不想批判他,我想去理解他。而且是出于真正的爱,而非仅仅出于友谊或敬意。

[批注]此处(记录稿,页42)施米特第二次用友谊这个词来形容同巴尔的关系;在第一次(记录稿,页23)时,他用爱强化了这个词,现在他还加上了仰慕一词。他的措辞,绝不是堆砌辞藻,再次提醒我们想起"同巴尔的会面是个多么令人动容的时刻":想起那次——他尝试阻止胡戈出版《宗教改革的后果》,因为这件事,如他所担心的,会令书的作者在政治上名誉受损——,但终究还是失败了。

现在,正值这次关于巴尔的谈话结束之际,在承认二人会面失败的同时,施米特对别人的意义,也是为他自己,作出了公正的评价;他回赠巴尔本人为他准备的那句话(记录稿,页42、43):他们两人都"在天赋的良知"中,在他们生存的良知困境中,经历着这个时代。

> 他也可以同我一起实现他的想法,那无济于事。现在我已经够老了,从某种程度上,懂得珍惜巴尔对我们所有人的意义。他曾赋予我最美的赞美与肯定。他对我说:"他怀着天赋的良知经历着这个时代。"字字珠玑,日久生辉。"他怀着天赋的良知经历着这个时代,"我把这句话当作对我的称赞。而假如你读过或听过这句话,你就会感觉到,它所包含的魅力远远大于它优美的修辞。

[批注]巴尔1924年的文章《施米特的政治神学》(前揭,页

264），其中还有巴尔对施米特的评价：

> 他是个不坚定的思想家。是的，你可以说，这个词从俾斯麦以来就被德国人当作贬义词，他则在帮助这个词平反。（页263）

这种说法应该放在涉及思想意识的上下文中解读：

> 此乃这位学者的特色：思想家的问题他不仅了然于心，而且还从这个问题出发，从这种经历出发，联系前因后果来构筑他的作品。他怀着天赋的良知经历着这个时代。这为他的作品赋予了罕见的厚度，为它们赋予了作品本身包罗万象的完整性。
>
> 他追随着一种天赐的法学兴趣，更不用说他的形式感，以非凡的雄辩力和同样非凡的语言力量，贯穿至最后一条理据。结果把法律问题同所有社会机构及意识形态机构联结在一起，人们还可以说：由于他曾被赋予法学思想，他尝试着让事实保持原状，他把自己的天赋发挥到最高的价值中去。他不仅要认识法学思想，而且还要自立门户。这是天主教的终末论思想。

什克尔 这会不会也是您想回赠给巴尔的句子呢？

施米特 棒极了。就是这一句。用在他身上再恰当不过。在对胡戈·巴尔进行任何严肃探讨之前，我都愿把这句话当作座右铭，当作时代的符号，或者如您所言，这句话对他对我，以及对任何一个真诚地度过这个时代——这个如此分裂、充满悖论、如此支离破碎的时代——的人。这是给胡戈·巴尔的赠言："他怀着天赋的良知经历着这个时代。"（记录稿，页42—43［完］）

施米特谈朋友与敌人

什克尔 著
鱼 顺 译 温玉伟 校

朋友与敌人，这是笔者和施米特对话的根本主题。它们就像主仆一样的基础性组合，不过，"在生存方面迥异。"

> 政治敌人……毕竟是外人，非我族类；他的本性足以使他在生存方面与我迥异，所以，在极端情况下，我就可能与他发生冲突……每个参与者均站在自己的立场上判断，敌对的一方是否打算否定其对手的生活方式，从而断定他是否必须为了维护自己的生存方式而反击或斗争。①

关于巴尔，施米特要说的似乎脱胎于此。人们似乎更会将其理解为他的一次尝试，借助否定但与之接近的例子来解释朋友这个概念，而且尤其是政治性的朋友。在《关于游击队员的对话》中，我已经特别提到过，施米特的《游击队理论》实际包含着这样的主题：一，对摩尼教的反驳，虽然谈及敌友；二，人民内部（im Volk）矛盾以及人民与敌人之间（zwischen Volk und Feind）的矛盾；三，"毛主义者"和"决断论者"这样的称呼本身能说明什么，究竟是什

---

① Carl Schmitt,《政治的概念》(*Der Begriff des Politischen. Text von 1932 mit einem Vorwort und drei Corollarien*. Berlin 1963)，页 27，强调为笔者所加。

么,它们是否有用,及其目的。

《游击队理论》的副标题是"关于政治概念的附识"。前言这样说道:

> 副标题……出于对这篇论文具体发表时间的考虑。今天,出版社重印了我的《政治的概念》的 1932 年版本。近几十年来,我对这一论题有些补充。本文并非这类补充,而是一篇尽管粗疏却独立的作品,但论题不可避免牵扯到划分敌友的问题。(同上)

多伯勒在《北极光》中写道:

> 死寂的荒野将诸多明亮的元素隐藏/它们使我们成为崇高的财富守护者:/明亮的元素和虚无的命令创造正义的时刻。①

施米特在《多伯勒的〈北极光〉》中这样评价道:"(多伯勒)清楚地表述了法律哲学和国家哲学中最深层次的问题。"②施米特为了例证,引用了这里最后一段诗行,以及《北极光》中往前几页的第二段诗行:"有了信条,人们随后而来。"(同上,页 556)迈尔的一条脚注对此作了说明:

> 这一作为格言的诗行出现在施米特 1914 年发表的论文《国家的价值与个人的意义》中。③

---

① 参 Theodor Däubler,《北极光》(*Das Nordlicht*, Leipzig, 1921/1922)(日内瓦版),卷二,页 573。
② Carl Schmitt, *Theodor Däublers Nordlicht. Drei Studien über die Elemente, den Geist und die Aktualität des Werkes*, München, 1916, 页 30。
③ 迈尔,"施米特政治神学构想的核心部分,即 1927 年至 1933 年间完成的《政治的概念》的新版本"("什么是政治神学?",见迈尔,《隐匿的对话》,朱雁冰等译,北京:华夏出版社,2002,页 100)。

基础的创作和政治神学主题之间的弓已然张开,作为关于新的政治的概念附识,箭矢已搭在弦上。这支箭能否命中施米特的意图?

施米特和我于1971年在普莱腾堡有过一次预备性对话。鉴于他身体不适,便未考虑对谈话录音。我们达成一致,由我将谈论过的话题做成记录稿,而不是简单地模仿对话。

记录稿于1971年2月9日在汉堡的北德意志广播三台和自由柏林电视台的节目中播放;是否同意发表访谈稿文本取决于他,我则对文本负责。除结尾部分在注解上有缩减,手稿整体上一仍其旧地登了出来。我对手稿一些地方的文体做了轻微的修改,对原本仅为了说明引文出处的注释也做了一些补充。

访谈稿得到了施米特的赞许。我可以肯定,施米特事后才告知我同意和赞许的事。在2月9日的节目中播出之前,施米特并不了解访谈稿。直到两个月后(1971年4月13日),他才来信说:

> 《朋友/敌人》成功地播送了,我想就此简要表达自己的谢意。您付出了巨大辛劳。昨天复活节星期一,我才第一次收听到节目,有关多伯勒的段落以及关于施瓦布(George Schwab)①的讨论,给我留下了十分深刻的印象。(……)②
>
> 您没有将内容简化甚至通俗化,而是展现但无伤其中的奥秘,这对于我而言十分关键。当一个人作为作者去听自己过去撰写的一些作品时,比如《多伯勒的〈北极光〉》(1916)或《议会制》(1923),他便会发现某种一致性:它犹如来自未知之

---

① 参 George Schwab, Progress of Schmitt Studies in the English-Speaking World, 载于 *Complexio Oppositorum. Über Carl Schmitt*, Berlin, 1988, 页447—459。我将列举他的《例外的挑战》和"敌人抑或对手"(Enemy oder Foe. Der Konflikt der modernen Politik, 载 *Epirrhosis. Festgabe für Carl Schmitt*, 1978, 页665—682)。
② 施米特在此处省略的句子中顺带提及了本书中缺少的《政治的神学续篇》中的不同文段。

地、在岁月的黄昏中流转的光芒。您关于施瓦布的讨论非常精彩。①

在施米特的信中，紧跟上引内容的是以下句子：

> 此外，我曾和威尔姆斯(B. Willms)(《政治理念的演变：从霍布斯到胡志明》[*Politische Ideen von Hobbes bis Ho-Chi-Minh*]一书作者)争论过，并中断了来往。他推崇您的毛主义，思想完全僵化。我不想再用程序化的政治学进行诸如此类的争论。

我采访施米特时，他曾请我为他朗诵多伯勒《北极光》中的这一段：

> 世界之始，玄妙莫测，
> 最深刻的事物爱着自己：
> 永远安宁，不可侵犯，
> 圣蛇之环自我闭合！
> 贪婪的两性，
> 轻微的邪恶，
> 它的危险只针对自身，
> 因为其中饱含痛苦，
> 他们的存在必不可少，
> 因为爱情永久消失！②

---

① 值得提到迈尔的一段提示(《隐匿的对话》，1988，页138)："施米特并没有把施特劳斯的信收藏在自己的来往书信中，而是放在一个专门的文件夹里，并标明三封关于《政治的概念》的重要来信：1.施特劳斯(1929)1932—1934；2.科耶夫(1955)；3.什克尔(1970)1968—1970(梅德姆说，括号中的1929和1970年年份是施米特划掉的手迹)。施米特给这些不同的拜访者标上了时间，这是他去世前几个月告诉我的。"

② Theodor Däubler，《北极光》，前揭，卷二，页167。

他先是轻声和我一起朗诵，随后提高了音量："'因为其中饱含痛苦'，写得难道不卓绝吗？"

多伯勒是诗人、宇宙圈成员、①浪漫主义者、（我敢说）也是一位政治家，施米特早年的专著《多伯勒的〈北极光〉》便是针对他而写。施米特在书中探讨了"作品的要素、精神和现实性"。施米特倒数第二部和最后一部作品可能也会关于多伯勒，以便给自己生命的轨迹画上完美的句号。

每当施米特想到自己"独特的政治区分"，②即许多人眼中闻名遐迩，而在有些人看来臭名昭著的敌友区分，他便想到多伯勒，这并非偶然。他当然明白，

> 敌友……在不同的语言和不同的语言群体中，都有着在语言和逻辑上不同的结构。③

但施米特仍首要地选用了"敌人"这一词语和概念：

> 今天我认为，可以考虑把 Freund［朋友］中的字母 r 看成一个中缀（Infix），尽管这类中缀在印度日耳曼语系中非常少见。它们的使用可能比现在更为频繁。Freund 中的 r 很可能是个中缀（在 Feind［敌人］中），就像 Frater［兄弟］一词（在 Vater［父亲］中），或数字 drei［三］（在 zwei［二］中）。④

---

① ［译按］慕尼黑宇宙圈（Kosmikerkreis），简称宇宙人（Kosmiker），19 世纪末 20 世纪初，以哲学家克拉格斯（Ludwig Klages）、诗人沃尔夫斯克尔（Karl Wolfskehl）等人为核心，成立的知识分子圈子，诗人格奥尔格（Stefan George）也常作客其中。
② Carl Schmitt，《政治的概念》，前揭，页 26。强调为笔者所加。
③ Carl Schmitt，同上，增补附论二：《论战争概念与敌人概念的关系》，页 104。
④ Carl Schmitt，同上，"对增补附论的补充注释"，页 124。

"敌人"这一概念也引出了关于分裂(Entzweiung)的问题,用神学和哲学术语来说就是二元论问题。在《北极光》中的"伊朗狂想曲"(Iranische Rhapsodie),多伯勒唤起读者对摩尼教世界观的思考。以下出自施米特1916年的著作:

> 二元论出现在世界史活动中:波斯人具有男子气概。他们的活力、正义感、国家感和种族感都带有特别的阳刚之气。与此相对,在波斯人眼里,女人除了作为妻妾,别无其他地位。《伊朗狂想曲》中,女人的结局都是失踪、被出卖……凭借着严格的男女之别,伊朗人奉行同样的二元论,他们以关于善神欧马兹特与恶神阿里曼,[①]光明与黑暗之间相争斗的理念,把这种二元论带入哲学思辨的世界……国家以上层与下层、统治阶级与服务阶级间的对立为基础,因此也是二元论的一种表现。[②]

但在(引自)"埃塞俄比亚死亡之舞"(Äthiopischer Totentanz)的选段中,多伯勒似乎并不喜欢双性人和雌雄同体现象——"看得见鲸鱼肚子的小河沟"。施米特继续写道:

> 在成立国家以前,在建立波斯堡这一根本事件开始之前,需要用一种自然的视角看待二元论的含义:在那场突如其来的大雨里,伊朗人面前出现了一幅令人作呕的雌雄同体的画面。一只可怜而饥饿的布谷鸟,一个"看得见鲸鱼肚子的小河

---

① [译按]玛兹达(Ahoura Mazda),又称欧马兹特(Ormuzd)。《波斯古经》中经常被提到的神名。在波斯神话中,它创造了世界,是古伊朗的至高神和智慧之神。在善恶二元论中是代表光明的善神,与代表黑暗的恶神阿里曼进行长期的战斗。曼纽斯(Angro Mainyos),又称阿里曼(Ahriman)。善神玛兹达的宿敌,一切罪恶和黑暗之源。

② Carl Schmitt,《多伯勒的〈北极光〉》,同上,页32。"伊朗狂想曲"和"埃塞俄比亚死亡之舞"(见下文)都来自《北极光》(第2部分:"撒哈拉")。

沟"。(《北极光》,同上,页32—33)

这个恶心的动物忽然裂成两半,原先的丑陋遁形于铃蝉和水兽的形体之中。施米特在引语中设置的转变对多伯勒的诗歌进行了释义(《多伯勒的〈北极光〉》,同上,页279)。他在脚注中(页33)继续引用多伯勒接下来的诗行,从"它几乎无法呼吸"(Er kann kaum atmen)至"是皲裂肮脏的指甲"(schmutzge Nägel)。

> 水虫摇摇晃晃地长大/它那长着乳房的巨大肚皮激烈地翻滚。(页279—280)

他辩证地(dialektisch)否定了对性别进行的生硬分裂。以下是这段之前的诗行:

> 当我们在欲望中缠绵缱绻,
> 当幸福的热情烟消云散,
> 女人便试图在女人身上找寻
> 陶醉中男人被筛去的部分,
> 男人亦想褪去皮囊,
> 爱上女人身体中的儿郎!①

一 反摩尼教

请回想一下,施米特在《政治的概念》(1927/1932版;1933年的缩减版本不再被学界接受,不纳入考虑范围)中引入了敌友区分。这个定义"合乎规范,既非一个包揽无遗的定义,也非一个描

---

① Theodor Däubler,《北极光》,前揭,页167。

述实质内容的定义"。①

> 敌人只意味着公敌,因为任何与上述人类群体,尤其是与整个国家有关的东西,均会通过这种关系而变得具有公共性。广义地讲,敌人乃是公敌(hostis),而非仇人(inimicus);是 polemios,而非 echthros。由于德语和其他语言并不在私敌与政敌之间做出区别,这就可能造成诸多误解和歪曲。那句广为引用的话:"爱你们的仇敌"(《马太福音》5:44;《路加福音》6:27)即 diligite inimico vestros, agapate tous echthrous,而非 digite hostes vestros。此处根本未提及政治敌人。……政治上的敌人无须遭到个人的痛恨,只在私人领域,去爱敌人,即爱仇敌才有意义。《圣经》中的篇章……并不意味着,一个人应当去爱、去支持他自己民族的敌人。(同上,页29—30)

此外,在脚注5(页29)中,施米特这样说道:

> 柏拉图的《理想国》(卷5,第16章)中,十分强调公敌(polémios)与私敌(echthrós)之间的对比,不过,他是联系到其他各种对立面,如战争、起义、剧变、造反和内战等来强调这种对比的。对柏拉图而言,真正的战争只发生在希腊人与野蛮人之间,在他看来,希腊人之间的冲突则只是一些分歧(stásis)而已。这里所表现的思想无非是说,一个民族无法发动反对自己的战争,内战只是一种内部分裂,它并不意味着将会创造出一个新的国家甚或一个新民族。

我表达了与此相对——即反对敌友区分——的一些疑虑,更确切地说,在理论层面借助辩证的论点,在实践层面借助中国式的

---

① Carl Schmitt,《政治的概念》,同上,页26。

论点。这一论点我首先发表在《时刻表》杂志上关于"文化大革命"的文章中,①然后在我《关于游击队员的对话》前言中再度引述。

首先,危险的表象发挥了作用,"人民"和"敌人"在此处被统一为某种政治概念,类似于"敌友",这一政治概念使它们与施米特的简单性原则彼此对立。

> 我不反对简单化原则;恰恰相反。②

人民的敌人当然不是人民的朋友,但这没有考虑到 hostis 与 inimicus, polémios 与 echthrós,即公敌与私敌、政敌和私敌之间的区别;因为,按照柏拉图的说法(《理想国》,470),它们的区别尽管取决于 pólemos 和 stásis,即"战争"和"暴动"或"造反",但是,根据中国对马克思主义国家学说的理解,反革命分子——他们与暴动者、造反者并不两样——也会撕裂他们同人民之间的个人性纽带、人民以及他们同亲属之间的纽带。

人民的朋友当然不是人民的敌人,当利益发生冲突,友谊遭受损害时,即使进行批评和自我批评,他们也不会彼此敌视。这样的朋友和这样的敌人都不存在,二者均缺少确定具体何时朋友特性更少,何时敌人特性更多的标准。它们所谓的存在本身直接是一种被证明了的非存在,在黑格尔看来,是一种假象(Schein)。

在此语境下,我想到了布莱希特(Bertolt Brecht)说过的话(语出《墨子/易经》):

> 在统一出现的现象中寻找矛盾,属于米恩雷(Mi-en-leh, [即列宁 Lenin])的实践。如果他见到与其他群体不同并组

---

① 参 Joachim Schickel, Dialektik in China. Mao Tse-tung und die Große Kulturrevolution, 载 *Kursbuch* 9 (1967 年 6 月), 页 45—129。
② 施米特在我们的第一次谈话(《关于游击队员的谈话》,1969 年 4 月)中这样说。这段内容经稍微修改后,成为《时刻表》中的第一句话,同上,页 49—50。

成单位的一群人,就会料想到,当某些人的利益损害到另一些人的利益时,他们便会在某些事情上龃龉,并且干脆互为仇雠。与其他群体相比,该群体成员在行动上不统一、不完全统一、不仅仅统一。因此,这一群体便不完整、不整齐划一,而且一直与其他群体对立、干戈相向,相反,就会产生不断变化的关系,这种关系持续地——即便以不同的强度——质疑群体的统一性及其相对其他群体而言所具有的不同之处。①

我曾经说过,布莱希特再次命中了辩证法的意图。他以政治的理解力在论证——不,这不是米恩雷或者说列宁的,而是毛泽东的,尽管后者的理解力在他身上并未表露出来。因为列宁不——他的继任者们更甚,即便他们与他彼此之间千差万别——认为,即便社会主义(不仅仅是资本主义)社会也要在自身内部(in sich)解决诸多矛盾,人民内部庶几意味着工人阶级、农民、知识分子内部,就如工人阶级和农民阶级之间,两个阶级和知识分子之间,就如劳动者和民族资产阶级之间,或者就如民族资产阶级内部;人民内部甚至意味着政府与人民大众之间。毛泽东在1957年的论文《关于正确处理人民内部矛盾的问题》中,才第一次对这些内容进行了系统阐述。

第二,②施米特将敌友关系定义为一种区分。但如果在逻辑上将敌友关系视为一种"分歧",则必须对朋友和敌人进行 *unter-scheiden*〔殊异〕(即 diáphora, differentia),二者的关系并非简单的 *Ver-schieden*〔分殊〕(hétera, diversa);否则,二者之间只存在一种 Diversion〔分导〕(对此我想做如下说明,该词在德语中意为"背离、偏离、改变了的方向",它在共产主义术语中意为"〔阶级敌

---

① Bertolt Brecht, *Me-ti. Buch der Wendung. Fragment*, Frankfurt a. M., 1983, 页 104—105。
② 该段在《关于游击队员的对话》的前言中被删去。

人的]阴谋活动"并非偶然)。当它们,即敌友,彼此区分时,二者的关系就是辩证的,这意味着朋友阵营中的自我区分(Selbstunterschied)。

"朋友"是统摄性的一般事物,用黑格尔的话说就是,它将作为一般事物的自身,即朋友,而将作为特殊事物的对立,即敌人包含在内。别忘记,虽然施米特认为语言学层面的疑虑(比如:印度学的反论反-密特拉[a-mithra]①等同"敌人的非朋友")是极其常见的现象,但首要地选用了敌人一词和概念。

> 在其他语言中,敌人只是在语言上被规定为非朋友。例如在罗曼语族的语言中,自从罗马和平那普遍的和平以来,在罗马帝国内部,敌人(hostis)的概念就消失了,或者成了一件内政的事情:amicus-inimicus(朋友-非朋友、敌人)、ami-ennemi(被爱=不被爱、被仇恨)、amico-nemico(与人交友-不与人交友、仇恨)。在斯拉夫语中,敌人同样是非朋友。②

费切尔(Iring Fetscher)③曾(在一篇对我主编的游击队文献的评论中)说过:

> 用分属对立两极的敌友玩优雅的辩证法游戏,无论如何都不是对施米特的反驳。④

当我读到这篇评论时,便认为有必要反驳。同时,我也知道,

---

① [译按]密特拉(Mithra;原始印度-伊朗语主格形式为 mitras),古老的印度-伊朗神祇。这一神祇原是雅利安人万神殿里供奉的崇拜对象。在伊朗-雅利安人和印度-雅利安人分化后,开始向着不同特征发展。密特拉在佛教中名为弥勒菩萨,象征无量光明、智能福报。
② Carl Schmitt,《政治的概念》,前揭,增补附录二,页 105 和注释 2。
③ [译按]费切尔(1922—2014),德国政治学家,以研究马克思闻名。
④ 政治学家费切尔于 1970 年 9 月 11 日黑森州广播电台,法兰克福发表的演讲。

应从施米特思想的内部而非外部出发,在辩证法层面说明反驳的理由:他本人在辩证地思考。

我承认自己忽略了《政治的概念》中某些发端,但也指出了1970年版的《政治的神学续篇》。广播节目里接下来的是施米特致我书信中的一段内容(1970年5月15日):

> 我对手稿中的论文《政治的神学续篇》进行了编辑且几近崩溃;我衰老的心因性器官从未如此强烈地抗议如此苛求。

1922年版的《政治的神学》以带有传奇色彩的句子作为开头:"主权者就是决定非常状态。"①我还回到这一点上来,请读者们谅解我先对施米特"实质主题性的延伸"进行思考,如施米特所说,"黑格尔将这种延伸发展到了极致"。辩证法是直接或间接不断重复的字眼。Tò Hén estin aeì stasiázon pròs heautón [一总是处在针对自己的骚乱中]。② 格里高利(Gregor von Nazianz)③的这个表述对理解三位一体教义至关重要,施米特引用来论证自己的政治标准:区分敌友。

> 在此语境下,顺便指出 stasis 的词语和概念史还是很有用;这个词始自柏拉图(《智术师》249—254;《理想国》卷五,16;470),中经新柏拉图主义者尤其普罗提诺(Plotin)流传到希腊教父和经师们那里;从 stasis 一词中发展出一种带有张力的辩证法矛盾。Stasis 首先意味着:**安定(Ruhe)、安定状况**

---

① Carl Schmitt,《政治的神学》(*Politische Theologie. Vier Kapitel zur Lehre von der Souveränität*,München u. Leipzig,1934),页 11。

② Gregor von Nazianz,*Oratio theol*,Ⅲ. 2;参 Carl Schmitt,《政治的神学续篇》(*Politische Theologie* Ⅱ. *Die Legende von der Erledigung jeder Politischen Theologie*),Berlin,1970,页 116。

③ [译按] 纳西亚的格里高利(329—390),基督教教父,为捍卫三位一体教义做出了卓越贡献。

(Ruhelage)、立足点、状态（status）；相对的概念则是 kinesis［运动］。

但 stasis 其次还意味着（政治上的）**不安定**（Uhruhe）、运动、反叛和内战。大多数希腊语词典把两种对立的含义简单地相互并列，没有尝试加以解释，人们也不应该期望这些词典来解释。单单列举众多这种对立的例子，已经提供了认识政治和政治-神学现象的丰富宝藏。再次，我们遇到了一种真正政治-神学的 Stasiologie［动乱学］。因此，不应该隐瞒敌对和敌人的问题。①

在这些句子里，特别是最后几句中，包含了施米特对政治以及政治神学标准的暗示，即如何区分敌友（页 116；强调为笔者所加）。

让我们用词典来检验概念性的例子。巴普（Pape）在其 1849 年第二版的《简明希德词典》(*Griechisch-deutsches Handwörterbuch*)中对 *stásis* 做了如下解释：首先意为固定的位置（Stand）（和运动相反），其次意为（某人自己所处的）状态（Zustand），最后意为起义（Aufstand）；只需介词稍加变化，Stand 一词便足以使安定变为不安定。

这是辩证法么？以下是 *stásis* 在里德尔-斯考特（Liddell-Scott）1961 年新版《希英词典》(*Greek-English-Lexicon*)中的解释：一个人站着的地方或应该站着的地方、位置（拳击运动员和哲学家都会如此表达）、派系。我继续引用施米特的话，

《希腊语大词典》(*Thesaurus Linguae Graecae*)……试图以如下方式解释从静止到运动的显著变化过程：它把派系倾轧（Fraktion）或党派纷争（Partei）的形成和成型解释为一种地点或立足点的关系，由此，似乎不需要复杂的辩证演进就可以

---

① Carl Schmitt，《政治的神学续篇》，前揭，页 117—118。

发现从静止到运动的过渡桥梁……这里指出了开始登上舞台围着合唱指挥运动的歌队的例子。普罗提诺也在辩证的意义上利用了相同的例子。①

因此,敌对表示反对某人,友谊表示支持某人。当布莱希特区分群体的一元性、二元性和多元性时,辩证地审视并描述了我们惨淡的在世状况。(我想说)当施米特在上帝概念中寻找敌友之间的辩证法时,期望过高:虽然世界也有罪恶的一面,但上帝不会、也无法收回自己创造的世界。神子必须拯救自己父亲创造的世界,把它导向善良的一面;唯一和全部、独一(mónos)和全能,必须将自身一分为二的上帝也会在自身中孕育出敌人。一俟有了立场,我们便重新是在世的。我利用这一机会,借助今天成为游击队员之事的事物,来回忆自己与施米特的对话。②

什克尔　究竟何为"游击队员"?这个词有何来自?
施米特　它的意思是追随者。
什克尔　追随者-partia［随从］……
施米特　对该过程而言,这是一个非常古老的词语。当知晓,所有的政治思辨都以派系作为开始。这就是该定义的意涵。政治的标准是区分敌友。当我们在百分百、未经思考的友谊中保持自我时,便更想身在天堂或身在母系氏族原始社会中。我不知道在那里的对立中发生了什么。但是,党派—游击队员,语言突然从自身内部发展出不可思议的深刻意义。

可以说,党派突然成为了全部。这亦指的是我们政治活动的标准:游击队员指完全会结党的那些人。鉴于许多对极权主义现象的研究和反思,最好能弄清楚,我最先采纳和使用

---

① Carl Schmitt,同上,页117,注释3。
② 见本书中《关于游击队员的谈话》(第三标准:政治责任心)。

的总体国家的用语并不准确。作为一种机构、一种带有官僚特性和集中化管理等的制度化组织,国家根本不可能具有百分之百的总体性。

但奇怪的是,正是党,即整体中的一部分,认为既定的整全不具备整体的特征,并将自身当作凌驾于整体之上的部分,以实现真正的或包罗万象的整体、正在形成的崭新整全以及新单位、新的政治单位。

什克尔 特殊性的矛盾在这里辩证地压迫着普遍性,同时,特殊性亦转化成普遍性。

施米特 此时,当特殊性的辩证矛盾在合乎时宜和时机成熟的意义上变得正当时,总体性就寓于特殊性中,而不再寓于迄今为止的普遍性中。

以上就是1969年关于游击队员的对话以及1971年主题为敌友对话的第一部分内容。其进一步的辩证推论必须在此时此地予以省略。

二 "毛主义者"和"决断论者"

在主题是游击队员的对话前言中,我这样写道:

> 施米特和我,一位"决断论者"和一位"毛主义者"相互对话,可能会令读者感到奇怪。

我们要在接下来解开并说明这一对立简洁的缩略,不过,它是敌友的对立吗?施米特80岁生日之际,施瓦布题献了自己的研究"敌人和死敌:现代政治的冲突"作为礼物,①他以书信的形式提出

---

① 关于施瓦布的研究《敌人和死敌》,参见前言注释6。

反对意见：

> 我认为，什克尔将您称为决断论者，将自己称为毛主义者，从而提出了错误的反题。这在表面上听起来、看起来很光鲜。虽然决断论者无需成为毛主义者，但一个人如果不是决断论者，便不可能成为毛主义者。我非常想知道，您对此作何评价？①

我将尝试对施米特告诉我的对此评价进行说明。不过在这之前，我得再次回到多伯勒，更确切地说，再次提及施米特《多伯勒的〈北极光〉》中的一些表述。我在某些方面已变得有点"中国化"。我经常问自己，施米特在何种背景下看待中国人以及中国。

> [《北极光》] 第二部中还有一个构造，因果敢而引人注目。地中海，即古希腊-罗马文化，位于人类向北迁徙的道路上。基督教时期为继续发展迈出的关键一步，在于赋予女性一个灵魂。地中海成了一条龙，神圣的格奥尔格②用他的神剑、他的"光之剑"杀死了这条龙。这条龙"盘踞在人类的道路上"，被以但丁式的直观描绘成了"踏着火轮的水龙"。
>
> 不过，它也有自己的对应物。东方，还卧着另一条龙。在印度，蜂巢地的这对孪生子（Erdwabezwillingspaar）的道路发生了分岔，高止山脉（Gatsberg）的前印度山系为两路迁徙者指明方向。
>
> 其中第一条朝西北方向走，而第二条则朝东北走，想届时

---

① 语出施瓦布 1971 年 1 月 19 日至施米特的书信（我在句法上做了修改）。施瓦布 1 月 19 日时并不知道 2 月 9 日要播送的朋友与敌人；他的异议涉及《关于游击队员的谈话》的前言，并在拙编 Guerrilleros, Partisanen. Theorie und Praxis (München, 1970) 中读到过这则对话。

② [译按] 圣格里高利（Der heilige Georg），基督教殉道圣人，英格兰的守护圣者。经常以屠龙英雄的形象出现在西方文学、雕塑和绘画等领域。

留在中国,"苟且偷生"。直到另一条龙战胜地中海、人类抵达北方,那个向它伸手的兄弟,也要把它拽到北方。这时候,第一部里预言的时机方才成熟。

> 你预感到种族内核的分崩离析,
> 金色与白色的民族得到宽恕
> 把他们神秘的本质交付星辰。

东方的黄龙只是被顺带提起。关键的是,它作为抗衡地中海龙的力量,为整部作品中地中海突出的形象作了铺垫和平衡。①

或多或少就是中国,但是,这一问题上升为原则性问题,且需要借助原则来解答。"毛主义者"还是"决断论者"？我预先说明,这两个概念我在之前的引证语中均有使用,它们代表了不同主义的拥护者,而施瓦布忽略了这一点。

首先要弄明白,什么是"毛主义"？谁是"毛主义者"？两个后缀-ismus 和-ist 已被强调且需要被强调。上世纪60年代(即"文化大革命"期间)的汉语有一个重要的语义学差异不容忽视。chu-i［主义］即-ismus,比如在马克思主义(Ma-k'o-szu chu-i)中,将马克思的理论学说视为一种固定了的因而也是不变的定理广厦。

人们就是如此谈论自然科学、数学和逻辑学的显明性,它们既不可置疑,也不容动摇。马列主义(Ma-lieh chu-i),即"马克思主义-列宁主义"也是在此意义上被运用的(作为马克思列宁主义 Ma-k'oszu lieh-ning chu-i 的缩写甚至更为强化)。与此形成鲜明对比的是,甚至与之形成政治-哲学矛盾的是,汉语中没有毛主义

---

① Carl Schmitt,《多伯勒的〈北极光〉》,前揭,页20—21。施米特引用的诗行出自多伯勒的《北极光》,前揭,卷一,页332(第1部分:地中海,段落:佛罗伦萨)。

(Mao chu-i)这一表述,官方的等值表达是毛泽东思想(Mao Tse-tung szu-hsiang)。该表述中包含的思想(szu-hsiang)和后缀 ismus 的含义完全不同,它特别强调"思-想"。二项式思-想的第一部分 szu,在佛教术语中表示活跃的意识。

当我 1970 年 10 月在中国旅游时,看到毛泽东简明扼要的命令句"多思"(To Szu)被深深地刻入井冈山的山石中。即便将其用在他本人身上,用在他的思想广厦,这并非要求在官方将其德语化为"毛泽东思想",而是将深思毛泽东思想作为一项永久性的任务。先有毛泽东,才有他的实践性理论运用。这一原理在世界其他地方和在中国一样适用,作为教条主义者、本本主义者的"毛主义者",无论在何处都不受欢迎。

> 我之所以思,是因为我有敌人。我思,故我不在(我不安定);因为我被像我自己这样的人威胁。我思自身,故我得以倍之:我本身和被思的我。我思,故我有敌人。我意识到他,敌人便从中产生;我如圣父造出圣子那样造出敌人。我思我的敌人,故我们不是二,而是一或者独一者。思辨致敌,敌人思辨:ergo existant qualitate qua hostes[因此,存在之物的性质由它的敌人决定]。①

施米特的这一观点与此并非没有关系,但我(在不涉及阶级敌人的情况下)对这一观点不作任何思辨。相反,当"毛主义者"被解决掉时,我会去求教"决断论者"(这一概念也出现在引语中,即出现在虚假意识的意识形态假设中,直至施米特将其抹去。)

> 决断,就是切断对话、论辩。②

---

① 语出施米特 1970 年 5 月 31 日致笔者的书信。
② 参 Carl Schmitt,《政治的神学》。页 80 有类似的句子:"专政就是没商量"(见下文)。

施米特作为一个精通拉丁语的法学家如是说道。Decidere［切断］来自 caedere［劈、切］，因此意味着"裁决，打磨，告知（法律的）决定和（如人们以前所说的）法律上的解职"；因此，decidendi rationes［判决理由］即为"法官的决断理由"，decisio［裁判］是"法官的决定"（特别是在存疑的情况中），decisum［决定］意为一项"裁决，判决"，即评判。

施米特作为体验过专政的宪法学家表达自己的思想，他知道，dictare［命令］无非是 dicere［说］的叠动动词而已："口授，提示写下来，诵读。"所以他在自己1923年出版的著作《当今议会制的思想史状况》（我引用的是没有发生根本改动的1926年第二版）中用近义词 Dezision［决断］替换了 Diktatur［专政］。但正如我必须说明的那样，施米特仅仅在口头上进行了概念替换；1969年对第二版的重印并没有替换，但施米特本人亲自将其写进了赠予我的一本他批注过的本子。

把辩证的发展和专政联系在一起，其实并不容易。因为，专政似乎是发展连续序列的中断，是有机演化的机械中断。发展和专政似乎相互排斥。在矛盾中自我发展的世界精神的无止境过程，甚至必须把真正的矛盾即专政也纳入自身，由此剥夺其本质——即决断（Entscheidung）。

发展无断裂地进行着，甚至中断也是作为一种使其进一步前进的否定而为其服务的。关键在于，例外（Ausnahme）绝对不是从外部进入发展的内部。黑格尔的哲学根本不关心终极发展和辩论过程的道德决断这种意义上的专政。甚至最矛盾的事情也要展示自身，并被纳入统摄性的发展中。

我要提请读者们注意，施米特这里完全是辩证地言说：作为统摄性的普遍事物的发展、讨论，不仅包括自身，还包括自己的对立面即决断。

无论道德决断还是断然的断裂，在这种体系中都无立足之地。甚至一个专政者的 Diktat[专令]也成为辩论中的和不受妨碍向前推进的发展中的一个要素。就跟其他事物一样，这种"专令"也会被世界精神的蠕动（Peristaltik dieses Weltgeistes）吸纳。①

我将毫不犹豫地说明，施米特像一位——让我们简单但不带歧义地说——"毛主义者"那样论辩。施瓦布曾反对说，毛主义者必是决断论者，决断论者无需成为毛主义者，我不想提前对此做出回应。施米特议会制作品中的引言继续说道：

> 黑格尔哲学没有包含能够为善恶的绝对区分［敌友区分］提供基础的伦理学。按照这种哲学，善就是在辩证过程的当前状态中合理的东西，所以也是真实的东西。善是……②"合时代的东西"，其含义是，它是一种正确的辩证知识和意识。如果世界历史就是世界法庭，那么它就是一个拿不出最后证据、没有明确的终审判决的过程。恶不是真实的，仅仅是可感知的，因为一些不合时代的东西是可以想象的。
> 　　所以，大概可以把它解释为一种虚假的理性抽象，一种自我封闭的特殊性正在消失的混乱状态。只有在一个至少是**狭小的理论领域内**——克服不合时代的东西或改正虚假的表象，专政才可能。专政将是**附带现象和暂时现象**，不是对本质的根本否定，而是消除那些沉浮的垃圾。与费希特的理性主义哲学相反，在这里，强制统治是被拒绝的。……专政已不可能，因为道德对立的绝对性。（同上，页68—69）

---

① Carl Schmitt，《当今议会制的思想史状况》，前揭，页68。施米特在手稿中将专政改为决断。

② 施米特在括号中添加了以下内容："这里我接受亚宁茨基（Chr. Janentzky）的说法"。

手稿中写的是"政治对立的绝对性",要表达的是敌友对立的绝对性——"已被消解"。

敌友对立的绝对性会辩证地消解,因为统摄性的普遍事物并不是不合时宜的敌人,而是合乎时宜的朋友,他既包含也排除自身,即朋友,以及自己一道的对立面,即敌人。一个矛盾最终的解决方法——敌友矛盾是根本矛盾——决定了它的本质:矛盾首先是对立的或非对立的,其次是主要矛盾或次要矛盾。"对立是矛盾双方斗争的一种形式",如毛泽东说的那样,"但不是一般性形式。"①

即使在矛盾内部也充满着矛盾:作为统摄性的普遍事物,非对立包含着作为普遍事物的非对立自身及其反面,即作为特殊事物的对立;只要非对立正当地进行统治,纷争便化为和谐。毕竟,特殊性喜欢否定普遍性,无论具体抑或现实地去进行:处于剥夺状态中的矛盾——奴隶与封建主之间、封建主与资本家之间、资本家与社会主义者之间——也许会长期处于隐匿状态,关系的改变也许只能渐进地产生效果,直至矛盾"达到特定的阶段",按照毛泽东的说法,直至"斗争获得了公开对立的形式"(同上);可以将骤变理解为革命。或者,针对特殊性的反抗,普遍性做出回应(当毛泽东写《矛盾论》时,是在1937年,写《关于正确处理人民内部矛盾的问题》是在1957年)。

> 当下,我们党内正确与错误观点间的矛盾并非以对抗的形式出现,当犯下错误的同志们能改正自己的错误时,这些矛盾便不会成为对立的矛盾。(同上)

----

① 毛泽东,《矛盾论》(*Über den Wiederspruch*,1937年8月),"五,对立在矛盾中的地位";《选集》卷一,Peking,1968,页365—408。我此处引用的内容和北京版有所出入;引语附带标题和段落,页码涉及到文章(包括注释)。

因此，正如其所体现的客观事物那样，政党肯定会斗争，但绝不会在主观事物的质量面临毁灭（而非减少）的"烈火边缘"斗争；必须给予主观主义者一个用来改正的机会。如果他们没有意识到自己的过失，即由于错误理解阶级利益而成为特殊性用来对抗普遍性的帮凶，"这些矛盾当然有可能发展为对立的矛盾"（同上）。

这些特性在社会主义内部以对立形式出现，来对革命做出反击，对毛泽东而言，这些不言而喻。他于 1937 年借助托洛茨基（Trotzki）①和布哈林（Bucharin）②的例子对此进行了证明。1967 年，"文化大革命"伊始，问题发生了变化：与其说，是否类似的事件只发生在初始阶段，抑或以后会重复出现（这在 1937 年被含蓄地肯定）；毋宁说，人民内部的哪些矛盾是具体和现实的，是否是工人和民族资产阶级、集体利益与个人利益之间的矛盾，是否是"某些国家公务员的官僚作风与群众之间"、③人民政府与人民大众间、领导者与被领导者间的矛盾，也就是说，这些人民内部的矛盾是否转化为人民与敌人间的矛盾。

这一问题现在甚至变成了，此前是寓于普遍性——即革命——中糟糕的特殊性的反革命，是否是剥夺了革命的统摄性角色（它本身当然同样是具有新的革命品质的），此前站在人民对立面的人民之敌，是否愿意成为人民的朋友。而且，问题变得不可避免，是否部分是民族资产阶级、部分是党派官僚的反对派，已经有可能切实篡夺了据说是普遍性的地位，以致于即便表面上占有特殊性地位的革命者也不得不反抗，以便于自己不作为反动者的形

---

① ［译按］托洛茨基(1879—1940)，工农红军、第四国际的主要缔造者。提出和完善"不断革命论"，与斯大林主义的"阶段革命论"对立；提出发展不平衡原理与斯大林主义的"一国建成社会主义"论对立，1940 年 8 月在墨西哥遭暗杀。
② ［译按］布哈林(1888—1938)，联共（布）党和共产国际领导人之一，马克思主义理论家和经济学家，于 1938 年大清洗运动中被处决。
③ 毛泽东，《关于正确处理人民内部矛盾的问题》(1957 年 2 月 27 日)，"一，具有双重特性的矛盾"；《选集》卷五，北京，1978，页 434—476。

象出现。①

我并非轻视施瓦布的异议；但当我严肃对待他的异议时，必须把"决断论者"施米特解释为"毛主义者"。试比较来自议会制文集的引语，它来自题为"马克思社会主义中的专政（我能说'决断'么？）和辩证法"的段落。②

> 《共产党宣言》的新颖和奇特之处在于……把阶级斗争系统概括为人类历史上一场唯一的最后斗争、资产阶级与无产阶级。对抗的辩证顶峰。于是，众多阶级之间的矛盾被简化为一种唯一、最后的矛盾。……这一简化意味着紧张度的大幅提高……因此出现了世界历史要素最严重的紧张。不仅真正的斗争、而且理论矛盾的最后一次加剧，都取决于这种逻辑的简化。
>
> 必须把一切都逼向极端，这样才能够使辩证的必然性有一个开端。最巨大的财富必须面对最可怕的贫困；拥有一切的阶级必须面对一无所有的阶级。只占有、拥有而不再是人的资产阶级，对抗一无所有但仍是人的无产阶级。
>
> 就迄今为止的历史经验而言，倘若没有黑格尔哲学的辩证法，长达数百年的苦难状况以及人类最终仍在普遍的重压下喘息，或者一场新的民族迁徙将改变地球的面貌，都不可思议。因此，只有当社会主义保留黑格尔辩证法的结构，未来的共产主义、无阶级人类的更高阶段才是显而易见的。资本主义秩序的非人性质，必然从其内部产生对自身的否定。

紧接引文的句子在此起到注释作用。1970年斯图加特的黑格尔学术会议上，我尝试着在报告中证明，毛泽东思想中也包含黑

---

① 该开头未空格的段落有部分内容依照我在《时刻表》中的论据，前揭，页56—57。
② Carl Schmitt,《当今议会制的思想史状况》，前揭，页71—72。

格尔的辩证法。① 像毛泽东(更确切地说黑格尔)那样以同样的结构思考——并非把中国的政治功绩转换为欧洲人的政治学需求——使某人成为"毛主义者";为了避免愚蠢的强制性思想灌输,必须将这一种类名词从术语假定中去除。

施米特在最后的句子中使用了以下措辞:"资本主义秩序的非人性质。"以下几对词语可能会转到和施米特对话的第三部分内容:非人性——人性,非人类——人类;我没有对这部分针对施米特政治人类学的内容进行解构。相反,作为对更详尽的学术研究的承诺,我让人朗读了施米特当时(1971年)新版《政治的神学续篇》的摘要:对政治学家迈耶(Hans Maier)、天主教神学家菲尔(Ernst Feil)以及(如施米特所称呼的)新实证主义者托匹茨(Ernst Topitsch)。

我曾经说过,区分朋友和敌人处于次要地位。我在此引用多伯勒的诗行:"敌人是我们自己的作为形象的问题。"

---

① 参笔者"Hegels China, Chinas Hegel",载 Oskar Negt 编,*Aktualität und Folgen der Philosophie Hegels*, Frankfurt a. M., 1970,页 183—194。

迪斯雷利和施米特的政治神学*

金泽尔 著

吴梦宇 译 温玉伟 校

德国法学家施米特(1888—1985)探讨过一系列英国及美国作家的作品,其中较为重要的作家如托马斯·莫尔、①莎士比亚、②霍布斯、③拜伦、④梅尔维尔、⑤爱伦·坡、⑥迪斯雷利(Benjamin Disra-

---

* Till Kinzel, Benjamin Disraeli and Carl Schmitt's Political Theology, 刊于 Klaus Stierstorfer 编 *Proceedings*. Wissenschaftlicher Verlag Trier, 2008, 页 401 - 412。本文获作者金泽尔(Till Kinzel)先生慷慨授权,谨致谢忱。——编者注

① Carl Schmitt, *Der Nomos der Erde im Völkerrecht des Jus Publicum Europaeum*. Berlin: Duncker & Humblot. 31988. S. 149—150. *Hamlet oder Hekuba. Der Einbruch der Zeit in das Spiel*. Stuttgart: Klett Cotta. 1985.

② *Hamlet oder Hekuba. Der Einbruch der Zeit in das Spiel*. Stuttgart: Klett Cotta. 1985; Winstanley Lilian, *Hamlet. Sohn der Maria Stuart*. Tr. Anima Schmitt, preface by Professor Carl Schmitt. Pfullingen: Günther Neske 1952 (or. *Hamlet and the Scottish Succession*, London: Cambridge University Press, 1922).

③ Carl Schmitt, *Der Leviathan in der Staatslehre des Thomas Hobbes. Sinn und Fehlschlag eines politischen Symbols*. Köln-Lövenich: Hohenheim 1982 (first publ. Hamburg 1938).

④ Carl Schmitt, *Politische Romantik*. Berlin: Duncker & Humblot. 1991b. S. 27; Carl Schmitt, *Gespräche über die Macht und den Zugang zum Machthaber / Gespräch über den neuen Raum*. Berlin: Akademie. 1994b. S. 9; Carl Schmitt, *Staat, Großraum, Nomos. Arbeiten aus den Jahren* 1916—1969. Ed. Günter Maschke, Berlin: Duncker & Humblot. 1995. S. 485.

⑤ Carl Schmitt, *Land und Meer. Eine weltgeschichtliche Betrachtung*. Leipzig: Reclam. S. 1942. S. 19—22; Carl Schmitt, *Land und Meer. Eine weltgeschichtliche Betrachtung*. Köln-Lövenich: Hohenheim. 31981. S. 29—30, 33—34; Helmuth Kiesel (Ed.), *Ernst Jünger-Carl Schmitt. Briefe* 1930—1983. Stuttgart: Klett-Cotta. 1999. S. 114—115, 121, 123, 124, 129, 131, 159, 161, 166, 170; Martin Tielke, *Der stille Bürgerkrieg. Ernst Jünger und Carl Schmitt im Dritten Reich*. Berlin: Landtverlag. 2007. S. 88—97.

⑥ Kiesel 1999, 127, 129, 161, 173.

eli)、马汉①以及麦金德②等等，不一而足。笔者在下文将讨论的可能是施米特面对英国作家最热衷的一点，即有关陆地和海洋的问题。了解一下施米特在处理当时的政治问题之余关注最多的作家和思想家，会有助于我们了解施米特思想中创制神话故事（mythopoeic）的特征以及他的自我剖白。

在上文提及的作家之中，相较于爱伦·坡，施米特更为偏爱梅尔维尔，因为爱伦·坡并没有成功创造一则如《白鲸》（*Moby-Dick*）般强大的神话。在施米特看来，唯有《白鲸》可以与荷马的《奥德赛》相提并论。因此，施米特相信，海洋这个因素只能通过梅尔维尔才能得到领会（Das Meer als Element ist nur durch Melville faßbar zu machen），另外，施米特对《切雷诺》（*Benito Cereno*）的认同，也是众所周知。③ 但真正对施米特产生特殊影响并让他的思想与作为海洋强国的英国之世界史进程产生关系的那个人似乎是迪斯雷利。因为，英国的世界史进程与二战关联密切，二战本身就是一场海权和陆权的较量，在此基础上，施米特提出了"一种新型的敌友关系"。④

作为著名的或时而名声狼藉的德国政治神学家，施米特与小说家兼政治家迪斯雷利的关系充斥着种种问题。⑤ 这个关系中能

---

① Schmitt 31981, 100—102; Kiesel 1999, 124; Christopher L. Connery, "Ideologies of Land and Sea: Alfred Thayer Mahan, Carl Schmitt, and the Shaping of Global Myths Elements," in: *boundary* 2 28/2, 20011. S. 73—201; Alfred Thayer Mahan, *The Influence of Sea Power upon History* 1660—1783. New York: Dover 1987 (repr. of 5th ed. 1894).

② Schmitt 1995, 528—529, 557.

③ Kiesel 1999, 121; 1941 年 7 月 4 日致荣格尔；关于施米特和梅尔维尔的《切雷诺》参 Thomas O. Beebee, "Carl Schmitt's Myth of Benito Cereno", in: *seminar* 42/2, 2006. 114—134. ［校按］关于梅尔维尔的政治哲学，参李小均编/译，《梅尔维尔的政治哲学：〈切雷诺〉及其解读》，华夏出版社，2011。

④ Helmut Lethen, *Der Sound der Väter. Gottfried Benn und seine Zeit*. Berlin: Rowohlt. 2006. S. 249.

⑤ Nicolaus Sombart, *Die deutschen Männer und ihre Feinde. Carl Schmitt-ein deutsches Schicksal zwischen Männerbund und Matriarchatsmythos*. Frankfurt/M.: Fischer TB. 1997. 250—256, 281—287, 291—292.

够且需要得到解释的一切，都应置于犹太人在 20 世纪独裁中的遭遇这一大背景之下。总的来说，施米特赞同这种独裁，他曾亲自写信给恽格尔之妻格蕾塔说，"那些就此欲加之罪的人，何患无辞"（Wer mir Vorwürfe machen will, wird leicht Material und Beweise und Bundesgenossen genug finden）。① 毋庸置疑，施米特积极参与了反犹活动，而反犹活动是国家社会主义的一个关键特征。② 尽管施米特的作品中包含着这一不光彩之处，但仍有足够的理由让我们认真对待施米特思想的其他方面。

施米特关于陆地与海洋的政治思想，旨在揭示黑格尔的一句言简意赅的微言，后者谈到工业或工业革命和海洋之间的关系与家庭生活和稳固地基及土壤的对立关系。黑格尔在《法哲学原理》第 247 节述及这一点。③ 施米特相信，应该像他将马克思主义理论化那样来理解此节内容，只有这样才能揭示先前的段落④。正是因为这些微言，施米特在当下关于全球化、全球人类处境的构成以及 21 世纪战争的本质等论述中发挥着重要作用。⑤

对施米特的政治思想最恰当的描述，应该是政治神学的一种形式。⑥ 所谓政治神学，指的是从对神性启示的思考中得出的政治理

---

① ［校按］参 Wolfgang Schuller 在"法兰克福汇报"对《施米特与格蕾塔·恽格尔通信集》的书评文章，2007 年 8 月 8 日号。

② Raphael Gross, *Carl Schmitt und die Juden. Eine deutsche Rechtslehre*. Revised ed. Frankfurt/ M.：Suhrkamp, 2005；相反的观点见 Tielke 2007。

③ ［校按］中译参 Hegel,《法哲学原理》，范扬、张企泰译，商务印书馆，1979，页 246。

④ Schmitt 1995, 543—544；Schmitt31981, 103.

⑤ Connery 2001；Petra Gehring, "Land und Meer, Land und Luft, Land und Erde: Schmitt und Sloterdijk-mit Husserl gelesen", in：*Phänomenologische Forschungen* 2006, 2007. 5—20，尤见页 6, 12, 15，尤其提到 Sloterdijk；Chantal Mouffe, *Über das Politische. Wider die kosmopolitische Illusion*. Frankfurt/ M.：Suhrkamp. 2007。

⑥ Klaus-Michael Kodalle, *Politik als Macht und Mythos. Carl Schmitts 'Politische Theologie'*. Stuttgart：Kohlhammer. 1973；Heinrich Meier, *Die Lehre Carl Schmitts. Vier Kapitel zur Unterscheidung Politischer Theologie und Politischer Philosophie*. Stuttgart：Metzler. 1994.

念的思想学说(施特劳斯语)。因此,政治神学对神性启示及其宣称的政治结论持肯定立场。遵从上帝的律法,是所有政治神学的首要美德,而违抗上帝的律法,则是罪大恶极,这等同于撒旦的恶行。① 反过来说,这也正意味着,否定政治神学首要性的人最终就成为上帝的敌人,至少在政治神学家眼里是这样的。政治神学这个主题很难用三言两语解释清楚,所以笔者点到为止,继而探讨另一点,并且希望能由此阐明施米特和迪斯雷利之间的关系。②

接下来笔者将简要描述施米特与这位英国作家兼政治家之间的智识-情感关系,后者多被视为犹太人。但为了让描述不仅仅只提供传记性的奇闻轶事,笔者还想把迪斯雷利和施米特的关系与陆权、海权相关的世界史和地缘政治问题联系起来,该问题在 20 世纪中期德国对英国和现代后期世界史形势的探讨中扮演了十分重要的角色。

史学家罗登的相关论述即是明证,他将英国视为一个"纯粹的"或"绝对的"③海洋强国,他的关键性的表述是"大英帝国的核心是海洋本身",④并进一步指出英国人和犹太人占领世界的主张之间有着内在的联系,还揭示出民族主义和地缘政治传统中的思想家所具备的标准地缘政治观点。⑤ 在罗登看来,大英帝国否认一切基础性的地缘政治法则,这一点跟犹太人宣称的征服世界的梦想一样,因为他们也不承认任何空间或地域基础及界线,亦即世界主义的观点。

那么,施米特选择参考并评论了迪斯雷利的哪些观点?并且,这些观点在多大程度上显示了迪斯雷利的成就?施米特将"迪斯

---

① 参 Meier 1994,末页及其他各处。
② 由于迪斯雷利的小说有很多不同的版本,所以为了引用方便只提及书名和章节;引用版本相关的页码列于文后。
③ Peter Richard Rohden, *Seemacht und Landmacht. Die Gesetze ihrer Politik und ihrer Kriegführung*. Leipzig: Goldmann. ²1943. S. 8.
④ Rohden ²1943, 13.
⑤ Rohden ²1943, 14.

雷利"塑造为文化偶像,这也为迪斯雷利(在阿斯曼意义上)的"记忆的历史"提供了更多的材料,让我们详细地看看这方面的例证。无论在口头上还是在作品中,施米特都曾反复提及迪斯雷利,①不过,事实上,施米特对迪斯雷利的作品了解有多全面或是多详细尚不为人知。这很有可能联想到解释学层面的重要观点,即在所有涉及宗教信仰方面的问题上,施米特的态度都极其保留,也正是在这一背景下,他表达了对"一切言说的无用性"(Nutzlosigkeit allen Sprechens)的深信不疑。②

诚然,施米特反复提到迪斯雷利小说《唐克雷德或新十字军东征》(*Tancred or The New Crusade* 1847)中的一些段落,如涉及犹太教和基督教的,和英帝国统治本质相关的,以及所谓的"空间革命"(Raumrevolution)等等相关内容。并且,当年轻人松巴特(Nicolaus Sombart)在1930年代参加一个关于犹太人和德国戏剧的讨论课时,施米特曾让他阅读自己拥有的德译本③。不过,施米特在其作品中引用的部分与这个译本大相径庭,如此看来,他应该也有一本原著。然而,施米特遗产(Nachlaß)④中罗列的丰富藏书列表并无多大助益,因为这里既没有罗列任何迪斯雷利的作品,也没有任何主要论及迪斯雷利的传记。

"遗产"中唯一提到的一本重要的作品是鲍尔(Bruno Bauer)的《迪斯雷利的浪漫帝国主义和俾斯麦的社会主义帝国主义》。⑤

---

① Nicolaus Sombart, *Jugend in Berlin. 1933—1943. Ein Bericht*. Frankfurt/M.: Fischer TB. 1991. S. 260—261.

② Andreas Koenen, *Der Fall Carl Schmitt. Sein Aufstieg zum 'Kronjurist des Dritten Reiches'*. Darmstadt: WBG. 1995. S. 56.

③ Sombart 1991, 260.

④ [校按] 参 Dirk van Laak、Ingeborg Villinger 编,《施米特遗产:北威州国家主档案馆馆藏名录》(*Nachlass Carl Schmitt. Verzeichnis des Bestandes im nordrhein-westfaelischen Hauptstaatsarchiv*. Bearbeitet von Dirk van Laak und Ingeborg Villinger. Respublica-Verlag 1993)。

⑤ *Disraelis romantischer und Bismarcks sozialistischer Imperialismus*. Chemnitz 1882/1979,见 Laak/ Villinger 编,上揭页 384。

最早在 1921 年《论专政》一书的序言中,施米特提到过这本书,他在其中谈到了"独裁者"和"专政"概念的外延,还列举了一系列 19 世纪"独裁者"的名单,如拿破仑一世和三世、俾斯麦、梯也尔、甘必大、以及迪斯雷利,甚至还包括庇护九世。正是此语境中,施米特提到了鲍尔的书,将其作为这一政治观念的建设性例证。①

迪斯雷利在施米特的作品中首次出现时,便在一个明显的政治语境中。很明显,鲍尔的书发挥了至关重要的作用,它决定了施米特对迪斯雷利的接受,而这种接受并不仅仅是因为鲍尔大篇幅地探讨了迪斯雷利最重要的小说。尽管鲍尔论著的重心很明显是在政治而非文学,但他还是分析了迪斯雷利的一些小说②,只是他恰切地指出,迪斯雷利胸怀两个秘密,一个是亚细亚的秘密,对此,担任财政大臣时的他在一次下议院的演讲中公开承认过,③另一个秘密跟"种族的神秘命运"相关,④这一点迪斯雷利在小说中有大量的论述。

至于施米特为什么会在其政治论述中首要地提及这些小说,人们可以从鲍尔那里找到一条解释学线索:正是这些小说毫无掩饰地展示了迪斯雷利的真实意图。⑤ 鲍尔还指出,迪斯雷利的两个秘密是紧密相关的。施米特很可能在鲍尔对迪斯雷利小说的阐释中第一次看到了《唐克雷德》中那句在他看来至关重要的句子,"对大众而言,基督教即犹太教,而且一如既往地是犹太教"。⑥

就在同一页,鲍尔还提到小说《西比尔》(*Sybil, or The Two*

---

① Carl Schmitt, *Die Diktatur. Von den Anfängen des modernen Souveränitätsgedankens bis zum proletarischen Klassenkampf.* Berlin: Duncker & Humblot. 1994a. xiv.
② 参阅 Bauer,又参 Bernard Glassman, *Benjamin Disraeli. The Fabricated Jew in Myth and Memory.* Lanham: University Press of America. 2003 的简要提示。
③ Bauer 1882/1979, 32.
④ Bauer 1882/1979, 32.
⑤ Bauer 1882/1979, 32.
⑥ Bauer, 53.

Nations)中一个举足轻重的观点,作者借奥布里(Aubrey St. Lys)之口将之表露出来,身为莫布雷的代牧,奥布里认为基督教是犹太教的某种补充,并声称前者为了保持本真必须与后者保持一致,反之亦然。奥布里对东方也有着特别的偏爱,这与迪斯雷利本人的东方主义恰好吻合,[1]关于这一点笔者在此不再赘言。[2] 最后,鲍尔甚至还论及迪斯雷利所著的一本关于其政治导师本廷克(George Bentinck,此君为托利党人,致力于犹太人解放)的传记,并称该书展现了(施米特阅读时定是满怀痛苦的愤懑)"末日启示录的界限",书中宣称基督教的救赎是闪族两兄弟所为的结果,[3]

> 如果犹太人没有诱使罗马人钉死我们的主,赎罪会是什么样呢? 不过人们无法设想,时代最重要的事件取决于人的意志。供奉燔祭的人早已注定是牺牲者,被拣选的民族两者兼有。这可以成为一个确保全人类永福的罪行吗? 是什么征服了撒旦,打开了天堂的大门? 这样的信条将玷污并质疑作为我们信仰和希望之基石的教义。人类不能擅自评判这一行为,他们必须满怀敬畏、诚惶诚恐、感激不尽地垂首。(Disraeli 1905,318;第 24 章)

在小说《唐克雷德》中,作为中心人物之一的迷人犹太女人夏

---

[1] Benjamin Disraeli, *Sybil, or The Two Nations*. Ware: Wordsworth. 1995. S. 97—98; Rolf P. Lessenich, "Synagogue, Church, and Young England: The Jewish Contribution to British Civilization in Benjamin Disraeli's Trilogy," in: Franz Link (ed.): *Jewish Life and Suffering as Mirrored in English and American Literature/Jüdisches Leben und Leiden im Spiegel der englischen und amerikanischen Literatur*. Paderborn: Schöningh 1987. S. 33—46.

[2] Ian Davidson Kalmar, "Benjamin Disraeli, Romantic Orientalist", in: *Comparative Studies in Society and History* 47, 2005. S. 348—371; Edward Said, *Orientalism*. London: Penguin. 2003.

[3] Bauer, 54.

娃,也以同样的口吻表达过同样的思想,因此进一步佐证了迪斯雷利小说的非文学性阐释,他塑造的文学人物所发表的言论皆可归因于他。(在与唐克雷德谈论犹太教和基督教的时候)夏娃曾说:

> 我很明白:人类是神圣的,并且,没有希伯来王子的鼎力相助,人类是不可能获救的。现在,你来告诉我:假若犹太人没有诱使罗马人钉死耶稣,赎罪会是什么样呢?(Disraeli,未注明出版日期,卷3,第4章,页195)

因此,从施米特的政治神学观点来看,犹太教不该是外在的敌人,而是一个内在的敌人。笔者之所以把这个敌人称为是"内在的",是因为这个敌人以神启为基本信仰,并且还声称犹太教和基督教之间并不存在明确的界线。施米特是一个信奉基督教的政治神学家,对他而言,将基督教基本视为犹太人的作品,是不可理喻的,并且还会让人质疑基督教的本质。

施米特对迪斯雷利最为突出的引用——也可能是最意识形态化的引用,见于他1942年首次出版的《陆地和海洋》一书,这部看似不重要但极其重要的作品,被松巴特①称作是施米特以美丽童话形式写就的最漂亮也最重要的书。这本书完全可以冒充成一本儿童读物,②不过,在纯然无害的外表之下,这本书是建立海权和陆权政治神学这个语境下的关键文本。故而,迪斯雷利只是英国海权发展进程中的一个元素而已。

"迪斯雷利"作为一个文化象征,被置于两种不同争论或论争

---

① Sombart, 1991, S. 255; Sombart, 1997, S. 306.
② 参见扉页背面:Meiner Tochter Anima erzählt![讲给我的女儿阿尼玛];见第3版,页5。

领域的交叉地带,它们在施米特的思想中占据了重要的位置。施米特的政治神学在《陆地和海洋》中得到了补充,书中有一处论述从表面看似乎直接阐释了世界历史的关键要素,施米特在此阐述的主题恰恰在他的专业领域——公法——和他当时所关注的地缘政治思想这两个范围之内。当时,把迪斯雷利和如日中天的英帝国主义等同起来,以及把这一点和迪斯雷利公开表示的"东方主义"联系起来,并不是什么新鲜事。

在1941年的《国际法大空间秩序》一书中,施米特写道,从普遍主义来看,大英帝国由其地理上的断裂处境所决定,他称,这种天下观——外在表现为英王的"印度皇帝"称号——与远在印度的海外殖民地相关。这个著名的称号由迪斯雷利首创,它不仅仅是他本人"东方主义"的表露,更与他在如下陈述中所表达的事实相一致:"英国与其说是一个欧洲强国,不如说是一个亚洲强国"。①施米特认为,这个引文不仅表露了迪斯雷利的个人偏好,也表明了这样一个明显的事实:作为一个国家,英国事实上是一个"无根的"和"被剥夺国土的"实体(entwurzelt und entlandet)。②

施米特在《陆地和海洋》第17章强调,英国扮演着"从坚实的陆地到远海之根本变革"的中枢角色,从而指出英国的孤岛特征。③通过转变为一个具有独特且全新意义的岛国,并使英国的规则越过世界大洋的浪潮进行统治,英国从而成功地完成了施米特所说的"行星的空间革命"(planetarische Raumrevolution)的第一部分。根据施米特,早期对英国岛国特征的意识——如[莎翁]《理查二世》剧中一些著名的诗行——仍然与陆地、大地和领土这

---

① Carl Schmitt, *Völkerrechtliche Großraumordnung mit Interventionsverbot für raumfremde Mächte. Ein Beitrag zum Reichsbegriff im Völkerrecht*. Berlin: Duncker&Humblot. 1991c. S. 54;箴言转引自 Boris Segalowitsch, Benjamin Disraelis Orientalismus. Berlin: Verlag Kedem. 1930. 页 IV。
② Carl Schmitt, ³1981, S. 94.
③ Carl Schmitt, ³1981, S. 90.

些概念紧密联系。因为,在施米特看来,并不是每个居住在岛上的人就自动地成为海的儿女。①

16世纪,以海洋的视角观察陆地这一举动,正是海岛本身的政治-历史本质的根本变革,这种变革包括如下观念,即如今岛屿不再被视为孤悬海外的大陆的一部分,而是更多地看作海洋的一部分,或者一条船,甚或一条鱼。② 在施米特看来,从海洋视角来看陆地的典型的视角,是来自伯克的一句名言:"西班牙只不过是一条搁浅在欧洲海岸的鲸鱼。"

在施米特对现代欧洲关键性发展的剖析中,迪斯雷利变得无比重要。迪斯雷利一向被视为英帝国主义最重要的拥护者,也是极具影响力的犹太人。施米特在1942年版的《陆地与海洋》中不仅将迪斯雷利称作19世纪的阿伯拉维尔(指的是16世纪著名的犹太神秘哲学家),还称其为"知内情者、锡安长老"(ein Eingeweihter, ein Weiser von Zion)。③ 这很容易让人联想到声名狼藉的《锡安长老会纪要》,这份纪要定下了自20世纪初以来反犹意识形态的主题。施米特这一做法更加突出了迪斯雷利的影响力。迪斯雷利的"锡安长老"的圣像形象,至少部分原因是他的阴谋论倾向,该倾向还体现在他的小说《科宁斯比》(*Coningsby*)中,最显著地表现在小说人物茜多妮娅(Sidonia)的言论中:

亲爱的科宁斯比,你看看,这个世界是被那些并不处于幕后的人幻想出来的各种迥异人格来统治的。④

---

① Carl Schmitt, ³1981, S. 92.
② Carl Schmitt, ³1981, S. 92.
③ Carl Schmitt, *Land und Meer. Eine weltgeschichtliche Betrachtung*. Leipzig: Reclam. 1942. S. 67.
④ Benjamin Disraeli, *Coningsby, or the New Generation*. Harmondsworth: Penguin Classics 1989 (first publ. Colburn, London 1844). 页273;参L. J. Rather, "Disraeli, Freud, and Jewish Conspiracy Theories," in: *Journal of the History of Ideas*, 1986. 页111—131.

讽刺抑或悖谬的是,施米特判定迪斯雷利的政治观念具有独特的犹太性——如果稍加仔细地审视迪斯雷利书中的一些相关段落——这一点得到了证实,尤其是迪斯雷利的传记《本廷克勋爵传》中的"犹太问题"一章,最为清晰地表露了迪斯雷利对犹太人的看法。① 因为,这是以他自己的名义写下的,所以其中表达的任何观点,都不可能因为有人指出这不一定是迪斯雷利自己的观点而是他笔下的文学人物的观点而失效(如之前所引用的茜多妮娅的不敬言论或是唐克雷德口中的"对大众而言,基督教即犹太教,而且一如既往地是犹太教,而它的发展给了异教崇拜致命一击",这些观点就无法幸免了)。② 在那些熟识施米特的人看来,他甚至在晚年仍非常热衷于这一发现,尤对他眼中的兴奋印象深刻。③

《唐克雷德》这部小说在纳粹德国有着一段奇妙的历史,④施米特认为该小说包含了诸多惊人言论。1935 年,由埃尔堡翻译的德语删减版问世,这应该是施米特确实读过的一个版本。⑤ 恰恰在此时期,施米特正致力于阐发他有关陆地和海洋的理论,这个版本的"唐克雷德"给如克莱普勒那样备受迫害的人提供了为其犹太身份引以为豪的源泉。⑥

---

① Edgar Feuchtwanger, *Disraeli*. London: Arnold. 2000. S. 88—89.
② Disraeli,《唐克雷德》,卷 6 第 4 章,页 427。
③ Sombart, 1991, S. 261.
④ Philipp Aronstein, "Benjamin Disraelis Leben und dichterische Werke," in: *Anglia NF* 5 = 17/3, 1895. S. 261—395; Georg Brandes, *Benjamin Disraeli (Lord Beaconsfield)*. Dresden: Reißner. 1929. S. 196—211; Michael Flavin, *Benjamin Disraeli. The Novel as Political Discourse*. Brighton: Sussex Academic Press. 2005. 118—136; W. F. Monypenny; G. E. Buckle, *The Life of Benjamin Disraeli, Earl of Beaconsfield*. London: John Murray. 2 vol. 1929. S. 848—870; Richard A. Levine, *Benjamin Disraeli*. New York: Twayne. 1968. S. 114—134.
⑤ Sombart 1991, 260—261; Disraeli 1935.
⑥ Tony Kushner, "One of Us? Contesting Disraeli's Jewishness and Englishness in the Twentieth Century," in: Endelman/Kushner (eds.), *Disraeli's Jewishness*. 2002. 201—261, 235; Victor Klemperer, *Ich will Zeugnis ablegen bis zum Letzten. Tagebücher* 1942—1945. Berlin: Aufbau. 1995. S. 52, 57, 59.

有趣的是,克莱普勒指出,小说中表露的观点"英国不再是一个岛屿"与希特勒在战争伊始的言论"我们有飞机梯队——英国不再是一个岛屿"相似。因此,《唐克雷德》在某种程度上与迪斯雷利和犹太人都有着紧密的关联,并且在梅斯菲尔德看来,该小说"表达了迪斯雷利的内在想法以及他长期恪守的一些信念"。①

施米特注意到,他眼中所谓空间革命的核心要素与作为海洋强国的英国的发展相互关联。对他而言,与扎根于坚实大地上的陆权相比,海权从本质上而言"毫无根基"。而自从圣殿被毁,犹太人也一直被认为是"流离失所的",所以施米特将无根性(Ortlosigkeit)原则与犹太性联系起来,只需迈出一小步。因此,迪斯雷利(施米特一直把他当犹太人)让《唐克雷德》中的一个人物暗示大英帝国的统治象征着政治力量与固定地理位置的脱离,在施米特看来在情理之中。阴谋诡诈的费克里丁(Emir Fakredeen)建议维多利亚女王将帝国的所在地从伦敦迁往印度:

> ……那么,来看看拯救一切的这场政变。你必须大规模地实施葡萄牙的计划,对于一个庞大且富有的帝国,这是一项吃力又不讨好的工作。就让英国女王召集一个庞大的舰队,让她把自己所有的财宝、金银条、鎏金盘子、以及珍贵的武器都装载好;让她的朝臣首领左拥右护着,将她帝国的所在从伦敦迁往德里。那儿有现成的广袤帝国、一流的军队和可观的税收。
>
> 与此同时,我还会与穆罕默德·阿里帕夏协商,他将拥有巴格达和美索不达米亚,带领贝多因骑兵长驱直入波斯。我将接管叙利亚和小亚细亚,而管理阿富汗人的唯一方式就是

---

① Muriel Masefield, *Peacocks and Primroses. A Survey of Disraeli's Novels*. London: Geoffrey Bles. 1953. S. 225; Brandes 1929, 196—211.

交给波斯和阿拉伯人。

我们将承认印度女王的宗主地位,并确保她拥有地中海东部地区,如果她乐意的话,除了继续拥有马耳他之外,她还可拥有亚历山大,这些都是可以商量的。你们的女王还比较年轻,有着大好前程。阿伯丁和皮尔爵士是断然不会给她这些建议的,他们积习难改,他们太老了,也太狡猾了。

然而,你看!这有史以来最伟大的帝国,有它的依傍你是不会遭到议院的任何为难的!并且这切实可行。而唯一艰难的部分,也就是征服印度,这一让亚历山大感到棘手的部分,业已完成了。①

在施米特看来,这不只是小说家脑海里的奇思妙想,更是一项严肃的政治提议,它揭示了迪斯雷利整个政治观念的本质。② 因此,施米特采纳了鲁尔(Hans Rühl)的阐释,他第一个从纳粹主义的角度来解读迪斯雷利。鲁尔于 1935 年指出,迪斯雷利在《唐克雷德》中就已提出"亚洲帝国主义"计划,③并谈及其"虚幻的幻想"。④ 勃兰兑斯指出,迪斯雷利的《唐克雷德》实则是一个"名副其实的羊皮纸写本",将他严肃的政治计划隐藏在"诗意-讽刺幻想的表面之下"长达 30 余年,⑤而克莱默(Rudolf Craemer)从纳粹主

---

① Schmitt, ³1981, 94—95; Disraeli, n. d., 263.
② Schmitt 1942, 72; Schmitt ³1981, 101.
③ Hans Rühl, *Disraelis Imperialismus und die Kolonialpolitik seiner Zeit*. Leipzig: Mayer & Müller. 1935 reprint 1982, S. 55—66.
④ Rühl 1935, 62; Rühl 的观点在当时受到 Aronstein 的大力质疑,参 Manfred Scheler, "Zur Geschichte der 'Herrigschen Gesellschaft'", in: Till Kinzel (ed.), 150 *Jahre Herrigsche Gesellschaft. Jubiläums-Festschrift der Berliner Gesellschaft für das Studium der neueren Sprachen* (Studien zur englischen Literatur, 23). Münster: LIT, 2007. S. 11—82, 53; 参 Aronstein 1895, 354;亦参 Flavin 2005, 129.
⑤ Brandes 1929, 211.

义角度作出的另一阐释则公然反对这一观点,将矛头指向这段话中的虚构人物而非政治提议。①

但克莱默继而表示,尽管迪斯雷利的幻想并没到达政治计划这个层面,但也确实饶有趣味,因为这些幻想让英国对帝国的看法经历了一个"犹太转向",并且也象征着迪斯雷利对英国陆地发自内心的漠然②。将迪斯雷利的政治计划毫不怀疑地看作是他在小说中使用的文学幻想,然后在此基础上构建并提出他对于英国海权的世界-历史阐释,施米特这一视角极其特别。③

施米特最后一部战后的大作《大地的法》基于诸多二战期间形成的地缘政治思想,它并未明确提及迪斯雷利。但在他的战后日记《语汇》有一个段落提到了迪斯雷利,比较中肯,因为这一段话基本上是私人性的。施米特④提出了一个论点,把无情或残忍的德国性(Deutschheit)解释为"迪斯雷利主义"(Disraelitismus),然后又在后面用括号加上"作为迪斯雷利的希特勒"予以简明的总结,并进而为这个观点提出三个证据:第一,"作为关键的种族"整个复杂问题;第二,"对大众而言,基督教即犹太教"这句箴言所概述的宗教维度;第三,当下的浪漫主义,或者是迪斯雷利几近完美演绎的浪漫主义态度(联想迪斯雷利的拜伦情结!)。为了重新阐述他关于纳粹主义的立场,施米特试图通过将骇人听闻的反犹主义归罪于所谓的犹太根源的方式,来把迪斯雷利与希特勒联系起来。

---

① Rudolf Craemer, *Benjamin Disraeli* (Schriften des Reichsinstituts für Geschichte des neuen Deutschlands). Hamburg: Hanseatische Verlagsanstalt. 1941. S. 89;关于 Craemer 可参 Armin Mohler, *Die Konservative Revolution in Deutschland* 1918—1932. *Ein Handbuch*. Graz: Leopold Stocker (5th ed.). 1999. S. 462.
② Craemer 1941, 90.
③ Patrick Brantlinger, "Nations and Novels: Disraeli, George Eliot, and Orientalism", in: *Victorian Studies* 35/3 (Spring), 1992. S. 255—275,见页 267。
④ 1991a, 142,在这个版本的《语汇》中似乎有不少错译,应予以修正,史学家的名字拼错了,如 Froud 写为 Froude,有些词也出现拼写错误,如 Yove 写为 yore, negromancy 写为 necromancy。

关于迪斯雷利,施米特从两个层面进行了探讨,不过他在公共场合一般对上文提及的那一点保持沉默,这是严格的政治神学方面——与"对大众而言,基督教即犹太教,而且一如既往地是犹太教"——很明显他并不愿意过多强调这一点。然而,另一方面,在阐释现代世界的具体状况中有着分析性的,或者至少是启发性的价值。①

这个主要来自他的《陆地与海洋》和其他一些小文章②的第二个论点,是关于行星的空间革命,因此最终也是关于历史哲学的一个论点。正是在这个论点的上下文中,施米特采用了把作为"锡安长老"的迪斯雷利视为神话的作法,来阐明从立足大地的存在到海洋性的存在之转变所产生的后果。

在解释行星革命的时候,施米特采用了汤因比的挑战-应答逻辑——尽管是以自己的方式,③他认为这个逻辑是在科林伍德的问-答逻辑④上的改善。并且也有论者指出,⑤施米特喜欢在科林伍德的问-答逻辑的基础上发表其著名的一分钟演讲,这种演讲假定"每一句话都是应答——每个应答都回答了一个问题——每个问题都产生于特定的情形"。施米特想要克服科林伍德方法论的缺陷,于是从心理学或史学的解释中,以及通过假定历史实际上包含了"切实的问题和答案",⑥即通过提出有关历史的本体论观点来予以补救。

施米特对各种文化或文明如何应对这样的挑战并不感兴趣,

---

① Franco Volpi, "Il potere degli elementi", in: Carl Schmitt: Terra e mare. Una riflessione sulla storia del mondo. Milan: Adelphi, 2002. S. 115—149; Gehring 2007.
② 大部分见 Schmitt 1995。
③ Schmitt 1995, 531—532, 534—538, 539—540, 544; Schmitt 1994b, 57—58.
④ R. G. Collingwood, *An Autobiography*. Oxford: OUP. 1970. S. 29—42.
⑤ Armin Mohler, "Begegnungen bei Ernst Jünger. Fragmente einer Ortung", in: Armin Mohler (ed.), *Freundschaftliche Begegnungen. Festschrift für Ernst Jünger zum 60. Geburtstag*. Frankfurt/ M.: Klostermann, 1955. S. 196—206,见页 198。
⑥ Schmitt 1995, 534.

他想知道的是,20世纪的西方文化是如何应对工业革命的挑战的,在他看来,工业革命构成了海洋性存在转向的第二个阶段。确切的说,海洋性存在的转向是英国对世界开放海域形成的问题或挑战所作出的历史回应。[①] 施米特通过强调汤因比方法的有用性并进行相应改进,来解释20世纪人类面对的事关处境和错位的独特历史情形。根据这个观点,历史本身就给自己提出了必须要予以应对的特定挑战。

因此,施米特想象的行星空间革命挑战,来自于海洋为了超越坚实的大地(也就是存在的领土维度),而对其开放空间的号召。陆地的法则,也即"大地的法"——维系于国家这样独特之领土的相关法规,变成了没有固定边界线的其他事物,像是拥有自己的法律或非法律的潜在地球空间,尤其是在飞机的发明之后。太空(Luftraum)又为固定边界线和边境的消融增添了一个全新的维度,[②]但这个问题需要在其他场合予以解决。

---

① Schmitt 1994b, 58.
② Helmut Lethen, *Der Sound der Väter. Gottfried Benn und seine Zeit*. Berlin: Rowohlt. 2006. S. 251—253.

图书在版编目(CIP)数据

施米特与破碎时代的诗人/(德)施米特著;刘小枫,温玉伟编;安尼等译.
—上海:华东师范大学出版社,2019
ISBN 978-7-5675-8933-9

Ⅰ.①施… Ⅱ.①施… ②刘… ③温… ④安… Ⅲ.①诗歌评论—德国—现代 Ⅳ.①I516.072

中国版本图书馆 CIP 数据核字(2019)第 031831 号

华东师范大学出版社六点分社
企划人 倪为国

Theodor Däublers »Nordlicht«. Drei Studien über die Elemente, den Geist und die Aktualität des Werkes (3rd edition) by Carl Schmitt
Copyright © 2009 by Duncker & Humblot GmbH, Berlin
Simplified Chinese edition arranged with Duncker & Humblot GmbH
Simplified Chinese Translation Copyright © 2019 by East China Normal University Press Ltd.
ALL RIGHTS RESERVED.
上海市版权局著作权合同登记 图字:09 - 2016 - 684 号

经典与解释・施米特集
施米特与破碎时代的诗人

著　　者　施米特
编　　者　刘小枫　温玉伟
译　　者　安　尼　温玉伟　鱼　顺　吴梦宇
责任编辑　彭文曼
封面设计　吴元瑛

出版发行　华东师范大学出版社
社　　址　上海市中山北路 3663 号　邮编　200062
网　　址　www.ecnupress.com.cn
电　　话　021 - 60821666　行政传真　021 - 62572105
客服电话　021 - 62865537
门市(邮购)电话　021 - 62869887
地　　址　上海市中山北路 3663 号华东师范大学校内先锋路口
网　　店　http://hdsdcbs.tmall.com

印 刷 者　上海盛隆印务有限公司
开　　本　890×1240　1/32
插　　页　2
印　　张　11
字　　数　190 千字
版　　次　2019 年 6 月第 1 版
印　　次　2019 年 6 月第 1 次
书　　号　ISBN 978-7-5675-8933-9/B. 1174
定　　价　68.00 元

出 版 人　王　焰

(如发现本版图书有印订质量问题,请寄回本社客服中心调换或电话 021-62865537 联系)